闽水浩浩

福建师范大学文学院文学创作丛书

雪

雪笠 著

海峡出版发行集团
THE STRAITS PUBLISHING & DISTRIBUTING GROUP | 海峡书局

图书在版编目（CIP）数据

雪／吴青科著. —福州：海峡书局，2015.4（2024.7
重印）
（闽水泱泱：福建师范大学文学院文学创作丛书）
ISBN 978-7-5567-0076-9

Ⅰ.①雪…Ⅱ.①吴…Ⅲ.①长篇小说–中国–当代
Ⅳ.①I247.5

中国版本图书馆 CIP 数据核字（2020）第 077166 号

责任编辑　任　捷

雪
XUE

著　　者　吴青科
出版发行　海峡书局
地　　址　福州市台江区白马中路 15 号
印　　刷　三河市兴博印务有限公司
厂　　址　河北省三河市杨庄镇大窝头村西
开　　本　787 毫米×1092 毫米　1/16
印　　张　13
字　　数　193 千字
版　　次　2015 年 4 月第 1 版
印　　次　2024 年 7 月第 2 次印刷
书　　号　ISBN 978-7-5567-0076-9
定　　价　59.80 元

序一

　　相对于中原而言,无论是经济还是文化,福建都是开发较迟的区域。然而,经过唐、五代的发展,至北宋、南宋时期,随着文化南移,处于东南海疆的福建在文化投入方面令人注目,整个宋代福建就出了五千多位进士。宋代的福建文化处于崛起的状态,州县学、书院的兴办,科举的发达,刻书业的繁荣,让福建一时文化精英荟萃。北宋著名词人、婉约派代表人物柳永就是今天的武夷山人,南宋著名词人张元干、刘克庄也是福建人。时间发展到近现代,冰心、庐隐、林徽因、郑振铎、高士其等闽籍作家影响广泛,他们的作品成为经得住考验的"长销书",用今天学术界的话来说,就是他们的许多作品都"经典化"了。

　　我无意过分强调福建的灵秀山水对孕育出一代代文人墨客的不可替代作用。地域文化的某些特征有时能让人发挥天赋,有时则制约人的创造力和洞察力。我只是说,从福建这片碧水青山走出来的读书人,他们对世界的思考,他们的审美创造,随着近代伊始"放眼看世界"的时代潮流不断涌动,表现出地域性文化与世界性文化的消化、融合大于冲突的特征,同样,他们的审美书写,既有博大的胸怀,又不乏细腻的精致。而这些特点在福建师范大学文学院创作文库的诸多作品中,亦能得到有力的印证。

　　福建师范大学文学院培养的学生相当部分已经是福建省语文教学的骨干教师,培养优秀的师范类大学生无疑是教学方面的重点。同时,不少博士、硕士、本科毕业生也走上了大学教育、文化传播或行政管理等岗位,与师大文学院有着学缘关系的各类人才活跃在教育与文化建设的各个层面,他们的工作在毕业后已经有了很大的差异,但有些能力的不断强化依然是他们的共同点:一是能写,二是能说。

如果是一位语文老师,能写意味着老师的下海作文要能为学生作出示范,示范性意味着难度性。语文老师的高素质表现之一就是老师写出的文章学生不但能服气,无论是议论文还是记叙文,而且具有带动、启发的作用。近在咫尺,且与学生形成教学共同体的语文老师若"能写",其为"班级订制"的作品通常能发挥教材上的文章所无法替代的作用。如此,文学院的学生写诗歌、散文、小说、随笔,不是一种"业余行为",而通过写的"游戏状态"达到写的"专业状态"。这是因为这种"游戏之写",不是通过必修性的学分制度让学生受约束,而是通过鼓励性的氛围创造来推动进步。一位学生只有通过写小说、写散文、写诗歌才会有耐心琢磨自我情感如何通过文字获得有效而别致的表达,一个运动员光看教学录像无法成为运动员,只有参加训练和比赛,才可能锻炼体魄,习得技术和战术。文学院从2009年开始举办一年一度的文学创作大奖赛,得奖作品汇编成正式出版物,展现学生的创作才能,通过"作品会操"提升创作水准,检讨作品得失,活跃创作氛围。如此持续多届,为形成创作批评与学术研究积极互动之特色打下基础。这样,从"运动员"到"教练员",今后师大文学院的毕业生无论是从事教师工作,还是当新闻记者,或是从事其他文字工作,不但自己要写得好,更由于自己有了对写作的深切体验,懂得教他人写出一手好文章,而不是只会用几个既有的概念或术语来敷衍出几则写作方法。能力的培养,许多是习得性的,而不是概念性的。方法的"懂得"不见得会写,从方法学习到应用学习,有一大段距离要去亲自经历,也就是说,写作能力的习得具有不可替代性:只有体验过,受挫过,豁然开朗过,积累了一定量的写作体验,懂得自身的天赋如何通过写作发挥出来,才可能找到属于自己的表达路径。光说不练,写作体验是不可能达到深切的。从这个意义上说,此次创作文库的出版,对鼓励性的创造氛围的进一步形成,将起到明显的推动作用。其影响也将是长期的。

此次文学院创作文库的推出,其特色除了学生作品系列,更有教师与校友系列。我们知道,福建师范大学文学院的历史可追溯到1907年清宣统帝的老师陈宝琛创建的福建优级师范学堂的国文系科,是全国较早创办的中文系学科之一。历史上,叶圣陶、董作宾等著名作家曾在此任教。著名的翻译家项星耀也曾任教于师大中文系。创作、翻译、研究、教学,这在诸多现代文学人那儿,多是相得益彰、相映成趣。我们无意倡导高校中文系教师在教学、研究与创作诸方面的全能化,但至少应该欢迎有创作才能的高校教师发表文学作品。文学作品创作不像体操比赛,上了年纪的体操教练很难与年轻的运动员一比高低。创作可类比射击运动,经验丰富的老教练亦可充任赛手,与年轻运动员同台竞技,有时还能获得不俗成绩。此次教师系列与校友系列的创作者,既有名家,又有年轻的教师作家、散文家、诗人,说不上洋洋大观,但济济一堂,第一次如此集中地推出在文学院工作以及在外就职的知名校友的文学作品,既是文学院教师群体创作实力的阶段性总结,亦通过作品的共同展示,了解知名校友的创作现状,深化知名校友与母校的学缘纽带联系,构建以师大文学院为出发点的创作共同体,让在校与校外的文学院文学创作者的各种作品,从各个侧面体现文学院历史与现阶段教学的成果性、成长性与标志性。

文学院这三个创作作品系列,从年龄的角度看,也可视为老中青三代的不同生活与思想情感面貌的差异性汇合,他们都与师大文学院有着种种"不得不说的故事",他们的作品也或多或少反映了在母校生活的各种情感痕迹,当然,这是小而言之。就大处看,这三十年来,在我们这片土地上发生了各种变化与各种故事,然而,无论如何变化、如何不同,这三个系列的创作群体至少有些共同记忆密切地联系着福建师范大学,紧紧地联系着他们共同拥有的中文系和文学院。除了这一颇有意趣的共性之外,他们各自的生活与情感面相更可以让我们激动地发现,我们的同学、教师、校友通过他们的笔,对生活有着怎样的发现,又提供了什么样的思想与审美的景象,这犹如一系列的精神橱窗,让我们漫步其中,驻足品味,或会心一笑，或沉思感慨，或退后打量，或移情投入，说一声："看看，毕竟都是师大文学院的人，他们有些地方太像了。"或是"怎么都是师大文学院出来的人，他们的风格真是千差万别，争奇斗艳。"也许，这正是中文系、文学院应该有的写照，他们为了一个共同的爱好、趣味曾经或现在正走在一起，他们以各自的思想与表达呈现各种看法，同时，又以他们的笔，共同表达对世界、祖国、家乡以及文学艺术的热爱。

福建师范大学副校长　汪文顶

序二

1988年，我进入福建师大中文系，从那时起，我和文学的不解之缘就开始了。

那是文学创作的黄金时代，文科楼教室和宿舍楼里永远闪着不愿熄灭的日光灯，紧蹙的额头和双眉，格子簿上黑色的笔迹，一簇簇橙红明灭的烟头，都在暗示着文学风尚在那个时代是多么为人尊崇。我记得，中文系的《闽江》文学社云集了一大批文学爱好者。当年的文学爱好者，大多数现在已成了作家、评论家，他们将爱好做成了事业；更多的人，他们在工作岗位上发挥中文专业的特色和优势，在柴米油盐中眺望自己的理想，尽管当年的爱好已默默沉潜到生活的褶皱里，但毫无疑问，我和他们一样，用四年的时光培育了一生的情怀。

我们为什么需要文学？每个人都有各自的判断。毫无疑问，文学让我们更清楚地看见人生和世界，我们在艺术的视距里"看见"从来没有看见到的，这也许就是文学永恒的意义。因此我们说文学是一项不朽的事业，所有曾经和正在进行文学创作的人们都值得嘉许和崇敬！

热爱文学的方式有多种，一种人以文学创作为终生的事业；另一种人持续阅读文学作品并关注文学的发展，用读者的身份和阅读的力量来影响文学的发展。大学毕业后，我曾经在莆田一中当过语文老师，经常鼓励和指导学生多写作文，写好作文，不断提高写作能力。如今虽然沉浮商海多年，但我依旧对文学创作怀有深深的情结。我愿意做后一种人，虽然放下了文学创作，但永远不离开它！

福建师大中文系是一个文学人才荟萃之地，这里有很多优秀的文艺创作者,有的作品还对当代中国文学的发展产生过重要影响,而我也因之受益良多。今天,欣闻《福建师范大学文学院文学创作丛书》即将出版,我非常荣幸能为这套丛书的出版尽自己一份绵薄之力,一方面表达我作为一名中文学子的拳拳之心,另一方面我也想对那些依然在进行文学创作的老师和同学们表示敬意!持续关注福建师大文学院的文学创作和研究发展情况,并能有所助益,这是设立"文学创作与研究基金"的初衷,《福建师范大学文学院文学创作丛书》的出版不仅是福建师大文学院老师和学生文学创作成果的一次重要结集,更是一次集体展示,它不仅总结过往,更预示着将来。我想,福建师大文学院的文学创作传统也必将因之迈上新的台阶,继续发扬光大!

福建师范大学文学院 88 级　林　勤

目录 CONTENTS

一

　　某年的春天，阿清再次对拜访那座古老而破落的寺院产生了浓厚兴趣。他循着记忆中的道路前行，一股圣洁而忧伤的潮涌在心里不停地翻腾。前世今生的情缘仿佛永远也无法澄清，犹如一根藤条牢牢地缠绕着他，而他对这种纠缠似乎早已习以为常，甚至甘愿为之付出一切。

　　这或许就是对那些痴情的男子最恰切的描述吧，他们的内心从未真正平静过，一边于内心享受着美妙的男女之情，一边又面临着种种苦恼困惑，就这样度过了他们平淡的一生。当生命结束之时，有关他们的故事便悄然销声匿迹，仿佛从未发生过一样。

　　阿清在寂静无人的街道行走，不知何时，天空已飘起柔和的雪花，雪花在阿清周围渐渐弥漫开来，越下越大，夹杂着欢快、哀伤、留恋的思绪充斥着他的内心，整个人仿佛在雪的世界里融化。他走到寺院前时，雪已经下得很大了，四周已被落雪覆盖了起来。

　　阿清冒雪走进寺院。时隔多年，寺院里的布置已发生很大变化，循着变化中遗留的旧痕，他试图在内心还原当时的模样，与此同时，往事犹如画面清晰地展现在他眼前，若芬的容貌也顿时清晰可见，依旧娇艳无比。

　　阿清从寺院右首向里走去，曾经垂柳庇护的林荫道路已经不复存在，被修整为平坦的石板小径，路边栽种着细小的银杏树和雪松。沿着石板小径向里走去，发现原先的那片金灿灿的油菜花也已成了中规中矩的花园。当阿清走在曾经第一次见到若芬时所走的那条高低不平的石板小径，试图寻到往昔留下的痕迹时，他又一次失望了，所有能令他想到的有关若芬的事物都已不复存在，连旁边的庙宇也已翻了新。这样的变化更加迫使阿清意识到若芬连同与她有关的一切俱已在时光的变迁中消逝得无影无踪。

　　阿清心情沉重地来到殿宇里，双手合拢，跪在佛像面前默默祈祷着，心中充满了思念和忏悔，沉浸于无法抗拒的哀伤中。

在旁边念经的一位年岁大的尼师无意间听到了阿清饱含深情和忧伤的话，不免为他如此深陷情缘忧虑不已，借着殿内微弱的光线，尼师刻意看了看阿清，不禁被他英俊而忧郁的面孔所打动。听到他嘴里说出若芬的名字时，尼师顿时感到惊讶万分。想必这位先生与若芬有着非同寻常的关系吧，尼师暗自思忖道。

阿清祈祷完毕正欲离去时，尼师叫住了他，说道，先生，你认识若芬姑娘吧？阿清未料到尼师会如此问他，顿时吃惊万分。哦，难道您认识若芬小姐……她人现在哪里？阿清急匆匆问道。尼师听罢连忙合拢双手，虔诚地念叨着阿弥陀佛，不瞒先生，若芬姑娘早已不在人世。得知若芬死去的消息，阿清顿时悲痛欲绝，当着尼师的面忍不住流起眼泪。尼师见他如此伤心，便安慰道，先生请节哀顺变，不要因此连累自己……先生，你可有意去若芬姑娘的居室看一看。阿清点了点头，便在尼师的带领下沿着积雪渐渐掩埋的石板小径前往若芬的住处。

脚下不停地发出咯吱声，雪下得很大，依稀可以听见簌簌的声音，不时会有雪团从树枝上掉落下来。这场春雪下得可真大啊，尼师仰望着灰蒙蒙的飘舞着雪花的天空感慨道，而后依旧默默无声地走着。是啊，阿清内心回应了她的话，由于哀伤未能将话说出声来。

不多时，两人来到寺院角落一处简陋的房屋，房前种植着数株腊梅和一片已经枯萎的菊花。尼师拍了拍身上的落雪，掏出一把钥匙略显费力地将房门打开，请阿清进去。

"这里就是若芬姑娘的房间，里面的物品从来没人动过。"尼师说道。阿清仔细地环视着房间，不禁睹物思人，宛若若芬站在自己眼前，甚至真切地感知到了她的气息，然而两人之间却始终隔着一层难以打破的界限。"先生，想必您是若芬的亲人，若芬小姐的遗物日后就由您来保管吧，这也是她本人的意思……她生前曾嘱托我交给来这里找她的人，十多年过去了，想必那人就是您了……"

尼师将一只落满灰尘的旧皮箱搬到阿清面前，阿清见到箱子便让尼师打开，看到箱子里装的尽是书信。阿清随手从中抽出一封颜色已经泛黄的书信，打开看了起来，令他万万没想到的是，信中写的正是若芬对他的苦苦思念。

看着信的内容，阿清脑海里顿时浮现出若芬显得平静而妩媚的脸，却难以想象她心中居然隐藏了如此多的哀怨。阿清不禁为此深深地怨恨起自己，一边暗自责备若芬道，这又何必呢……为何要如此自作自受呢，我有什么资格能够让你如此对我……阿清不禁因这些蒙上了灰尘的书信泪流满面,内心陡然为若芬的离去感到哀伤欲绝,为她娇美的容颜的逝去哀婉不息。

阿清独自沉迷于那些充满相思之情的书信中,一时难以从中醒悟过来。尼师为他痴情而忧郁的俊美的脸所感动,怜悯之情油然而生,便安慰道:"先生,若芬姑娘去世时显得很平静,没有经受什么痛苦……佛祖一定会保佑着她,您也不要为之太过伤心。"

回去的路上,阿清仍旧无法从哀痛欲绝的状态中回过神来,他似乎刚刚才认识了若芬本人,这么多年过去了,竟不知她是如此痴情的人。他不禁意识到自己亏欠她太多,若芬的痴情继又转化为对自己无尽的痛恨。

"她是多么单纯而痴情的人啊……"阿清独自感慨道,"对信中提及的那人又该是多么难以割舍忘却,唯有那些无声无息的书信伴随了她孤独隐忍的一生,她对那些信又该多么的念念不忘……"在阿清印象中,活着时的若芬总是显得平静而单纯,他没有想到自己竟对她毫无了解,更不会知道在若芬安静的表面下时刻跳动着一颗忏悔的心。

因为内心不可告人的隐秘,若芬在后来的大部分生命中,时常认为自己犯了不可饶恕的罪孽。当阿清从那些记录若芬真实生命的书信中逐渐窥探到她的内心时,却一时难以理解她这一匪夷所思的感受,令他感到困惑的是,他实在难以真正明白若芬为何会如此地固执,尤其是像她那样再美好不过的女子。

阿清后来在若芬的遗物中发现了一张她年轻时的照片,在离开寺院时,他仅仅将这张照片随身带了出来,并将照片一直摆放在书房的书桌上,以便第一眼就能看到美丽迷人的若芬的容颜。每当看到书桌上若芬的照片,阿清满脑海浮现的全是若芬的身影。对若芬的思慕之情,因照片鲜活的存在变得愈加强烈,与若芬的生死离别愈加地令他痛心,深深地意识到正是死亡毁灭了这一切。

正值他陷入对若芬的思念时,天赐走进了他的书房。天赐是阿清的养女,阿清对待天赐像对待自己的亲生女儿一样疼爱有加,他将天赐安排在自己身边,时时跟随着自己。天赐自知是养父收留了自己,所以一直将阿清视为救命恩人,觉得无论如何都难以报答他的养育之恩,以至对他百依百顺。

天赐走进阿清的书房,看见阿清痴迷地望着书桌上一张陌生女子的照片。由于过于沉迷,阿清丝毫没有察觉天赐已经来到身边,并对自己的神情感到疑惑

不解。

"想必父亲很熟悉照片中的那人,很在意她吧……"天赐望着阿清静默的身影,直觉到他内心里装满了忧郁,忧郁从他侧影里清晰地显现出来。尽管这些缠绵悱恻的情感对于年幼的天赐而言显得有些陌生,但她似乎也在感受着同样细腻却令人难以释怀的情感。

天赐没有惊扰沉迷中的阿清,她离开房间来到庭院里,抬头观望着漫天飞舞的雪花,自由清新的气息迎面扑来,她逼真地感受到自己仿佛伴随雪花飞舞了起来,轻盈地徜徉于雪花的海洋里。她闭上眼睛,细细体味着这样优美奇异的感受,全然忘记了整个世界。

在她忧郁的脑海里,突然无缘无故幻现出秋天月季盛开的景象,紧接着她清晰地闻到了月季浓郁的香气。曾经,在秋夜里,她与阿清一起在花园里赏玩,第一次见到了那片鲜艳而质朴的月季花。粉红色的月季在寒霜里依旧显得英姿飒爽,娇艳逼人,看着那些美丽的花儿,犹如游历于美轮美奂的梦境……幻想着这一切,天赐却无可名状地忧郁起来,禁不住流下泪水,寒冷的天气无疑加剧了她内心的哀伤。

阿清从若芬的照片中清醒过来时感到周身的疲倦,他长叹了口气,从椅子上站了起来,走出书房来到庭院见到静静站立在雪地的天赐,看到天赐身上已落了不少雪花。

阿清喊了一声她的名字,天赐似乎没有听见,仍旧无动于衷,直到阿清又喊了一遍,天赐才有所反应,用围巾的一端揩了揩眼角的泪水,转过身看着阿清的脸。"你怎么站在雪地里,没看到正下着雪吗?"阿清关心地说道。"哦。"天赐轻叹道,一边从雪地里走到屋檐下,与阿清并肩站在一起,望着空中片片飞舞的雪花。

晚上,阿清躺在床上难以入眠,内心里一直萦绕着自身经历的无尽的往事,屋外隐约传来风雪的呼啸声,呼啸声令他想起朔风肆虐草木凄凄的荒野。他又自然地想到白天时的情景,天赐独自一人站在飘雪里,久久沉迷于不为人知的忧郁中,这些情景在阿清脑海里引起了不祥的预兆和焦虑。

他突然从床上坐了起来,想立即找到天赐问明情况,然而,当他打开房门见到窸窣的落雪时,内心的焦虑一下子又消逝得无影无踪。他关上房门,重新在床上躺下,想起明天就是天赐的生日,明天要陪她到集市上游玩,内心里又不禁生出无限快意,于是很快便睡着了。

第二天,阿清和天赐坐着人力车一同去街市游玩,银装素裹的大街上令两人感到像是进入了童话般的世界。

"真美呀!"望着路边冰雕玉砌般的景象,天赐由衷地感叹道。"是啊。"阿清随声附和道,也被眼前的雪景深深吸引住了。他转过脸看着天赐因寒气而涌起红潮的脸颊,发自内心地为她的娇美而惊叹,他突然觉得自己活在这样的世界里真的幸福无比,再也没有什么遗憾和痛苦而言。人力车的车轮在布满积雪的街道上发出咯吱咯吱的响声,路边树枝上飞掠过无数的慌张的麻雀,这一切都使得阿清感觉到世界的真实和美妙。

天赐虽与阿清并肩坐在一起,内心却因谦卑而很少与他言谈,在她心里,阿清一直是她毕恭毕敬的养父,她难以克服对他的敬畏和陌生感。尽管今天是自己的生日,阿清主动提出要带她去街市游玩,但她于感激之余已将自己游玩的兴致和自由忘却了,一心只想着好好伴随着阿清,以免令他感到有所遗憾。

当路边树枝上成群飞掠过的麻雀发出惊慌的叫声时,天赐心里顿时感到痛苦难忍,觉得自己的命运和那些飘忽不定的麻雀一样,在人世间漫无目的地漂泊寄宿,仿佛有意却又无意地来到人世。当她感叹大自然的美好的瞬间,她才将内心的苦恼暂时忘却,感到格外的兴奋。人力车载着两人缓缓地驶进了热闹的街市。

阿清陪天赐逛了许多商店,天赐在阿清的一再要求下才买下了一条枣红色的围巾,阿清当即将围巾给她围了起来。围了新围巾的天赐显得更加的妩媚动人,阿清似乎从来没有见过如此美丽的女子。看着天赐俊美的模样,阿清觉得在她身上有着某种东西影响到了天赐,黯淡了她的美。过了好大一会儿,他才发觉天赐身上没有什么饰物,于是他当即决定给她买件饰物,紧接着他又改变了主意,想起并决定将若芬曾经用过的一只发卡送给天赐,佩戴在她的秀发上。他一时不明白自己为何会有如此的念头,但这样的念头来得迅速而坚定,或许过于思念若芬的缘故吧。于是他对天赐说要送她一支精美的发卡。

回家的路上,天赐遇见了老师薛静曼,两人一见如故很是开心。天赐急忙从人力车上跳下来,还没等薛静曼开口说话便拥入她的怀里。而后,她将薛静曼向

养父做了介绍后,便让阿清独自一人坐着人力车回家。

人力车在布满泥水的道路上缓缓前行,不一会儿便消失于街市。天赐挽着薛静曼的手臂与她边走边聊,从热闹的街市转入一条僻静的向前倾斜的小巷,小巷的尽头是薛静曼执教的学校,学校位于低矮的斜坡上。

薛静曼将天赐领进自己的宿舍,让她在一张藤椅上坐下来,并为她沏了一杯浓茶。天赐一边喝茶一边望着窗外堆满积雪的斜坡,心神不知不觉地飞散开来。薛静曼蹲在煤炉前调了调炉火,然后搬了一把藤椅过来与天赐坐在一起,目光同样投向了被积雪覆盖的斜坡上。

"天赐,刚才与你坐在人力车上的那个人是谁,我怎么不认识?"薛静曼问天赐道。"是我的养父。"天赐道。"噢,原来是他。"薛静曼道,"你们两个坐在人力车上,看起来的确像是一对父女啊。"听薛静曼如此说道,天赐脑海中不由得回想起和养父阿清一起逛街的情景,似乎要以此来印证薛静曼的话。

当天,天赐在老师薛静曼那里待了很久,直到天色完全暗淡下来,方才意识到自己还要回家,她连忙走出宿舍来到外面堆满积雪的空地上,感受到漆黑的夜色中迎面刮来的刺骨的冷风,这还是她第一次在外面待到这么晚仍未回家。薛静曼看着她茫然失措的样子,隐约猜到她是在为自己回家的事感到忧虑,便劝她道:"今晚就不要回家了,和我一起住吧。"天赐犹豫地转过身回到薛静曼的宿舍,显出一副闷闷不乐的样子,她在内心里正因为养父的缘故感到有些不安,无法确定养父知道自己在外留宿会有怎样的感受。

第二天一大早,天赐便告别老师薛静曼,独自沿着雪迹斑驳的斜坡往家走去。初春的寒风在她脸颊上增添一抹鲜艳的红润,使她本已娇媚的脸颊显得更加的迷人。一缕缕金光铺满了整个原野,天赐行走在覆盖着雪花的原野里,心里不禁感到一丝淡淡的愉悦。

天赐一宿未归令阿清担忧不已,为此他狠狠地自责起来,觉得自己做事毫无头脑,不该将天赐一人留在外面。在他心里似乎已经确信天赐再也不会回到自己身边。为了等天赐回来,整夜都未成眠。第二天肿着两眼站在阳台上一刻不停地向远处张望着。当天赐的身影在山丘上渐渐变得清晰,从泥泞而松软的田间寂寥而轻快地走来时,阿清看着她娇媚而从容的脸色,内心的焦虑和抱怨顿时烟消云散,不禁长长哀叹了一声。

天赐回到自己的房间,将沾满潮湿泥土的鞋子脱下来,无意间发现了梳妆台上放着一只精美的枣红色小木盒子。她好奇地将木盒子打开,看到里面是一只晶莹闪烁的发卡。她想起了昨天养父说要送她一只发卡的话,一边兴奋地尝试着将发卡戴在额前的一绺秀发上。

吃晚饭时,阿清一眼便注意到天赐佩戴发卡的额前秀发,看着那只精美的发卡在她秀发上闪烁着细碎的光芒,使她更加艳丽,内心顿然产生无限的喜悦和满足。天赐对着阿清会心一笑并流露出感激之情。阿清猛然间察觉到她与若芬容貌的相似,这样的发现使得他再也不能静下心来吃饭,甚至连说话的语气都异乎寻常。

夜晚,阿清借着稀疏的月光来到荒芜的庭院散步,庭院里遍是残雪的痕迹,融化后再度凝固的冰雪使得夜晚变得更加萧瑟寒冷。他冒着寒气久久徘徊于庭院的幽深处,内心无法平息的波澜令他不由得发出哀叹之声。

就在暗自感伤之时,他看到天赐亦在独自散步,透过暗淡的月光他隐约感知到她那流露出单纯和喜悦的神情,多么可爱的人儿啊!阿清由衷地感叹道。他没有惊扰天赐,在她发现之前便悄然无声地离开了庭院。

他回到书房,重新审视着书桌上若芬的照片,愈是用心,愈是觉得她们母女之间的相像,从里到外宛如一个人。这样的发现所产生的震撼力远远超过了他的承受力,他的整颗心都为之乱了起来,内心的忧郁一刻胜过一刻。

……

一日,阿清看着窗外石榴树叶闪烁着阳光,觉察到春天真的到来了,脑海里顿时浮现出一片繁荣的景象,不禁萌生去郊外踏青的念头。

于是,他换上轻便单薄的春装,怀着愉悦的心情走出了庭院。和煦的春风拂面而来,一望无垠的山丘上泛满了初春新鲜的绿意,他不停地向远处的山丘走去。翻过山丘展现在眼前的是一条宽阔的河流,不少人在河边的公园里游玩。

后来,阿清躺在河堤一片暖烘烘的荒草地上休息,欣赏着远处迷人的风景。不一会儿,便在暖阳的照耀下泛起了困意。这时,他感到一片阴影笼罩在自己头上,睁眼看到薛静曼正手拿一柄遮阳伞目不转睛地望着自己,伞的阴影恰好笼罩在自己身上,他清醒了过来,从草地上站起身,以疑惑的眼神望着薛静曼。

"难道您不认识我了,我们还有过一面之缘呢?"薛静曼道。阿清看着薛静

曼认真想了一番终于想起来了。"你就是天赐的老师吧！我们好像曾在街市上见过……没想到又在这里见面了。"阿清道。"您终于想起来了……是啊，真巧啊。"薛静曼望着阿清道。薛静曼一边收拢起裙裾在草地上坐了下来。"您怎么独自一人来这里呢？"薛静曼道。"哦，我只是过来散散心而已，没想到竟然就这样睡着了。"阿清道。

后来，两人踏着河岸上的青草一起散步。缓缓的河流中有几艘小游艇，风筝在空中悠然地飘浮着，明媚的阳光使得阿清产生了奇特而压抑的虚幻感，依稀脱离现实进入了梦境。似真似幻的感受使他隐约感到一阵难言的痛苦。不知出于何种原因，他忍不住将自己的这种痛苦的感受如实地告诉了薛静曼，薛静曼却付之一笑，觉得有些不可思议，阿清立刻就后悔将自己的真实感受告诉她了。如此明朗的阳光却刺痛着阿清的心，他觉得没有人能够明白自己的这种感受，也意识到自己显得过于脆弱，为此痛悔不已，但他却始终找不到造成此种状况的真正原因。

傍晚时分，天色渐渐暗淡下来，两人走上河堤，走过车辆喧嚣的街道，顺道经过薛静曼的住处。薛静曼便主动邀请阿清到自己的住处看看，顺便一起吃顿晚饭。

薛静曼兴致勃勃地为阿清准备了一桌丰盛的晚餐。从薛静曼的一举一动阿清隐约感到了她的殷勤和盛情，他后悔不该轻易地接受她的邀请。他刻意看了看薛静曼的容貌，之前自己从未这般仔细地看过她。她身材高挑，容貌美丽，披肩长发，神情端庄而纯净，于是他心安理得的平静下来。

薛静曼从橱柜里取出一瓶葡萄酒，举着酒瓶满意地审视了一番，将酒瓶打开给各自倒了一杯，她在阿清的对面坐了下来。透过昏暗的灯光，她含情脉脉地看着阿清，为他的俊美深深迷住。

"来，我敬您一杯。"薛静曼举起酒杯向阿清道。一边将满满一杯酒倒入口中，阿清亦举起酒杯喝了一口。不久，薛静曼的脸上便泛起了醉意，眼神显得迷离。在似醉非醉的状态下，她大胆而痴情地望着阿清，而阿清似乎什么也没有察觉到，一直矜持地坐着。

"阿清叔，我真羡慕天赐能有您这样优秀的父亲。"薛静曼说道。阿清没有说什么，只是微笑了一下。"其实，我也懂得您的心结所在，你应该从心底里感到更加乐观些,这样您就自由和幸福了。"薛静曼见阿清没有什么反应,继续说道,"恕我如此冒昧地揣测您的内心,您可不要怪罪我啊?""怎么会呢,像您这样聪慧的人,还真不多见呢……不过,跟您坦白一点,我这样的生活的确需要莫大的勇气来面对。"阿清平静地说道,内心却为薛静曼刚才的一席话颇感惊讶,觉得一个陌生的女人怎能凭空如此看透自己。

"是啊,很多事情并非个人所能决定的,尤其是触碰到内心情感的时候……大凡重情的人所受的折磨反而更多些吧,往往不愿轻易割舍一切。"薛静曼轻声感慨道,将一杯红酒又倒入口中。"您这样豪放的喝酒恐怕会伤了身体,以后还是少喝点吧……何况喝酒会徒增伤感呢。"阿清半开玩笑道。"哟,您居然担心起我的酒量了,按常理这些话应该倒过来说才对呢……告诉您吧,我才管不了那么多,哪里还有心思顾及这些繁琐的细节,这样反而约束了自己。"薛静曼边喝酒边说道,"说实话,那天看到您和天赐一同坐在人力车上,我还很羡慕你们呢……"

深夜,阿清便辞了薛静曼独自沿着缓缓地山丘往家走去。一天的经历使他觉得不可思议,像是受了鬼使神差一般。他脑海里仍旧不停地浮现出薛静曼的模样,这使他想起初次见到她时的情景,他和天赐坐在人力车上,看到站在街旁飘雪中的薛静曼,在天赐与她说话时,他刻意注视了她一番,直觉到她是聪慧而善解人意的女子,今天的谈话更加深了他对她的印象。

阿清走后,薛静曼的房间顿时又显得寂寥起来,刚刚经历的恋人般的两人世界犹如一场波动人心的梦幻,她似乎迷恋上了这种梦幻,梦幻的消逝加重了她内心的孤寂和哀伤。她望着窗外闪灭的灯火惆怅不已,觉得一切都在无情地流逝直到化为乌有。

自从与阿清有了接触以后,薛静曼对阿清的思念一日甚过一日,由于思念之情得不到排遣,她的个人生活也开始变得紊乱起来,整个人亦显得憔悴不堪,万事万物在她眼中也显得哀伤萎靡。后来,她不得不向学校请长假去外地旅游疗养,离开那个令她爱恨交加的地方。

当火车长鸣着汽笛向异地驶去时,薛静曼感受着车窗吹拂着的无声无息地凉风,内心因为自身的逃离以及那未知而新鲜的天地而轻松许多,她长吁一口气,觉得自己终于活过来了,在饱受折磨后得到了意外的拯救。

她独自长时间地徜徉于异地的山水之间，呼吸着新鲜自由的空气，直到她确信自己已将那突如其来的哀伤给忘记了，这令她感到无比快慰。

一日，在她离开烦恼之地三个月之后，她坐在一家客栈简陋而古朴的屋檐下，悉心聆听外面的霏霏细雨时，她意识到自己已经流浪了很久，已经超脱了爱恨，已经淡忘了曾经熟悉的一切，于是她顿生回家的念头，并决定于次日动身。

她回到学校的住所，打开门，看到房间里的什物静默而带陌生感。接下来的几分钟内，她从一种状态恢复到另一种更为熟知的状态，同时她在地板上看到一封信。她捡起书信，看到书信是天赐寄来的，里面写的是她对薛静曼的担忧和思念，并渴望她能够去看望自己。

薛静曼离开后，天赐曾去学校看望她，发现住所的房门紧闭，她从其他老师那里得知薛静曼已请长假去了外地。这样的消息令天赐认为她要与自己永别，从此再也见不到她，这样的直觉使她泪流满面。万般无奈之下，她只好写了一封信从门缝里塞了进去，而后心事重重地从学校回到家里。夜晚，她独坐窗前，无心休息，仰望着明朗的月亮独自伤感。

收到天赐的信后，薛静曼顾虑许久，不知如何是好，面对自己曾经没有勇气面对而选择逃避而又不得不面对的人，尽管她已确信自己脑海中的爱情早已灰飞烟灭。最终她还是决定要去看望天赐，这或许是她唯一能做的。临去之前，她将自己打扮得漂漂亮亮，给人以优雅恬静之感。

见到天赐那一刻，天赐将她紧紧地拥抱起来，欣喜若狂地问她去了哪里，怎么这时候才回来，本是要与她一起去踏青呢。真是可惜啊，眼看着夏天就要过去了，天赐道。实在对不起，我的好孩子，我也是不得已啊，薛静曼半调侃半认真地说道。是啊，夏天快要过去了，大好时光都给我虚废了，真的对不起你。

见到薛静曼，天赐内心的伤感和遗憾顿时消逝到了九霄云外，她拉着薛静曼的手一同去庭院里散步。庭院里一派郁郁葱葱的景象，各种花木竞相开放，到处都能闻到馥郁的花香。

散步途中，透过花木间的缝隙，薛静曼无意间看到了阿清的身影，她看到阿清正忙于修剪一丛茂盛的月季，那些怒放的月季犹如五彩缤纷的云霞将阿清团团围着。看着阿清忙碌的身影，薛静曼的内心陡然生出无限深情，她的步履也明显慢了起来。对此毫不知情的天赐仍旧自顾自地讲着什么事情，薛静曼的心思却全然不在她身上,在见到阿清的那一刻早已不知飞去了哪里。

阿清的身影从她目光里彻底消失后,她的心思仍旧处于迷离的状态,直到天赐故作嗔怒地拍了一下她的手臂,责备她在胡思乱想,把她自己都给忽略了,她才真正地回过神继续听她讲话。

后来,天赐领着薛静曼自然而然地散步到阿清那里,阿清见是两人,便手拿剪刀从花池中走出来,一边向薛静曼问好。由于劳累,阿清说话的语调显得平淡,神情呆板而疲倦。天赐走上前从他手里接过剪刀,并用衣袖轻轻揩了揩他的额角。天赐所做的这些平常而简单的举动在薛静曼眼里却充满了无限柔情,她由衷地羡慕天赐能够如此自由地对待阿清。若是自己那该多好啊,薛静曼不由暗自羡慕起来。

从花池回去的路上,阿清一直显得很冷漠,似乎并没有真正意识到薛静曼的存在,很少与她说话,他不停地左右观望着庭院里的布置。当一阵风拂过馥郁的花香时,他忍不住对花香赞不绝口,十分忘情地迷恋其中。

眼看着就要走到路的尽头,阿清依然没有对薛静曼正瞧一眼,一味地沉迷于自我的享受中,这在一定程度上激起了她的愤怒。没想到他居然如此无情!薛静曼在心里抱怨着,毕竟我们不是完全陌生的人。然而,无论她怎么去胡乱猜测都无法揣摩到阿清心里到底在想什么,对她的无言的爱慕是否有所察觉,至少,她没有从阿清身上捕捉到一丝一毫的对自己的爱恋做出回应的信号。渐渐地,她内心的怨怒平息了,转化为黯淡的绝望。

吃过晚饭,三人坐在庭院的凉亭里一起品尝天赐精心沏制的绿茶。朴素淡雅的穿着使得天赐看上去成熟稳重了许多。她与阿清坐在一起,并殷勤地为他和薛静曼倒茶。夜风时不时地吹拂而过,使得庭院渐渐布满凉意。花木丛中飘浮着一层薄纱般的雾霭。

当夜风再次拂面而来时,天赐禁不住打了个喷嚏,阿清猜想天赐定是受了凉,便把自己的上衣脱下给她披上,并护送她回去休息。当凉亭里剩薛静曼一个人时,她便沐浴着月光向庭院的僻静处走去。在她看来,静谧而柔和的月光也显得哀怨无比。

她走进连月光也照不到的稠密的树荫里,听着树间发出的细微的风声而聊以自慰。阿清重新回到凉亭里没有见到薛静曼,便猜想她或许在庭院里的某处

散步,于是他沿着一条小路向庭院深处走去。他循着月季迷人的香气漫无目的地走着,从薛静曼的身边经过时也没有察觉。薛静曼在幽暗处却将他看得一清二楚,但她没有惊动他,认为他会悄无声息地走开。就在这时,阿清突然转过身,凝望着薛静曼所藏身的那片浓密的树荫。薛静曼,你在吗?阿清问道。薛静曼以为阿清已经看到了自己,只好从树荫里走出来,现身于月光之下,她满含眼泪地凝望着阿清,而阿清依旧神情冷漠,似乎丝毫没有体会到薛静曼内心的感受。天已很晚了,你该回去休息了,阿清冷冷地说道。薛静曼没有回答他的话,强忍着内心的伤痛匆匆而去。

二

薛静曼终于还是放弃了对阿清一往情深的爱慕。薛静曼对自己的爱慕之情一度使阿清感到苦闷不已，他为此多余的情缘所困扰，内心的苦恼却丝毫不亚于那些被他无形中伤害过的女子。或许是前世孽缘的造化吧，今生需要一丝不苟地偿还。虽独自默默无故承受着诸多苦恼，却在那些女子眼中他又是多么无情的人啊！

自从找过天赐后，薛静曼便不再和她联系，像是故意在躲避。随着时日的迁移再加上天赐隐隐的察觉，她们彼此都不愿主动去惊扰对方，去打破对方内心的平静。如此亲密的师生关系却因无形的东西而心存隔阂，这样的情形令天赐痛苦不已。为此她对养父阿清多少心存不满，刻意疏远他，独自黯然神伤。而阿清亦无可奈何依旧摆出若无其事的样子，将这一切交付时间去解决。时日一久，那些令人不快的事情自然而然地消逝不见了。

秋高气爽的一天，天赐陪着阿清在庭院里休憩，手中一边忙着编制毛衣。飒飒秋风使得庭院里落红遍地，望着秋日静寂而略显荒凉的庭院，天赐顿生无限惆怅，因惆怅忘了手中的女工而变得迷失起来，目光呆呆地凝望着满地的落红，不禁觉得光阴过得如此之快，快到来不及做任何事情，再想到自己的青春，想到养父阿清，她突然觉得一阵揪心的剧痛。

当天赐如此胡思乱想时，秋风似乎也不免同情怜悯她，为她一直柔声细语地抚慰着，一边将无数的落红撒向大地。

天赐的哽咽之声无意间被阿清听到了，他扭头看了看天赐，见她娇媚的脸颊上挂了两行眼泪便为之担心起来。你怎么了，为何无缘无故流泪呢？阿清面带忧愁地问道。没什么，只是突然觉得很伤心，可能是受了天气的影响吧，天赐答道。一边擦掉眼泪，重新振作起来。阿清见她平静下来，便继续沿着布满落叶的庭院里的小路向前缓步走去，却不知道天赐正在为他又一次剧烈地伤心。到那时候，就连我那亲爱的养父也要消逝不在了啊……

　　天赐对事物敏锐的感受就连阿清恐怕一时也无法理解，或许只有她的亲生母亲若芬才能够理解吧。随着一天天地长大，天赐更不愿将内心的感受告诉别人，于是那些悒郁的情绪在心里日积月累，使她养成了沉默寡言、多愁善感的性情。当她明白的事理越多时，她便更加的封闭自己，不再轻易向人敞开心扉，别人亦不能轻易地进入她的内心。

　　一日，她觉得无聊，便独自一人去郊外散步。她踏着林间小路上的枯枝败叶倍感寂寥地走着，或因林风悦耳的奏鸣，或因逃避了尘嚣，她心情平静如水、惬意无比。后来，她在林中的荒草丛中看到了自己亲生母亲的坟墓，墓碑显得破陋且半身掩埋在腐叶里，墓碑上隐约可以辨认出"李若芬之墓"的字样。与墓碑截然不同的是上面亡者的照片，照片依旧显出亡者美丽的容貌和楚楚动人的神情。天赐不禁为母亲的模样所吸引，并为母亲早逝而哀婉不已。她环视四周荒芜的景象，目光停留在不远处一片金黄的油菜花上，她走过去采摘一束放置在墓前，又对着母亲的照片凝视良久，方才迟迟离开。

　　因见了荒草中孤零零的母亲的坟墓，天赐的心情更加的忧郁，听着秋风的泣诉，她便忍不住抽泣起来，更觉人世坎坷无常。她脑海中时不时会浮现出墓碑上母亲的模样，隐隐地觉得自己仿佛已经死去，那坟墓里埋得不是母亲而是她自己。

　　哀伤和孤寂使天赐疲倦不堪，于是她坐下来倚着路边的一棵白杨树休息，不知不觉地睡着了。梦中她仿佛又见到了自己的母亲，母亲四周依旧十分荒芜，秋风依旧不停地怨诉。

　　受了秋风的侵袭，天赐回到家中便卧病不起，一直高烧昏迷。当她醒来时，看到养父阿清守护在床边，正目不转睛地望着自己。看到天赐醒过来，养父阿清便问她怎么会突然着凉病得如此严重，天赐回答说是自己不小心的缘故。昨天你去了哪里？阿清看着天赐苍白的脸色问道。天赐如实回答说去了郊外散步。

　　阿清寸步不离地守护在天赐身边，悉心照顾直到很晚。夜间，下起了第一场秋雨，庭院里传来淅淅沥沥的雨声。阿清来到窗前，凝望着窗外的雨景，脑海里断断续续浮现着往事，情绪却没有因往事有所波动，往昔连同相关的一切俱已消逝无迹。不过，他依然能够想起自己曾经经历的那些难忘的往事，直到现在他仍旧能够感受到自己因之所承受的无尽的悲伤喜乐，而他又清醒地意识到自己只不过是一个无关紧要的普通人而已。一想到自己深深亏欠着天赐母女两人,他便无法原谅自己,认为自己从头到尾是一个自私之人。

借着灯光,阿清从衣柜的抽屉里取出一帧精美的封面上印有金黄色玫瑰花纹的枣红色的相册,一边看着老旧的照片一边体味着与之相应的逝去的心情,他甚至还能够清晰地回忆起当初内心纯真的沉默的爱情。由此他自然地想到了若芬,并为她深感痛惜。内心纯粹的爱情却并未使得他们心心相通,在世俗的世界里他却能够得到若芬彻底的理解和原谅。

秋雨连绵不断地下了很久,整个世界沉浸在忧郁之中。受了秋雨的影响,阿清撑着雨伞走在路上的时候,心中还在模糊地回忆着往事。寺院墙下的那条倾斜的小路空旷无人落叶纷飞,阿清听到寺院传出的沉重的钟声。听着钟声他自然地想到若芬,隐约听到若芬内心默默地倾诉,他不禁为之深感忧伤,不忍再去听那钟声。

由若芬他又想到天赐,多年来他还是没有勇气面对他们之间的关系。他的愧疚感随之愈加的强烈,觉得自己过于自私,令天赐一直生活在晦暗的骗局之中,对自己的亲生母亲一无所知,却一直依赖着蒙骗她的人。

然而,当他快要走到家门口时,他又突然意识到自己先前满脑子的臆想多么的荒谬,怎么可以让原本生活得如此平静的天赐无缘无故地卷入无休止的爱恨中呢,尽管是骗局,那也是善意的欺骗,即使有朝一日她明白了真相,相信她也会原谅我的。这样思来想去,阿清的想法在一瞬间突然发生了转变,出于周全的考虑,他决定继续对天赐隐瞒下去,他不忍心看到她纯真的内心因之平添苦恼。

天赐病好以后,仍旧忘不了去过的那片荒野,她的魂魄似乎被荒野中坟墓里的母亲纠缠不休。夜里,秋风吹过树林,她自然而然地幻想到母亲的容貌。她倾听着秋风吹动树林的声音,一边静静地回忆着自己的母亲,将整个世界忘得一干二净,仿佛她们息息相通,曾经快乐地生活在一起。一股浓密的亲切感弥漫于天赐有关母亲的幻想和回忆,她依稀觉得自己与母亲是那么的亲近。

一天,天赐收拾阿清的书房时,无意间看到了书桌上摆放的若芬的相片,她发现若芬与自己母亲的容貌格外的相似,这一发现令她震惊不已。看着照片,墓碑上母亲的影像顿时浮现在眼前,勾走了天赐的魂魄。

天赐有种说不出的压抑感。她将窗户打开,阳光明晃晃地照射进来,清晨凉

爽的气息渐渐平息了她内心的压抑。这时,阿清从外面走了进来。天赐痴望着窗外没有察觉到阿清。天赐,你在想什么呢,这么痴迷?阿清抚摸了下她的肩膀道。天赐回过神,以异样的目光看着阿清,没有言语。阿清更感奇怪,故意将手在她眼前晃了几下。你怎么了,为何不说话?阿清道。你能告诉我照片上那人是谁吗?天赐终于开口道。天赐的话令阿清颇为震惊,不知她为何会突然问这个问题。哦,那是我以前很好的朋友。阿清回答道。一边在书桌前坐下来,他没有让天赐知道他与若芬的关系。你今天显得很奇怪,怎么突然问起这个事情?阿清道。天赐没有言语,只将额角的发卡取下来放在阿清面前的书桌上,而后转身离开了书房。

天赐离开后,阿清看着书桌上的发卡顿时恼羞成怒,一气之下将发卡用力朝地板上摔去。发卡在地板上发出清脆的响声却没有破碎。怒火消退后,阿清对自己的鲁莽行为深感懊悔,尤其是看到照片里若芬恬静娴雅的模样。他将发卡从地板上重新捡起来,用衣襟小心翼翼地擦拭着上面细小得看不见的尘埃和伤痕,仿佛那就是若芬的心,也是自己的心。

当天晚上,阿清去找天赐。走进天赐的房间时,他看到天赐正在读一本书。天赐见是阿清便不予理睬,依旧埋头看书。阿清走过去在她旁边坐下,将脸凑到她肩上,想弄明白她看的什么书。天赐故意躲开,看也不看他一眼。阿清见此情形,便打趣道,哦,何故如此躲避,一定看的不是什么好书。天赐听他如此说道,便不得不将手中的书随手丢在书桌上,依旧不言不语。阿清接过书看了看,发现是一本普希金的诗集,他翻开诗集随便朗诵起其中的一首诗:

我记得那美妙的一瞬:在我的面前出现了你,有如昙花一现的幻影,有如纯洁之美的天仙。在那无望的忧愁的折磨中,在那喧闹的浮华生活的困扰中,我的耳边长久地响着你温柔的声音,我还在睡梦中见到你可爱的倩影……

听到养父阿清故作深情的诵读,天赐忍不住扑哧笑了起来,走到阿清面前将诗集从他手中夺了过来,依旧独自看了起来。阿清将脸凑到她面前,柔声细语地说道,怎么,年纪轻轻居然还会生气呀?天赐沉静着脸色对他并不理睬,仿佛全部心思都在诗里面。

在天赐专心看书的当儿,阿清再次小心翼翼地将发卡卡在她额角的一缕头发上。我之所以将发卡送给你,是我太过爱惜它的缘故,以后可不要再轻易还给我了。阿清如此对天赐说道。天赐目不转睛地盯着诗行,却因听到阿清的话不由得脸色羞红起来。阿清的话像是对自己内心的坦白。阿清近距离地凝视着天赐涌起红潮的脸颊,觉得她无疑是世界上最美的女子。

天赐对着镜子认真地欣赏着头发上精美的发卡。阿清看着天赐优雅而单纯的举动,觉得镜子里的她与死去的若芬出奇的相像。她们是多么相像啊。他不由得感叹道。他走到天赐身边,用双臂将她搂在了怀里,一边望着镜子里天赐的身影。天赐娇羞着脸颊,内心里早已原谅了阿清。

第二天,天赐依旧如往常一样与养父阿清坐在一起吃饭,一边吃饭一边向门外空荡荡的庭院望去,内心充满了对秋天敏锐的感受,觉得秋天是光怪陆离易令人失落的季节。此时,户外正闪动着一片亮光,亮光更加深了天赐对秋日的哀愁的印象。

天赐产生了去寺院进香的念头。前往寺院的路上刮起了秋风,路边高大的杨树窸窣作响,纷纷飘落。天赐在寺院殿宇里一尊玉石雕砌的菩萨像前久久地跪着,任意宣泄心中的哀怨。

正值深秋,殿前的焚香坛里冒着缕缕青烟。天赐沉迷于无尽的哀伤,忘却了身外的一切。旁边跪着的是一位身着学生制服的年轻人,年轻人同样虔诚地向菩萨默默祈祷着。当他结束祈祷将要站起来时,无意间发现身边的女子还在默默地跪着,女子脸颊上留下两行泪水。不由为之同情起来。她看起来多么伤心啊,年轻人暗自同情天赐。一边站起来依依不舍地离开了大殿。

过了许久,天赐才祈愿完毕,起身离开大殿。由于跪得太久,秋日犀利的光线令她头晕目眩,她不得已在殿宇前的一棵玉兰树下的长椅上坐下来休息,懊悔不该私自悲伤到如此地步。如此这般不如意地活着,倒不如死了的好,她暗自叹息道。

这时,刚才的那位年轻人出现在天赐面前,他在天赐旁边的位置坐了下来。天赐因与他素不相识,只当为陌生人,丝毫没有留意他。年轻人靠在一根墙柱上,从侧面看着天赐迷人的身影,天赐对此全然不知,还在一味地惆怅不已。

一阵秋风刮来,将天赐白色的薄纱手套吹落到地上。还没等她反应过来,年轻人已敏捷地将手套捡了起来,并递到天赐手中。天赐接过手套,对年轻人道了谢,继又发起呆来。小姐,什么事情使你如此的伤心?年轻人道。天赐回过头望

着身边这位陌生人。没什么，只是无缘无故感到有些失落而已，天赐回答道，可能是跟天气有关吧。北方的秋天都是如此，干燥又多风沙，年轻人道，是啊，人的情绪总会受到天气的影响，看来你也是多愁善感的人。哦，看到眼前凄凉的景象，人不由自主地就伤心起来……实在无道理啊，天赐道。她见天色不早了，便起身与年轻人告别，离开了寺院。年轻人看着天赐远去的身影，突然产生强烈的惜别之情，但他又不知如何是好，只好眼睁睁地看着她离去。

阿清对天赐无以复加的悉心照顾却令她再也不能与之坦然相处。在天赐心中，不知为何渐渐与养父产生了莫可名状的隔阂，为了不使彼此在日常的生活中产生不愉快的感受，她主动选择了逃离。

自从在荒野中无意间见到母亲的坟墓之后，天赐一贯的平静的生活从此消失得无影无踪，她不得不承认，眼前幸福美好的一切就此给毁掉了。这或许才是天赐跪在菩萨面前整日哭诉的缘故吧，天赐本人都不记得为何自己会那样的伤心难过，她只渴望找到一个值得信赖的倾诉的对象。就这样，她被内心迫切的愿望驱使到了寺院，在那里久久地哭诉。

后来的一天，在客厅里休息时，天赐以学习为借口向养父提出要寄宿学校，阿清对这一提议感到莫名其妙，甚至生气起来。他向天赐解释寄宿学校的种种不便，如果仅仅因为学习的缘故根本没有必要做出这样的决定，最好还是待在家里，到了最后甚至指责天赐不要搞出这些乱七八糟的名堂来。

养父的指责令天赐不敢再说什么，只好沉默不语。然而，与其说难过失落的是天赐，倒不如说是阿清本人，无论自己多么困惑不解，他最终还是答应了天赐的请求，决定让她寄宿到学校去。你如果已经想好了，那就寄宿学校吧……你已经不再是小孩子了，以后很多事情都要自己做主。

天赐一直没有言语，对阿清的话只是轻轻地点了点头。听了天赐的话，养父阿清没有再说什么，唉声叹气地离开了客厅。就这样，天赐实现了自己离家的念头。尽管如此，她内心里却为阿清在客厅说的那些话感到灰心失望，觉得他说的那些话冷冰冰毫无感情，仿佛天赐和他没有任何关系，只是一个无关紧要的陌生人。或许他也渴望着我离开吧，天赐甚至这样暗自思忖道，她似乎第一次感受到世间的冷落和凄凉。

她暗自想着自己该如何离开这里，哪里又将是自己的容身之所，这些问题犹如浓浓的阴影笼罩着她。或许我本不该属于这里吧,她暗自伤心道。夜深人静时,天赐仍旧毫无睡意,她躺在床上胡思乱想,倾听着周围细微的声响,觉得这一切都不可思议,如同梦里一般。有时她也会想,自己若是真的离开生活了十几年的家,难道不是残忍吗,对于养父而言,无论如何都要考虑他的感受。

　　然而,因为阿清以及其他稀奇古怪的感受,她离家的念头自始至终没有丝毫的动摇。

　　一个礼拜后,天赐简单地收拾了一些行李,提着一只半旧的行李箱离开了家,阿清亲自将她送到人力车上。上车之前,她与阿清紧紧拥抱了一下,顿时心中有股难言的滋味。她强忍着心里的酸楚匆匆上了人力车,当人力车离开的一瞬间,天赐忍不住流出了眼泪,低声抽泣起来,车夫似乎听到了她的哭声,回过头看她一眼,显出怜悯和疑惑的神情,然后拉着车不声不响地跑开了。

　　……

　　冯剑霜在寺院里偶遇天赐之后,一直没有将她忘记,时常还会因与她擦肩而过遗憾不已。随着光阴的流逝,他内心的这种遗憾渐渐平息了下去。一天,他在画室里作画时,窗外袭来的风惊扰了他,风将室内的稿纸吹的满地都是,凌乱的景象令他顿生苦恼。他随手丢掉画笔和调色盘,来到窗前,点上一支香烟。

　　窗外可以看到郁郁葱葱的高大树木在风中有节奏的摇曳和鸣响着,冯剑霜心中的寂寥感愈加的强烈起来。此时此刻,他脑海里又无缘无故地浮现出天赐的身影,在寺院里遇见她时的情景历历在目。面对眼前寂寥而变幻的风景,冯剑霜不由长叹了口气,从有关天赐的回想中脱出身来,下意识地觉得那次相遇已没有什么实际的意义,已是过去的事情了。

　　这时,他的朋友高明轩推门走了进来,一边用手嫌恶地拍打着弥漫的烟雾,受了烟雾的熏呛,他忍不住咳嗽了两声。他看见冯剑霜正背对着自己,一心向窗外观望,冯剑霜似乎并没有意识到高明轩已经走进自己的工作室。在想什么呢?高明轩漫不经心地问道,一边走到一幅未完成的油画面前看了起来。没什么,冯剑霜转过身见是高明轩,回答道。高明轩见油画画的是一个年轻女子,便问冯剑霜画中的女子是谁,画中女子的容貌同样打动了高明轩的心。冯剑霜坦然说道那是曾经偶然遇到的一个女子,只是见过一面,说过几句话而已,其他就没有什么了。

出于画家的敏感，高明轩感觉到画中的女子在冯剑霜心中有着非同寻常的地位，她在冯剑霜的心里一定留下了难以磨灭的印象，因此他才能将内心的感受通过油画真实而隐晦地表达出来。由画中的女子高明轩又突然想到最近经朋友介绍过来学习油画的一个女子，他突然毫无缘由地将二者联想到了一起。于是，他便向冯剑霜谈到了那位女子。

最近画室新来了一位学徒，女的，和你画中的女子看起来蛮像的，高明轩说道。是吗，冯剑霜一边作画，一边和高明轩说这话，不过，相像的人太多了，没有什么好奇怪的。

当天下午，冯剑霜见到了天赐，在他走进画室的那一瞬间，天赐同时看到了他，两人不免都感到有些惊讶，没想到会在一间画室里相遇，惊讶之余又都会心地笑了笑。冯剑霜由于激动，满脸涨得通红，说话都显得有些吃力，他为自己这样的表现感到羞愧，觉得这样的表现不该在自己身上出现。然而，他觉得自己是快乐而幸福的人，就这瞬间，幸福感如波涛般在他内心汹涌起来，他真切地体会到了年轻人满怀希望和喜悦的那种感受。

两人从画室出来时，已到了吃晚饭的时间，冯剑霜领着天赐在街道旁边的一家小面馆吃饭，为两人各要了一碗阳春面，围坐在饭馆门前遮阳伞下的一张餐桌吃了起来。

刮了一天的沙尘到了傍晚终于停息了，被风吹刮的干干净净的街道显得有些寂寥。通红的浑浊的晚霞这时已满满地渲染了整片天空，给笼罩的一切增添了宁静而梦幻的色彩。

天赐坐在冯剑霜面前，看着冯剑霜吃面条的样子，自己却没动碗筷，她不时地向四周望去，脸上流露出淡淡的哀愁。冯剑霜见她哀愁的神情，顿时感到愧疚不安，觉得自己无意间冷落了她。便对她说道，看来你还不习惯这里的生活，在这样的环境里生活，实在是委屈你了。天赐摇了摇头，说道，我这人本来就这样子，时常受到周围环境的影响，心情总也好不起来，你不要对此太在意，我已经习惯了。说罢，她便埋头吃起面条来，脑海里却忍不住想念着过去的生活，生活环境的变化令她一时难以接受。

饭后，冯剑霜将天赐送回她居住的公寓。天赐将冯剑霜让进房间，冯剑霜看到房间布置得很简单，只有单人床、桌椅和一些琐碎的东西。房间虽小，却有着温馨舒适之感。冯剑霜就着床沿坐了下来,察看着房间的布置,不知不觉喜欢上这个小房间,他用手摸了摸床上的被褥,发现被褥很单薄,心中不免担心天赐会受冷,于是说道,这一床被褥太过单薄了,明天我给你送一床厚的来,不然很容易着凉的,天气越来越冷了。

天赐显出若无其事的样子,面带笑容说道,我还不怎么觉得冷,过一段时间我自己买一床,你不用麻烦了。你一个人在这里挺不容易的,冯剑霜道。我倒没觉得什么,反倒觉得自由了许多,天赐道,与其在家里苦闷,倒不如过这样的生活。听天赐如此说道,冯剑霜隐隐意识到她与家人之间或许有了什么矛盾,他又联想到她独自在寺院悲苦忧伤的情形,料定她是遭遇了不同寻常的事情,但他没有进一步询问。

没想到你还这么坚强独立,跟你的外表不太符合嘛,冯剑霜玩笑般说道,内心不禁对天赐的爱慕变得愈加强烈了,同时因这爱慕之情而感到怅惘若失。

当他清醒过来时,感觉到从窗口吹进来的带有寒意的夜风,便起身向她告别。天赐见冯剑霜要走,便很客气地将他送到楼下,天赐的一举一动在冯剑霜眼里看得一清二楚,深深印在他的脑海里。天赐将冯剑霜送到公寓门口与他挥手告别。

冯剑霜沿着荒凉的布满干燥的沙尘的小路往回走,夜晚的天空弥散着潮湿的夹杂着泥土气息的雾气,雾气的味道深深地抚慰了他躁动不安的年轻人的心,他贪婪地呼吸着潮湿的雾气,顿时觉得舒畅许多。

……

天赐的离开给阿清的生活带来了翻天覆地的变化,在她离开家的那段日子里,他几乎彻夜难眠,躺在床上面对着漆黑的夜晚不停地抽烟。在虚幻般的黑夜中,阿清不禁屡次回忆起自己所走过的人生道路,以及所经历的所有人和事。回忆之时,他同时隐约感到生命的尽头即将到来,而在最紧要的关头,他却因天赐毅然决然地离别感到万分悲痛和孤独,并因此而日日感到愧疚不安……

当冬天到来之际,阿清独自走在荒芜的庭院里时,他突然意识到自己已经很久没有天赐的消息了,仿佛与她已经别离了很多年,也几乎已经无法清晰地记起她的俊美的模样。他甚至怀疑天赐早已将自己和整个家给彻底遗忘,彼此之间不再有丝毫的关联。

在独自空守着庭院的那些日子,为了能够给自己带来一丝一毫的安慰和希望,阿清全部的思绪和行动都集中在了前往天赐所寄宿的那所中学的路上。然而,他却总是走到一半的地方折身返回,没有勇气再继续走下去,他无法预见自己见到天赐的那一刻的情形。

由于寒冷,阿清不禁一连打了几个寒颤,这时,他看到寒风带着雪花呼呼地吹过来,灰色的天空里无数的雪花尽情地飞舞着,眼前的景象在他心里留下了奇异而深刻的印象。看着窗外的飞雪他想起了遥远的往事,那些往事仿佛就在眼前的灰蒙蒙的世界里正发生着,而理智依稀告诉他那已是不可能的事情了,它们总是悄无声息地悠然划过。

尽管如此,那些往事留下的忧伤仍令他一次次地回味,回味那些往事对阿清而言意味着无尽的哀伤和凄凉。但他却难以抑制地沉迷于永无休止的回忆之中。

寂静的房间在一个无法预料的瞬间为这种回味提供了安全的避难所,穿越时空让难忘的过去融汇在了一起,这是多么刻骨铭心的时刻啊!炉子里跳动着的火苗给整个房间带来了无尽的暖意。当冯剑霜感受到这种暖意时,他便泛起困来,迷迷糊糊地睡着了。他将内心的哀怨带到睡梦中,梦见了自己的童年和熟悉的故乡的场景⋯⋯

由于房间里的温暖以及身心的疲倦,冯剑霜在睡梦中沉迷了许久。房间内外的温差使得窗玻璃蒙上了浓浓的雾气,不断地有水珠从上到下地在玻璃上划出清晰的痕迹,痕迹断断续续地映现出房间里的情景。天色已完全黑了下来,风雪还在不停地心平气和鸣响着。

第二天清晨,雪花已下满了庭院的各个角落。阿清打开窗户,惊奇地看到满眼的白色世界,耀眼的雪光刺痛了他的眼睛,新鲜而寒冷的空气令他多少感到有些抚慰。于是,他再次产生了前往天赐寄宿学校的念头,这样的念头令他感到兴奋不已,随之他的整颗心早已飞到了郊外一望无垠的洁白无瑕的雪地了。他穿上棉大衣,围上围巾,便匆匆走出了庭院。

此时,天色尚早,空旷而洁白的野外寥无人影,积雪覆盖着的小路尚未被清扫出来。阿清踏着淹没脚踝的积雪缓步前行,两行深凹的脚痕在他身后越拖越长。最后,他好不容易来到了天赐所寄宿的学校门口,这是他长久以来第一次如此近距离地想念着天赐。

　　由于长时间走路，阿清不禁气喘吁吁。他怀着难言的激动和喜悦望着学校四周的冬日景象。此时正值学校放学，一群穿着制服的学生从学校大门一涌而出，阿清连忙躲到旁边一处低矮的房屋背后，扶着墙角向学生望去。在错乱的人群中，他极力寻找着天赐的身影，直到喧嚣声渐渐平息，学校门口重新变得人影稀少，仍旧没有见到天赐的身影，这样的结果使得他满怀的憧憬顿时变成彻底的绝望，以致连自己还未反应过来，两眼已经涌出了泪水。在等候无望之后，他便沿着来时的路往回走去。

　　由于受到寒风的侵袭，当天晚上阿清发起了高烧，浑身因寒冷而颤抖不止。他独自躺在客厅的火炉旁边，依靠炉火取暖。其间，在浑浑噩噩的状态中，他仍旧因为天赐的缘故而哀伤不已，甚至因此对活着都没有了丝毫挂念，在满心波动起伏的哀怨之中，他仍旧不停地幻想着天赐俊美的模样，他仿佛隐约看到天赐明亮而清晰的身影浮现在漆黑的夜幕之中，不禁为之感叹道："这孩子长得是多么的美丽动人哟，和她母亲完全是一个模样……可是，可是，她为什么突然就不理睬我了呢，这又是为什么……我还曾幻想着把自己平淡无奇的人生故事当面讲给她听呢……"

　　……

三

多年以来,阿清的内心始终承受着一种莫名的痛苦,这种痛苦渗透到他的脑海中,睡梦中,以及他日常的意念中。而这痛苦也仅仅源自琐碎的事物而已,枯黄的零星地躺在路面上的树叶,春夏秋冬四季的替换,以及那荒芜的原野上终年刮着的沙尘和碎石……想起这些,他的内心就会激动不已。后来,当他意识到他所拥有的一生都将在纠结于那些平凡的事物之间时,他便时常产生难以抑制的哀伤,在哀伤的漩涡里,他几乎要沉溺不醒了。

他的一生基本是在漂泊不定的状态中度过。在他的记忆中,他只在很久以前曾回过一次故乡。

坐在慢悠悠行驶的绿皮车厢里的阿清,寂寥地等待着无痕的岁月悄然而漫长地流逝。他头靠着硬实的皮革座椅,目光呆滞地向窗外看着,车窗外面尽是覆盖着皑皑白雪的平原。他在火车上度过了漫长的三天三夜。当火车离家乡越来越近时,他的懒散的心不由得收敛起来。随着牦牛般撕心裂肺的一声长鸣,火车缓缓地驶进了车站,在一座破旧的小县城停下了疲乏的脚步。顿时,车厢里乱成一片,乘客匆忙地从行李架上取下行李,陆续向车厢两端的出口走去。

在脚刚踏出车门的一瞬间,阿清清晰地感觉到了迎面袭来的隆冬的寒风,少许的雪花从车站深蓝色的铁棚的缝隙处飘落下来,他顿时从多年的梦魇中苏醒过来,回到了梦寐已久的故乡的现实之中,随之浓烈的幸福感涌满了心头。

他拎着沉甸甸的行李,沿着石板铺成的凸凹不平的甬道向站口走去,幽暗的站口处隐约可见两个穿着深色制服的工作人员慵懒地面对面站着,检查着乘客们的车票。检过票的乘客由铁栅栏围成的狭窄的出口,经过一扇半开的生锈的铁门向车站外面走去,告别了漫长而疲倦的旅途。

出了火车站,阿清看到了自己熟悉的家乡,一座显得破旧的小县城。县城在阴沉的飘雪的天空下显得愈加破败不堪,破败的低矮建筑在寒风中显得瑟缩而凄凉。县城对于年少时的阿清而言,曾是一个繁华的地方,而今看起来却是截然不同的印象了。阿清走在熟悉而破败的柏油马路上,一边观望着路两旁的熟悉的景色,一边回忆着昔日的自己和小县城共同的故事,全然忘记了阴霾的空中正飘落着雪花,雪花零星而困倦地随处飘落着,迎面袭来的狂乱的寒风使他不停地打着寒战。

后来,阿清搭上由县城去往农村的卡车,卡车在崎岖不平的马路上颠簸了半天才到家里。到家的当天晚上,雪势突然间大了起来。幽暗的天空飞舞着鹅毛大雪,村里村外很快变成了白茫茫一片。

阿清的家很久以前便从村里搬到了村外,安落村头一片空旷的郊野里,稍微走出家门,走过庭院前的一条马路,便可看到纷纷扬扬飘雪的白色的田野。傍晚时分,远远望去,只见白茫茫一片,分不出个具体的事物来,隐约只见被狂风刮起的雪粉犹如沙尘般肆意翻腾着。

吃过晚饭,阿清的母亲问他要不要一起到郊外的小路上散步,阔别多年,母亲猜想阿清身上一定发生了很多故事吧。"阿清,过一会儿我们去附近走走吧。"母亲一边在厨房收拾餐具,一边向他问道,声音里流露出母亲对儿子的祈求,听到母亲的喊声,阿清轻松而愉快地应和了一声。此时,他正站在堂屋的屋檐下,望着庭院里飘落下来的雪花发呆,透过门廊下散发着的昏黄的灯光,可以清楚地看到雪花静静飘落的姿态,正是这优美而柔和的姿态令阿清沉迷其间。母亲的喊声无意中打断了他的思绪,他走进堂屋,从红木沙发上顺手拎起一件棉大衣紧紧地裹在身上。

原野上空旷而荒芜的土地早已被飘雪覆盖起来,咋看上去,不见丝毫泥土的痕迹,整个原野宛如一张无边无际的平坦洁白的软地毯。阿清穿着母亲亲手制作的棉布鞋毫无怜惜地踩在厚厚的积雪里,发出吱吱的悦耳的响声。雪夜里的原野丝毫不觉得黑暗,雪本身散发出氤氲的白光,看上去给人很舒适的感觉。随着向原野深处越走越远,本已静寂的村落显得凄冷无比,只有星星点点的火光在闪烁。

夹杂着雪粉的凛冽寒风从四面八方肆虐袭来,呼啸声中表露着狂野。此时此刻,阿清的内心因这浩然无际的雪的天地变得格外惬意、澄净,除了尽情享受这美妙的自然气息之外,没有任何其他事情能够从内心某个幽暗的角落主动地窜跳出来,扰乱他静谧的内心。这或许就是他脑海中想要拥有的幸福生活吧。

母子两人沿着田野里被雪覆盖的小路缓步前行,绕过一大片冬麦田,重新回到被来往的车辆碾出肮脏雪水的大马路上。阿清的父亲做买卖的储存物品的库房就位于路的旁边,长年累月阿清的父亲在简陋的库房里独自度过春夏秋冬。当站在黑夜中路边的杨树下,看到阿清母子两人身上落满积雪时,对他们冒雪来到郊外散步毫不理解。"没看到正在下大雪吗,居然还往外走。"父亲以责备的口吻说道,一边从腰间取下一把钥匙,开门走进了库房。对于父亲的责备,阿清并未予以理会,明知道是无法解释的事情,但他内心实在无法克制走向野外的冲动。

听着郊外咆哮的风雪声,阿清忍不住兴奋起来。而母亲却显出一副抑郁而迷茫的神情,显然是受到她一贯卑怯性格的影响。这时一辆亮着昏黄灯光的货车从她身旁呼啸而过,车轮将路面上肮脏的碾化的雪水溅起一丈远,母亲连忙向杨树后面躲闪了下,由于一棵粗大的杨树的遮挡,雪水才没溅到母亲身上。为了防止滑到,母亲又用一只手臂匆忙搂住杨树干,树干老皱的皮上沾着的雪顿时从半空中大片大片地散落下来,在散落的过程中被风吹成了雾一样的粉末。

阿清和母亲散步回来时,父亲的库房已经熄灭了灯,阿清走到库房的窗户前,将耳朵贴近窗户仔细听了听,清晰地听到父亲响亮的鼾声,他没有去打扰父亲,径直回屋休息了。

阿清居住的房间位于庭院西面,是两间普通的砖砌瓦房,平时房间里堆放着杂物,紧挨着房间是一处猪圈,里面养了大大小小十几头猪。寒冬里,为了防止猪被活活冻死,阿清的母亲就在猪圈上面搭了几根细长的木头,再在木头上覆盖上破旧棉被,将整个猪圈罩得严严实实。即便如此,圈里的猪仍被冻得哼叫不止,在圈里不停地绕着圈。就在前不久,一头母猪刚产下了十几只崽猪,由于天气过于寒冷,一夜间全部给活活冻死,第二天一大早,母亲来到猪圈旁,看到潮湿的地面上凌乱地躺着冻僵的小猪的尸体。小猪的冻死让阿清的母亲心痛不已,心里觉得像是遭遇了天大的不幸一样,以致很长一段时间都难以入眠,一听到猪圈里有什么动静,就会冒着严寒亲自察看一番,直到那些猪都安安静静地卧下了休息才行。

大雪夜里,圈里那些猪被冻得不停地绕着墙壁打转,嘴里不断地发出哼哼声。这些动静传到阿清母亲的耳朵里,她便再也无法安心地入睡了,冒着深夜的严寒来到庭院外面堆放木柴的地方,从雪堆中扒出几根劈好的木柴,并将木柴抱在怀里,小心翼翼从猪圈一角爬到里面,将木柴和一大把干麦秸堆放在一只废弃的铁盆里,然后用火柴将其点燃。不大一会儿,铁盆里便烧起熊熊的火焰,很快猪圈里的温度就有了明显回升,木棚上雪水开始慢慢融化,雪水顺着木棚的缝隙往下滴落。

阿清的母亲坐在盛有燃烧的木头的铁盆旁的一张矮凳子上,手里拿着一根棉花秆,不时地拨弄着燃烧的木屑,同时防止小猪跑到火堆旁被火烧伤,脸上看上去没有什么表情,目光一动不动地盯着燃烧的铁盆,像是在想着什么,又像什么也没想。与此同时,阿清躺在被窝里一时难以入眠,一面呼吸着房间里杂物发出的味道,一面痴迷地聆听着窗外风雪发出的呜呜地哀怨声。

次日清晨,阿清还没起床,便隐约听到庭院里有人在说话,声音听起来亲切而熟悉。"雪下得这么大,看来一时半会停不下来呀。"凭借声音的响亮和甜美,阿清轻易分辨出说话的正是张茉莉。此时此刻,阿清尚处于睡意蒙眬的状态,听着张茉莉说话的声音,阿清脑海里顿时浮现出她妩媚动人的模样,仿佛正看到她匆匆忙忙冒雪从庭院外面走来的情景,继而听到她将雨伞收拢的轻微的声响。张茉莉站在堂屋屋檐下避雪,用一双纤嫩的手仔细地拍打着身上的落雪,一边抬头凝望着空中飞舞的雪花,脸上显出茫然的迷人的神情。这时,一只灰色的喜鹊从庭院外飞了进来,落在不远处一株石榴树上,树上的积雪被抖落了下来,裸露出潮湿的枝条。喜鹊扑打了好一阵才在细柔的石榴树枝上站住脚。

听到张茉莉的说话声,母亲便从堂屋走出来,笑迎道:"原来是茉莉呀,很久没见到你了,赶快进屋来。"母亲边说边拉着张茉莉的一双纤细而白嫩的小手走进堂屋,而后给她倒了杯热茶。堂屋中间燃着一只火炉,火炉上正烧着铁质水壶,水壶里发出咕噜咕噜的烧水声。张茉莉刚在一只矮凳上坐下不久,便留意到沙发上放着一只崭新的皮箱,皮箱上放着一条男式围巾。心中不免产生一丝疑惑,便问道:"家里是不是来客人了?"阿清的母亲道:"没,是阿清回来了。"张茉莉听了阿清母亲的回答,不禁愣了一下,说道:"哦,是吗,难怪觉得沙发上那只皮箱看着有些眼生呢,没想到是阿清回来了。"张茉莉同时转移话题道,"对了,我把我尝试绣的花样拿过来了。"说着,她将攥在手心的一副刺绣手绢递给阿清的母亲,阿清的母亲接过手绢对着门外的明亮得有些刺眼的天空仔细地瞧着,看到

手绢上绣的是一枝艳丽的月季花,阿清的母亲将每一针每一线认真地瞧过去,一边由衷地感叹道:"绣得的确精致!"听到阿清母亲的感叹声,张茉莉脸颊上涌起一阵绯红,"有吗,我都快觉得厌倦了。""月季花看上去实在漂亮啊!"阿清的母亲赞叹道,"我们这里就适合种植这种花。"

就在阿清的母亲专心欣赏刺绣时,张茉莉的注意力已经不知不觉分散到了其他地方,她有意无意地向庭院四周巡望着。"婶婶,您不是说阿清回来了吗,怎么没见他人呢?""他还在西屋休息呢,昨天途中太劳累了吧。"听完阿清母亲的话,张茉莉不由得将目光向西屋的方向看去,只见落有尘土的窗棂紧闭着,静悄悄的毫无动静。又过了一会儿,她意识到自己该回家了,于是向阿清的母亲道别,"婶婶,我得回去了,我妈还在等着我呢。"张茉莉边说边从矮凳上站起来,匆忙着向屋外走去,还没等阿清的母亲反应过来,她已经走到覆盖着积雪的庭院空地上了。

凋零的雪花又一次落在了她戴着的红色围巾上,在白雪的衬托下,红围巾显得格外艳丽。"怎么说走就走呢?"母亲略显焦虑地说道,也跟着走到了屋外。"您就待在屋里别走出来了,外面还下着雪呢。"张茉莉站在庭院门口处向阿清的母亲挥了挥手,便径直冒着大雪向空旷的野外走去,独自沿着麦田里被雪覆盖的小路默默地走着,从背影看去,像是揣着什么心事似的。

张茉莉走后不久,阿清睡眼惺忪地从西屋走了出来,用水井里的冷水洗漱后便径直去厨房吃饭了。厨房里光线很暗,只有屋顶上悬挂着一只低瓦数灯泡发出浑浑噩噩的光,厨房四壁沾满了油渍和灰尘,灶台前面堆放着劈好的干柴,灶台里的柴火正烧得很旺,火苗时不时地从灶口跳跃出来。阿清和父母围着摆放于厨房中间的一张四方桌吃饭。

屋外寒冷的风雪不停撞击着厨房的门,将零星的雪花刮到屋里。为了不使风雪刮进来,厨房的两扇木门被掩了起来,只留下中间的一条缝隙,这就使得厨房里显得更加昏暗了。

"刚才是谁来了,声音听起来那么熟悉?"阿清一边吃饭,一边故作随意地问母亲。"是你茉莉姐过来,刚刚才走。"母亲回答道。阿清没再继续问下去,只顾闷着吃饭。饭后,阿清觉得无事可做,受了天气的影响,又不能随意出门走动,便打算待在家里看书。于是搬了把藤椅坐在火炉旁边,并用一条半旧的色彩暗淡的毛毯盖在膝盖上面,面朝着屋外看起了一本英文版的小说。

此时,庭院里仍旧静悄悄的,只有窸窣的雪花飘落的声音依稀可以听见,不时会有纷扬的雪花从门口处刮进屋里,刮进来的雪花刚触碰到地板就已融化,融化的雪水在门口处的地板上积了一小汪。火炉的温暖和风雪的寒冷形成鲜明的对比,冷热之感同时作用到阿清身上,令他感到无比的惬意。由于刚吃过饭,再加上火炉的热气,阿清刚在藤椅上坐下不久就又产生了困意,心思也全然不在书上了。为了缓解困意,他将目光投向庭院对面房屋后面的一棵高大的杨树的暗灰色树冠上。冬日里,光秃秃的树冠上只有几只寂寥的小麻雀在上面窜来窜去,飞走了几只,又飞来了几只。看着树冠上那些在风雪中无所依归的瑟缩颤抖的小麻雀,阿清不由得由之联想到了张茉莉,或许是他觉得孑然一身的张茉莉跟那些麻雀的命运在本质上没什么区别吧。

阿清继又回想起七年前张茉莉嫁到镇上的情境,当时正值寒冬腊月大雪纷飞之时。

现在想想那时候的天气可真够冷的,阿清自言自语道,然而,就在冷彻骨髓的冬天里,阿清和其他懵懂无知的年轻人一样,刻意注重外表的装扮,穿着单薄,头发油光滑亮,全然不顾一切,站在寒风中瑟缩发抖,冻得发紫的脸上同时挂满了笑容,让人觉得既可怜又好笑。

张茉莉出嫁的当天,天公不作美,突然刮起了大风雪,天气阴冷无比。但天气的恶劣并未完全掩盖住婚礼的喜庆。阿清和一群年轻的小伙子们,为了一睹新娘子的芳容,尾随着迎亲的队伍踩着路面上冻得结实的冰渣子走了十几里路。队伍在空旷而寒冷的郊外的泥巴路上慢悠悠地走着,虚无缥缈的唢呐声和鞭炮声在郊外显得十分疲倦,响声中透露出几许清冷。

临近中午时,队伍在镇上的四字路口处停了下来,路口四周站满了围观的人。由于天气寒冷,人们趁机拥挤到烧饼摊上的火炉子旁取暖,阿清当时正夹杂在这群人中间,将冻得发紫的双手放到从火炉子里冒出的蓝色火焰上取暖,一边探着脑袋向队伍最前面的大花轿望去,眼睛都舍不得眨一下。新娘子张茉莉此时正坐在花轿里面,等候着丈夫亲自将自己抱下花轿。

当她被显得羞涩的丈夫从花轿里抱下来时,阿清隔着众人攒动的肩头好不容易看到了她娇媚的模样,张茉莉脸上荡漾着幸福的笑意,看上去美丽极了,阿

清不由得感到一阵心痛。直到这时,阿清才突然意识到自己是那么迷恋着她,对眼前的这位娇媚的陌生的女人迷恋,令他的内心开始涌动起哀痛的波澜。看着眼前忽然间骚动起来的人群,阿清不得不接受这样的事实,他与张茉莉之间再也没有任何发生爱情的可能,想到这些,他的整颗心不由得因痛苦而剧烈抽搐起来。

阿清最初认识张茉莉时,他还只是一名寄宿学校普通的高中生,穿着打扮、言行举止和其他来自农村的寄宿学生无异,然而,他却有着一颗过早成熟的内心,心里时常充满复杂而敏锐的感受和情感,由于所处环境的艰辛和内心渴望之间难以跨越的沟壑,致使他很轻易地变成了一个忧郁的青年,内心的忧郁时常挂在脸上。在别人眼中,阿清是个忧郁而孤独的年轻人。

时隔多年,阿清虽然早已从当初对张茉莉无声无息地暗恋中挣脱出来,甚至连对她的怨恨也已彻底忘记。但他仍旧时常会回忆起当初见到张茉莉的情形,以一种客观而冷静的旁观者的心态重新体验着自己对她种种苦涩而艰难的感受。那时,阿清的内心刚刚经历了一番人生中最为痛苦的一刻,内心正活生生地承受着因爱情而生的无尽悲痛。

当时已是深夜,阿清离开自习教室,独自走到教室后面的幽静而阴暗的树荫里,在一张冰冷的石板凳上坐下,独自咀嚼着内心的绝望和哀伤。在这整个过程中,阿清忘记了所有的一切,在黑暗的深渊里无声地往下坠落,整个灵魂却永远也无法沉静下来。四周没有一个人影,头顶上的松树叶发出被风拂动的沙沙声,以及针叶掉落在草地上的细微的声响。透过远处沐浴着暗淡月光的灌木丛,可以看到灌木丛上面正弥漫着一层薄雾。深夜的寒意渐渐渗透到每个细小的角落,最终将阿清从孤独而悲伤的心境中唤醒,他忧郁地审视着眼前暗淡而充满寒意的世界,察觉到了世界的陌生。就在这时,他忽然间意识到秋天已经来临,秋夜的寒意在草地上铺染了一层淡淡的灰白色的霜花,路旁的梧桐树叶也渐渐静止了细微的喧响。

当阿清渐渐从哀伤中清醒过来时,他意识到刚刚所经历的一切似乎已经变成了遥远而模糊的往事,张茉莉仿佛不再如以往在他心里占据着非同寻常的地位,不再对他产生强大的魔力,这股魔力曾牢牢地控制他很久,并一步步将他拖向痛苦的万劫不复的深渊。然而,就在他将被痛苦的潮涌席卷而去时,在一个平常的秋天的深夜,他意识到了自己是个如此不幸的人。

此时,阿清躺在藤椅里几近入眠,从堂屋门口吹进来的风雪对他没有造成丝毫的影响,他已经陷入了深深的梦魇和回忆之中,难以分辨脑海里所呈现出来的情境是真是假,内心里仍会泛起淡淡的哀伤,感伤岁月的流逝以及那些随之而去的人们。

也许我注定就是这样一个落魄的脱离现实的人,习惯耽迷于虚无的幻想和回忆之中,阿清在浑浑噩噩的梦境中自言自语,哀伤之情令整个人显得有气无力。炉子的温暖已经让他忘记了眼前的这个冬天,不知不觉回到了记忆中的某个暖意熏人的时节里。

他趴在低矮的三层小楼的栏杆上,目光懒洋洋地望着楼下不远处的草地上来回走动的穿着靓丽的俊男靓女们,内心里充满了无尽的羡慕之意以及阳光般的喜悦。后来,他将目光转移到了楼前的两棵茂盛的叶子闪烁着光芒的白杨树上,不由自主地发起呆来,脑海里同时浮现张茉莉的身影。每当此时,他的心里就会涌起一阵持久而平淡的哀伤,楼前的花池里的月季花正艳丽地绽放着,随风拂来阵阵醉人的花香。

几天后,天气明显好转,雪渐渐停止下来,偶尔会有零星的冰凌状的雪从树梢上一小团一小团地掉落下来。田野里的积雪开始悄然融化,显露出一块块土地的灰色斑驳。下雪不冷化雪冷,空中虽然照射着灿烂而明亮的阳光,却难以抵御天气的寒冷。

傍晚来临之前,阿清的母亲对他说要去村后边的林场里捡些柴火回来,问他要不要一起去。阿清想自己正无事可做,不如到林场散散心,便答应和母亲一起去。

母子两人沿着郊外被雪掩盖的小路向林场走去,由于正值大雪天,田野里的小路很少会有人经过,路上的积雪里没有留下丝毫的人的踪迹。阿清和母亲刚走过村外的一间破陋低矮的瓦房和几亩地的落光叶子的果树林,白茫茫的田野便一下子呈现在他们的眼前。

刺骨而强劲的寒风迎面袭来,衣服里的热气顿时因之消散殆尽,浑身变得冷冰难忍。寒风吼叫着满腔的绝望和悲愤,听得阿清的内心顿时迷失起来。风吹得人看不清眼前的景物,映入眼帘的是一个模糊而荒凉的世界。在这一年中最

寒冷的季节里,郊外的荒野里很少能看到生命存活的痕迹,甚至连一只小麻雀都见不到,枯落的树叶和草木被压在了雪下面。从村口远远望去,整片的林场给人留下肃穆而瑟缩的印象,光秃的树冠形成的灰色阴影在寒风中均匀地摇动着,隐隐传出波涛汹涌般的深沉而悲凉的响声。

林场深处有一间年久失葺的矮房子,里面住着一位年老的护林人,过着近乎与世隔绝的生活,空荡荡的林场使得护林人和他的房子显得更为孤寂。母亲沿着树林间冻得硬实的田埂仰望着一排排整齐的白杨树,看到树上有枯死的树枝,便用一根带斜钩的木棍将其钩住,顺着相反的方向斜地里用力一拽,树枝便咔嚓一声利落地折断落地,树枝折断的清脆的声音在空旷的树林里回荡很远,偶尔会惊动几只鹌鹑扑棱着翅膀从树林里飞过。

母亲将折下来的树枝折断成几小段,整齐地放在一起,渐渐摞成了不小的一堆。母亲就这样一边忙碌着捡树枝,一边和阿清稀疏地说话,而阿清则慢悠悠地在雪地上拾捡着母亲折下来的树枝,一边沉迷地欣赏着寒冬里林场萧条的景象。从北方空旷的原野刮来了强劲的寒风,径直穿过空荡荡的树林,地表上的雪像细细的沙尘一样随风飞舞起来。由于天气过于寒冷的缘故,雪毫无融化的迹象,雪花被风刮走的地方裸露出干巴巴的硬实的灰褐色土地。

母亲一边忙碌着,一边时不时叮嘱阿清如果累了就休息一会儿。其间,母亲向阿清提及几年前考试失败的事情。

“你还记不记得那年考试失败的情形?”母亲扭过头看了一眼阿清说道,没等他反应过来,又接着说道:“想想那时候,日子过得真不顺心啊。”听着母亲的话,阿清自然而然地回想起那年的高考,一边说道:“都过去很久的事情了,说起来也没什么意思了……”

当时同样正值隆冬时节,考试过后的两个月里阿清都没有安下心来,内心里总是怀有一种焦虑和不安,常常在夜里因梦到自己考试失败而被噩梦惊醒。成绩出来那天,阿清和母亲迫不及待地步行来到县邮局领取成绩通知单。当时已经过了农历小年,天气已不如往常那样寒冷,田野里的积雪已在悄悄融化,田野里的土地显得松软而湿润。

母子两人沿着坑坑洼洼布满泥水的马路来到县邮局,阿清让母亲在邮局大院外等候,独自一人走了进去。绕过院子里两座左右对称的种满月季花的花池,阿清来到一幢破旧的红砖砌成的三层小楼前,向一位站在楼下走廊里独自默默地抽着烟的中年男子询问在哪里领高考成绩单,中年男子从走廊的台阶上走下来,用夹着烧了半截香烟的手指了指楼上的一个房间,既又默不作声地抽起烟来。阿清向男子道谢后,便径直沿着楼梯向楼上的那个房间走去,同时心跳也突然间加剧起来,内心充满了渴望和恐惧。

然而,就在接下来的几分钟时间里,阿清内心存有的渴望瞬间破灭了,脑海里仅剩下一片漆黑。当他看到成绩单的那一刻意识到自己所憧憬许久的美好未来瞬间变成了泡影,曾经幻想离自己那么近,现在却已消逝得无影无踪。

阿清站在楼梯走廊尽头,眺望着远处荒凉的街景和行人,眼前的一切显得异常的沉默,悲伤一刻不停地啃噬着他的心。许久以后,他才从悲伤中清醒过来,他突然想到母亲还在邮局外面等他,于是便用棉大衣的衣袖擦了擦脸颊上的泪水,一边快步往回走去。这时已是傍晚时分,气温已经下降到了冷下十几度,西边天空凄惨的红色夕阳斜照在邮局楼前空旷的土地和阿清布满忧郁的脸上。

阿清看到母亲仍旧独自站在邮局门口阴暗的角落等候着他。角落里因缺乏阳光的照射残留着一小片积雪。阿清走出邮局的一瞬间,看到母亲满脸的憔悴和疲倦,内心陡然涌起一阵强烈的哀伤,险些流出眼泪。母亲看到阿清脸上失落的神情,便已明白了一切,不再主动提及成绩的事情,只是轻轻对阿清说咱们回家吧。

母亲一句简单的话顿时唤醒了阿清,无形中抚慰了他内心持续许久的哀怨,使他坦然接受了眼前所发生的不幸,脸上开始显出轻松而豁达的笑容,这时他才想起已经一整天没吃东西了。于是他对母亲说要买几个烧饼填填肚子。他来到街道旁边的烧饼铺前,用一块钱买了四张冒着热气的大烧饼,烧饼的芝麻香味顿时令他觉得饥肠辘辘,他将一张烧饼递给母亲,心想母亲一定饿坏了。母亲接过烧饼却没有心思吃,看着阿清脸上平静而淡然的神情,忍不住流出了眼泪。

天黑的时候,母子两人顶着冬夜的寒风,徒步沿着田野里的马路往回走去。一路上阿清都在为未来感到渺茫,当最后的一线希望破灭以后。途中再次经过了那片浩瀚的杨树林,树林里时隐时现地呼啸着风声,路面上冻得结实的冰雪在脚下发出清脆的断裂的声响。

自从考试失败后,阿清身上发生了一些明显的变化,脸上忧郁的气息顿时烟

消云散了，整个人看上去明朗了许多。同时，他变得更加嗜睡，每天都要睡得很迟，每晚也睡得十分酣畅，仿佛掉进了漆黑的无底深渊一样，以往煎熬的睡眠变成了一种难得的享受，他似乎就此喜欢上了这种无牵无挂的颓废生活。母亲见他每天睡懒觉，也没有去催过他，只是每日按时将早饭提前放在锅里给他预留着。

一天中午，阿清刚刚起床，正从房间走到庭院里，模糊地听到母亲在呼喊他，母亲正匆忙从庭院外面小跑着来到庭院，喊声里流露出按捺不住的焦急和喜悦。由于刚刚睡醒，阿清觉得头脑十分沉重，想着赶紧用冷水洗把脸清醒清醒。他蹙着眉头站在庭院里的空地上，冰冷的空气迎面朝他吹来，顿时感到整个脸像刀割一样，他望了望透过庭院围墙外萧条的白杨树梢照射过来的阳光，明亮而细弱的光线仿佛也经受不住冬日天气的寒冷，变得萎缩而胆怯起来，地面上仍旧结着一层硬邦邦的冰渣子，踩上去发出碎裂的清脆响声。

这时候母亲走到他面前，边说边一把拉住他的手臂往庭院外走去。还没等他反应过来，便已将他带到了一位中年人面前。当阿清意识到站在自己面前的中年人正是多年未见的小学语文老师张金祥时，头脑顿时清醒了过来。连忙条件反射般恭恭敬敬地向张老师问了声好。张老师同样面带笑容显得恭敬地向他打了招呼，一边以深邃的目光打量着阿清，看其神情像是在欣赏一件怪异的物品。而后，便回过头和阿清的母亲继续聊天，同时嘴里叼着一支香烟。

阿清已经多年未见到过自己的这位老师，只依稀记得他是一个从来不修边幅，满脸胡子拉碴，又嗜好烟酒之人。阿清之所以对张老师留有印象，是因为他曾经在课堂上给同学们讲过鬼火的故事。说自己一天凌晨在上班的途中，途经一处老坟地，无意间看到自行车崭新的车把上跳跃着一簇火苗。那些老坟地由于年代久远，早已变成了略微凸出地面的小土堆，上面被荒草所覆盖，不少坟墓裸露出腐朽透了的棺木，透过棺木的裂缝甚至可以看到里面的又黄又灰的尸骨。当看到车把上明晃晃跳跃着一小簇火苗时，他本人也不禁感到十分恐惧，将自行车蹬得一阵飞快，就在这时，车把上的火苗突然间消逝不见了。后来，他在课堂上给同学们插播了这件自身经历的奇闻逸事，就是这件事莫名其妙地加深了阿清对他的印象。

阿清和张老师寒暄过后，便匆匆地回庭院里了。阿清离开后，他的母亲仍旧和张老师在聊天。由于天气寒冷，他将双手揣进棉衣的袖筒里，不时在潮湿的布满冰凌的马路上跺着脚，说话时嘴里不停地喷出白色的雾气，整个人显出一副畏畏缩缩的神色。阿清的母亲从衣服的口袋里取出一包特意准备的武林牌香烟递给他，他十分恭敬地接住香烟，并用火柴点燃，脸上不由得流露出喜悦的神情。过了一会儿，由于外面的天气实在太冷，阿清的母亲便将张老师带到库房里聊天。

"进来暖和暖和吧，待在外面实在冷啊。"阿清的母亲边说边转身推开库房的门，张老师连忙将自行车依靠在库房前的一棵粗大的杨树上，而后跟着阿清的母亲走进了库房，顿时感到一股热气迎面扑来。库房里正燃烧着一只火炉，空气里弥漫着一股煤烟的味道，库房里大部分空间都堆积着货物。张老师在一张低矮的小木凳上坐下，就着火炉烘着手，一边依旧不停地抽着烟，吐出的烟雾遮盖住了他的整个脑袋。

阿清的母亲一边和张老师拉扯着闲话，一边拿起火炉上放着的一只烧得外表乌黑的搪瓷缸子，从身后抓了一把散堆在地上的花生米放进缸子里，再往里面放些盐巴和水，然后将搪瓷缸子放在火炉上煮。不大一会儿，搪瓷缸子便发出嗞嗞煮沸的声响，并升腾起一股白色的蒸汽，蒸汽散发出煮花生米的香味儿。张老师忍不住提前将筷子伸到搪瓷缸子里夹出一两粒花生米尝下味道。

阿清的母亲在和张老师闲聊的过程中，谈到了阿清考试失败的事情，脸上不由得再次流露出颓丧的神情，这神情就像仓库外面凄寒的天气一样，令人有着刻骨铭心的感受。也许阿清的母亲也在默默同情着阿清的遭遇吧，她心里也明明知道阿清这几年吃了不少苦头，但结局仍旧没有丝毫的起色。"有时人也不能不服命运啊！"阿清的母亲当着张老师的面由衷地哀叹道，一边回头望了望屋外寂寥的雪。张老师坐在对面，闷声不响地听着阿清的母亲说话，直到她彻底平静下来以后。"那他接下来有何打算呢？"张老师问道，阿清的母亲似乎对此也很茫然，只是轻轻摇了摇头。"既然这样，按我的意思，倒不如就此罢休，做个普通的人吧。"听到张老师如此说道，阿清的母亲忍不住流出眼泪，"看来这孩子果真不是读书的命，那就让他和其他人一样在乡下活着吧。"为了掩饰自己的悲伤，阿清的母亲从矮凳上站了起来，亲自为张老师盛了一碟煮好的花生，小心翼翼地摆在张老师面前。而后陷入沉思之中，内心的忧郁全然显露在脸上。

"我的想法是这样……"张老师略显支吾地说道。"您有什么想法尽管说就是了,又不是外人。"阿清的母亲如此劝说道,唯恐张老师将想要说的话咽回肚子里。"不如趁早成家立业,阿清也已经长成大人了。""这样会不会太突然了……何况我也不清楚阿清心里是怎么想的。""这个倒问题不大,改天找个机会跟他直说了吧,你就是太过犹豫了。"张老师边说便重新点上一支烟,"如果不介意的话,我这里倒有一户不错的人家,那家的姑娘曾经也是我的学生,说不定两人还相互认识呢……下次碰到了我顺便提下这事,看对方有什么想法。"听张老师如此说道,阿清的母亲心里多少感到有些着落,不像刚才那样一直为阿清担着心。为了感谢张老师的良苦用心,她特意将柜子里的一瓶酒取了出来。"天气实在冷呀,您就喝点酒暖和暖和吧。"她知道眼前的这位老师是个嗜酒如命之人。"是啊,这天气是很冷啊。"张老师边说便探头向门外望去,只见荒凉的空地上刮着犀利的寒风。

几杯酒下肚,张老师便显出了明显的醉意,说话虽有条理,逻辑却已显得紊乱,呆滞的目光始终停留在显得困倦的炉火之上,炉子上的搪瓷缸里仍旧冒着白色的蒸汽。化学老师坐在一条长木板凳上,完全迷醉在眼前的境遇之中,薄旧的衣服上沾落着尘土和烟灰,使其看上去显得更加狼狈邋遢。

深夜时分,张老师吃饱喝足后方才起身离去。几天后,张老师骑着自行车从阿清家门口经过,看到阿清的母亲正蹲在庭院门口忙碌着洗衣服时,便向她喊了一声。阿清的母亲放下手中衣服,一边用围裙擦着手一边向庭院外面走去。

张老师手扶着自行车站在结满冰凌的马路上,因寒风的吹袭而面露苦色。

据他本人讲,打算介绍给阿清的那位女子自幼精通园艺,庭院里常年种植着各种花木,一年四季都会有不同的花香飘到院外。张老师在阿清的母亲面前对那女子赞不绝口。但他同时承认自己已有多年没有见到那女子的模样,只是隐约记得她当初做学生时的模样。然而,就是多年前的一次偶遇,使得张老师对那女子印象格外深刻。

"虽然那只是普通的一次见面,但至今仍旧记忆犹新。"当阿清的母亲走到面前时,张老师对她如此说道,"当时就和现在一样,我在田野里一条小路上遇到了那个女生。她手里正捧着一束开得正艳的风信子。或许正是那束风信子的缘故,令我对当时印象如此深刻吧。风信子在微风中散发出淡雅的清香。

在认出我之前，那学生正悠闲自在地沿着小路走着，当突然看到我时，显出紧张的神色，连忙向我问好。可以这么说吧，那是我第一次对那学生留有印象，后来还时常想起那学生呢，想必现在也已经长成大姑娘了……如今若能将她介绍给阿清，多少也算了却我的一桩小小的心愿吧。"

后来，根据母亲口头转述张老师的话，阿清在脑海里努力回忆自己曾经是否有过这样一位同学，然而，在他心里却并未将相亲当回事，总觉得虚无得不切实际。同时他又在心里时常幻想着张老师所描述的那位手捧风信子的女同学模样，不禁因此产生一丝爱慕的兴致，内心深处似乎有种隐约想要认识的念头。或者本来就有这样一种必然的宿命吧，内心里正是对这样一种宿命隐隐的畏惧。

临近春节的最后一个集市，阿清独自一人步行去集市买过年填补的年货，同时心里打算着趁机去集市上闲逛一番。他对充满生活气息的热闹集市突然来了兴致，穿梭在忙碌而嘈杂的人群中让他真实地感觉到生活的存在，内心里难得恢复片刻的宁静。由于是年前最后一次集市，较之往常显得更加的热闹，街道上到处是熙攘的人群，集市和以往已有很大差别。

由于天气寒冷，赶集的人们大都沿着柏油马路步行前往，刺骨的北风呼啸着掠过荒芜的麦田，吹得人歪斜着身子踉跄前行，整张脸被冻得没了知觉。直到临近集市的一排房屋出现，北风才被迫平息下来。

几年时间的差别，如今的集市已和昔日的大不一样，昔日的商贩大都散布在狭窄的街道两旁，简单地张罗下摊子就开始做买卖，或者干脆在路面上铺张长方形的棉布单子，将物品摆放在单子上面，正是这样自由自在地做买卖赋予了集市热闹的气息。而如今，集市已被集体搬迁到了乡镇的郊外，集中在乡镇医院旁边的一处集贸市场里。

为了避开嘈杂的人群，阿清穿过北面林场里的一片树林，走出树林便会看到装饰着红色十字的乡镇医院的大门，此时，集市上已经挤满了人。

起初，为了满足自身的兴致，阿清径直到集贸市场闲逛了一阵，与熙攘的人群拥挤在一起，一遍兴致勃勃地观赏着五花八门的物品，将要买的年货买了。其间，他无意间碰到了昔日的同班同学，同学怀里抱着女儿，一边手里拎着年货。多年后再次相遇，彼此难免显得客气，在拥挤的人群中刻意表现着同学间的友情，最后匆匆道别。与昔日同学的别过无形中令阿清内心里感到些许哀伤，在离

别之后,他还在边走边试图回忆起同学的模样,并暗自将其与以往进行着对比。

中午时分,阿清离开热闹的集贸市场,向左侧的一条僻静的街巷走去,街巷一直延伸到郊外的一片树林。与此同时,往昔的琐碎的回忆开始在他的脑海里凌乱浮现,在情绪突然失去失落之时,他无缘无故地想起了张老师在母亲面前提及的那位女子。根据张老师的描述,那女子的家就在附近,阿清心中陡然生出前往探寻的念头,然而,于内心里他没有和那女子相会的勇气,于他而言,充其量也就是想在远处静观片刻而已。

阿清沿着街巷渐走渐远,集市的喧杂声已经变得十分微弱,四周顿时像是换了一个世界,就连脚下的碎石子发出的声响也能听得一清二楚,两旁凋零的白杨树忧郁地矗立不动。天气虽寒冷,但路面上却显得潮湿而干净,给人纤尘不染的感觉。

阿清沿着街巷一直走下去,接连拐了两三个路口,不知不觉似乎已走很远。当他正要感到一丝疲惫时,已经走到了一条狭小的街巷深处,巷子的尽头是一处幽静无声的庭院。庭院的门口处种有两株腊梅,腊梅开得正艳,在街巷间飘忽的寒风里微微颤抖,看上去格外精神。腊梅的香气一阵阵时有时无地向四周扩散着,令人陶醉。

阿清贪婪地吮吸着花香,向敞开着门扉的庭院深处望去,只见庭院里弥漫着轻盈的薄雾,薄雾里依稀看得到房屋和花木模糊的影子,却无法看出个所以然来。此时此刻,阿清全部心思已被庭院里的景物所深深迷醉,隐约间感觉到那正是自己渴慕的神秘世界。而自己想要见的那位女子正身处其间,尽管从未见到那女子的真实面目,但那女子似乎已在阿清的脑海里生存了很久很久,女子的容貌也总是清晰地呈现在他的脑海里。

阿清沿着内心的道路来到这座静谧的庭院,在踏进庭院的那一刻,阿清的心里产生了莫名的犹豫和恐惧。最终,阿清毅然踏进了庭院,与此同时感到懊悔不已,像是犯了天大的无法挽救的错误一样,试图转身走出庭院,却已看不到庭院的出口,满眼尽是团团雾霭。

虽是寒冬腊月,庭院里却无寒意,幽静的角落里,种植着各式各样新奇的花草,那些花草大都叫不出名字,阿清并不因之感到陌生和奇异,在他看来,眼前的一切尽是平淡而熟悉。

阿清沿着小路信步前行,随意地欣赏着庭院里的景色,不知不觉来到了一间房屋前,此时天色已晚,房间里亮起了昏暗的灯光,灯光在窗帘上投下模糊的曼妙的人影。阿清在房前停住脚步,被窗帘上的人影所迷住,思绪一时为此狂乱起来,也为之感到隐隐的哀伤。起初,人影在窗纸上静止不动,房间里的女子正在专心做着什么,屋里屋外一片寂静。许久,人影在窗纸上开始有所活动,随着灯光的晃动变得更加的模糊。随着一声轻响,一扇窗户被里面的女子打开,阿清冷不丁吓了一跳,连忙躲避到旁边灌木丛背后,透过灌木丛里错综交杂的光影,阿清看到窗户里站着一位女子,由于女子背对着灯光,阿清并未看清那女子的模样。

女子冷漠的背影令阿清感到愈加哀伤,却又难以将其言表。夜色昏暗,阿清终究无法看清那女子的真实容貌,整个人站立在灌木丛中为之痛苦不已。"房间里的女子或许是觉得夜晚太过清寂,所以才会走到窗前,打开窗页向外观望的吧。"阿清如此暗自思忖。这时,庭院里刮起了一阵寒冷无比的夜风,夜风刮得满庭院的花木和门窗发出狂乱的声响,雾气因此变得愈加的浓重。

或许是察觉到了夜风的寒冷,女子再次无声无息地来到窗前,轻轻关闭了窗户,随后转身离去,身影在窗纸上重新变得模糊起来。此时此刻,阿清已深深感到绝望,他想再也不可能唤起那女子的注意直至连一丝影子也看不到,这样的结局,阿清顿时悲愤交加,挥舞双臂在灌木丛中一阵乱打,他甚至想通过这样一种低劣的方式去唤起那女子的注意,然而,无论如何都无法丝毫影响那女子。

寒冷的夜风刮得越来越猛烈,树木花草在茫茫浓雾中肆意地飘摇,地面上的霜雪连同枯枝败叶随风舞起,刮得阿清连眼睛都难以睁开,他用衣袖将面部遮掩起来,以躲避夜风的侵袭,一边匆忙地跑到屋檐下的僻静的角落里躲了起来。正当他感到一筹莫展之时,房间的门忽然间轻轻地打开了,从里面走出一位穿着漂亮得体的女子。

就在狂风大作之时,女子听到房屋外面有人的动静。

女子走到阿清身边,故作嗔怒地问道:"你是谁,怎么会出现在这里?"女子的突然询问令阿清顿时回到冷冰冰的现实之中,"我,我只是从这里经过而已,看到庭院里种着各种花草,就走进来欣赏一番。"阿清稀里糊涂地答道,甚至不知道自己讲了些什么。"哦,原来这样啊……时间不早了,天气又这么寒冷,你还是进来休息一会儿再走吧,看样子又要下雪了。"说罢,女子迈着轻盈的步伐走回屋里。

此时此景，阿清无暇思虑过多，只好顺从地走进了房间。刚走进房间，便闻到空气中飘荡着一股芬芳的气息，让人顿觉舒懒。房间里干净整洁，陈设简单，中间置放着一只取暖用的火炉和一只红木茶几。阿清在茶几旁的椅子上坐了下来，女子隔着茶几坐在他对面，忙碌着给他沏茶。

阿清注视着女子的一举一动，由于女子处在灯光暗淡之处，致使阿清无法看清她的模样。出于好奇心，阿清忍不住离开茶几向灯光暗淡处走去，试图接近女子，然而，女子发现阿清向自己走来时，连忙向后退去，走到灯光更加昏暗的地方，这令阿清感到深深的疑惑和懊恼。便开口问女子为何总是刻意要和自己保持如此远的距离，以致连脸都难以看清楚。正当阿清开口问时，却被女子立刻拦住了。女子站在昏暗处摇了摇头，一边发出轻微的叹息声，示意阿清不要问。女子向阿清说自己明白他想要问什么，最好还是不要问吧。说罢，女子便走到茶几旁给阿清续了一杯茶，说是天气寒冷喝些热茶暖暖身体。听女子如此说道，阿清自然不敢再多问什么，便恭敬地端起茶杯喝起茶来。

接下来的时间里，阿清不再想着去接近女子，只是静静地坐在茶几旁的椅子上，同时尝试着跟她交谈，他对女子说道虽然只是初次见面却不觉得陌生，反而觉得格外亲切。是吗，女子莞尔一笑说道，或许是错觉缘故吧，人与人之间有那么多相似之处呢。

借着昏暗的灯光，阿清为自己始终无法看清女子的容貌而深感遗憾。就连想要看清一个人的容貌也变得如此困难，他一边接连叹气，一边暗自在内心里感伤道。那女子看着阿清慵懒的样子，多少揣度到了他内心的哀伤，便试着对阿清宽慰道，没料到你居然是如此多愁善感之人，竟为这样的琐事而哀叹不已……阿清听了女子的话不但没有全然接受，反而提出了不同看法。说生命中的一切事物在本质上相同的，无论看起来多么渺小，也会给人留下刻骨铭心的感受。

阿清说罢，女子便不再言语，只是沉默着为阿清倒茶。女子的沉默不语令阿清感到愈加哀伤，当着眼前陌生的女子，他几欲掉下眼泪，这时候，他无意间看到窗外的天色已晚，到了不得不离开的时候。于是，他起身跟女子告别，阿清的突然告别竟令女子顿感惊愕，她连忙匆匆走到窗前，掀开窗帘向外看了看。是哦，没想到时间过得如此匆忙，天色已晚，你赶紧回去吧，女子对阿清说道，凝望着阿清离开庭院，肆虐的寒风在庭院里发出咆哮般空旷的声音。

由于时候不早,外面又刮起了大风,阿清只好在乡镇的一家旅馆临时住下。

第二天,阿清醒来时,发现自己身处陌生的环境,心里充满了疑惑,他躺在床上试图回想起昨日的经历,然而那些经历已经湮没在了一场浑浊不清的梦魇之中。

他所在的房间简陋而污浊,且温度很低,窗户上的玻璃蒙着一层雪霜,放在面盆架上的洗脸盆里结了一层薄冰。阿清头脑昏沉地起了床,用洗脸盆里隔夜的冷水洗了洗脸,便走出房间,沿着走廊尽头的一道狭窄而陈旧的楼梯向下走去。楼下是较为宽敞的厅堂,厅堂里零星地摆着几张八仙桌,厅堂门口处是一张长方形的柜台,柜台后面站着酒店的老板,老板身材肥胖、头发略秃,脸上挂着麻木的神情。此时老板正出神地望着酒店外人迹稀少的街道。

阿清在靠近窗户的一张八仙桌旁坐下,要了一根油条和一碗豆浆。他一边吃着油条,一边还在试图回想昨天的经历,然而都是徒劳,因此心里产生了淡淡的失落感。为了舒缓情绪,他通过旁边的玻璃窗向外望去,看到外面街道上一片冷清。只有街边的几个卖早餐的摊点,一群穿着带有蓝白条纹校服的中学生正围坐在一起吃饭,阿清的目光此时正集中在这些中学生身上,眼前熟悉的场景令他想起了自己的中学时光。

这时,一个熟悉的身影从他眼前划过,将他从沉迷的状态唤醒,仅凭背影,阿清就轻易地辨认出那人是张茉莉。他匆忙地向旅馆掌柜付了钱,一路小跑着去追赶张茉莉,他的心情也随之兴奋起来。

他在张茉莉的身旁停下来,用手轻轻碰了下她的肩膀,张茉莉满脸疑惑地转过身来。起初她没有认出阿清,以一种迷茫的眼神凝望着他。

"茉莉姐,我是阿清呀,"阿清忍不住激动地说道,眼睛里盈动着泪水,"怎么,你不认识我了?"张茉莉看了阿清一会儿,终于认出了他,顿时也变得激动起来。"怎么会不认识呢……真没想到在这儿会碰到你呀。"张茉莉不禁激动地说道,同样盈动着泪水,"几年不见,你都长成大人了,都快认不出你啦。""是啊,我也很久没见你了,不过我还清晰地记得你呢。"阿清坦诚地说道。听阿清这么一说,张茉莉倒感到有些难为情,只顾低头默默地走路。阿清又问张茉莉要去哪里,张茉莉告诉他正打算去找他姐姐。阿清说那我们恰好可以同路了,他也正要回家呢。其间,阿清不断地转头看张茉莉的侧影,看到她齐肩的梳理整齐的头发在清晨柔和的阳光里轻盈地飘动着。

四

那还是阿清很小的时候,阿清和张茉莉一起步行着从集市回到家里,走得浑身热乎乎的,张茉莉的脸颊泛起了红晕,使她看上去显得格外妩媚动人,阿清像个小孩子似的陪在张茉莉旁边走着,整颗心剧烈地跳个不停。由于寒冷,他将双手紧紧地揣在宽松的大衣兜里,坑洼的马路上布满了破碎的冰凌。阿清心里虽然想着比自己大好几岁的张茉莉,但张茉莉似乎并未对他在意,心思集中在了路边被雪覆盖刮着风的麦田。

"阿清,累不累呀?"张茉莉忽然间向阿清问道,头也不回地仍旧向前走着,阿清却仿佛清晰地感知到了她说话时嘴唇颤抖的样子。"还好,不怎么累,你应该觉得累了吧?"阿清回答道。"我没事,那咱们就继续往前走吧,离你家还有好一段路呢。"张茉莉道。"嗯。"阿清回应道,阿清不由自主加快了走路的步伐,一边抬头看了看西边天空中暗淡的含着冷意的晚霞。

到家已是傍晚时分,张茉莉站在庭院大门前重新整理下红色的围巾,然后在大门上轻敲了几下,出来开门的是阿清的母亲。阿清母亲看到是张茉莉,感到格外惊讶,脸上顿时布满了笑容,连忙将张茉莉迎进家里。阿清跟在张茉莉后面走进了庭院的大木门,木门漆得红红的,有着几道裂纹。大门正对着的房屋的角落里堆满了积雪,积雪里埋着几株长得粗壮的月季,阿清想起了夏天的时候,月季开得五彩缤纷的样子,他的心情也因此而感到很开心。阿清对着积雪里已经彻底凋零的月季发起呆来,脑海里在担忧月季会不会被积雪给冻坏。

此时,张茉莉已经走进了生着火炉的堂屋,空荡而寒冷的庭院清晰地传来了她和阿清姐姐的欢笑声。阿清拿来一把铁锹试图将掩埋着月季的积雪和冰凌铲走,铁锹铲到冰凌发出嘶嘶的轻响。阿清专心致志地一点一点铲动着积雪和冰凌,这时母亲走了过来,"阿清,你在做什么呢,还不赶紧进屋去,这么冷的天气!"母亲边从堂屋走出来边向他喊道,她见阿清毫无反应,便生气地喊道:"怎么还不过来,是不是想被冻死!"听到母亲的责骂声,阿清乖乖地将铁锹丢在一旁,快步跑进了厨房,厨房里光线很暗,阿清站在杂乱而狭窄的厨房里呆立不动。

阿清母亲同样走进厨房,用洗脸盆盛了一盆热水,将阿清冷冻得发紫的双手摁在水里,"看你怎么弄的,没看衣袖都湿了吗!"母亲又一次责骂道。阿清一动不动地站着,任由母亲摆布着,对于母亲的责骂似乎毫无反应。由于受了热水的刺激,阿清觉得双手又麻又疼,实在难以忍受,忍不住低声抽泣起来,当他感知到眼泪流过脸颊痒痒的感觉时,又觉得那感觉令人感到舒适和惬意,于是肆无忌惮地哭了起来。

后来,母亲似乎并没有留意到阿清内心的失落,给他泡好手后便匆匆离开了厨房,只有阿清独自待在昏暗的厨房里。他看着自己浸湿在洗脸盆里的双手,泪眼模糊着反复问自己,"为什么会这样呢,为什么会如此伤心,这是为什么……"这样的疑问并没有让他变得更加明白,反而加剧了他内心的哀伤,使他愈发任意地低声哭泣起来。厨房里静悄悄的,一点动静都没有,阿清突然觉得昏暗而寂静的厨房是个不错的地方,宁愿独自一人一直待在那里。厨房的墙壁被柴火燃烧的浓烟熏得乌黑,阿清眯着泪眼看着眼前的一切,心里还在畏惧和痛恨着屋外的寒风。当双手又麻又疼的感觉渐渐退去后,阿清离开厨房向客厅走去,刚走进客厅他便听到了熟悉的喧闹声。

阿清心里深深恐惧这喧闹声,他在屋檐下停留片刻,一时没有勇气走进堂屋。终于,他还是默默地鼓起勇气走了进去。

喧闹声清晰地从客厅隔壁的卧室里传来,阿清从喧闹声中轻易地分辨出了姐姐和张茉莉的声音,甚至看到了张茉莉洁白而整齐的牙齿,以及湿润的轮廓优美的嘴唇。

此时此刻,张茉莉正躺在沙发上和姐姐聊天,阿清没有去打扰她们,觉得那是和自己完全不同的世界,自己永远也无法走进里面。于是,他独自默默地在客厅西面那张半旧的木床上坐了下来,在昏暗的光影里吮吸着冬夜冷冰冰的夹杂着尘土味的空气。没过多久,他便打起瞌睡来,于是将床头叠好的棉被打开盖在身上,很舒服地睡了起来。

阿清听着隔壁卧室里的喧闹声,内心莫名地产生一股强烈的孤独和忧伤,就在孤独和忧伤的伴随中,他迷迷糊糊进入了梦乡。半夜时分,阿清从睡梦中醒来,意识到自己还躺在木床上,客厅里漆黑一片,四周格外的安静。阿清没有了

睡意,脑袋完全清醒过来。他借着窗外映射进来的白雪光芒,静悄悄地从木床上爬起来,打开屋门,踩着庭院空地上的积雪向外面走去,屋外的寒气令他感到凉爽而清醒,从堂屋后面空旷的田野上刮过来的寒风发出恐怖的呼啸声,阿清由呼啸声想到了田野里那片孤寂而失落的杨树林,仿佛呼啸声正是从杨树林里发出的一样。"雪夜里的那片杨树林该是多么凄凉啊!"阿清不禁感叹道,他一时想象不到雪夜中的杨树林会是什么样子。然而,当他脑海里浮现出孤独的杨树、荒芜的野草被洁白纯净的雪花轻轻覆盖着时,心里不禁感到格外的平静。阿清长时间沉醉于内心无缘无故的遐想,一边凝望着从灰蒙蒙的天空中飘落下来的纷纷扬扬的雪花,四周静得出奇,只有风吹雪花发出的窸窣声,他没有意识到自己对雪的喜爱早已深入骨髓以及多久没有拥有这样一个完全属于自己的世界,除了自己和飘雪还清醒着,其他一切都已沉入梦乡。

第二天,天刚蒙蒙亮,漫天弥漫着浓重的灰色。阿清独自一人去了村庄后面的田野,仿佛一只小松鼠回归到完全自由的世界里。

"咱们去外面玩耍吧,田野里的雪景很漂亮吧!"吃过早饭,张茉莉向阿清的姐姐提议道,"难道你不觉得天气很冷吗?"阿清的姐姐回她道,对她的提议全然不予理会。然而,在她的再三请求下,阿清的姐姐终于答应了她,决定和她一起到田野里玩耍。张茉莉用一条艳丽的红色围巾将脸颊围得严严实实,以至几乎看不出她的模样。两人沿着庭院前被来往车辆和行人碾得潮湿的马路向村后的田野走去。

阿清在田野里漫无目的地走着,心里漫无期待,沉醉于单纯的走路,浓重的夜色使得周遭陷入一片迷茫,唯有稀稀落落的雪粉落在身上的细微响声,阿清像是走进了梦一样的世界,重重迷雾中似乎有种力量在召唤着他。在孤独的雪的世界里,阿清突然察觉到生活的真实存在。而他感觉到的这种生活里却无丝毫的人的气息,除了寒风和飞雪,其他一切都完全沉浸在了无边无际的寂静之中。

张茉莉和阿清的姐姐来到村后的田野时,天色已渐渐明亮起来,呈现在她们眼前的完全是另一个世界。张茉莉像个无比开心的孩子一样,看到满田野的积雪禁不住尖叫起来,并用戴着手套的一双纤手在雪地里抓起一把雪粉撒向空中,雪粉刚离手就在半空中被风吹散。她怀着满腔的童真和喜悦在雪地里尽地玩耍,直到精疲力竭地倒在软绵绵的积雪上。这时,阿清的姐姐已经独自向更远的地方走去，离开她有一段不小的距离，张茉莉突然感觉到是独自一人身处荒芜的野外，不清楚自己内心深处到底在渴望着什么。

就在这时，她无意间想到了阿清，两道柳叶般的细眉微微皱了下，睁开眼睛在四周寻找阿清的姐姐，看到阿清的姐姐正在独自兴致勃勃地玩着雪粉。她突然产生了想要向她询问阿清情况的念头，这时，阿清的姐姐向她所在的地方看过来，看到她仍旧一动不动地躺在雪地上，便喊叫着，"你怎么还不起来呢，小心着凉了。""知道啦，躺着真舒服呀！"张茉莉感叹道，一边凝望着刺眼的天空。

后来，两人继续向树林深处走去，眼前除了积雪和杨树林外什么也见不到。排列整齐的白杨在寒风的吹动下发出阵阵浩瀚之声。身处阴暗的树林，耳边响着波涛汹涌的声响，张茉莉顿时感到有些恐惧，不禁放慢了脚步，以一种警觉的目光向树林深处望去，期盼着能够望到树林尽头，然而出现在眼前的只有一片灰茫茫深不可测的雪幕，以致不得不产生了妥协的念头，没有勇气再继续走下去，便向阿清的姐姐建议往回走。

回去的路上，张茉莉显得神色黯然，一副很失落的样子。阿清的姐姐便就此问道，但她始终支支吾吾地敷衍着，心里始终不如来时那样兴奋。在内心深处，她无形中为自己刚才表现出的怯懦感到黯然神伤，"我不该停步不前的。"张茉莉自责道，脑海里仍旧不断地回想着森林深处那边灰茫茫的雪幕。

当张茉莉以迷茫而胆怯的目光向森林深处凝望时，阿清恰恰在森林深处灰茫茫的雪幕中觉察到了她，雪幕的灰暗将他遮掩起来，使得张茉莉没有发现他的存在。在风雪的世界里，阿清觉得和张茉莉的距离似乎突然变得很亲近，他躲在雪幕深处凝望她时，他甚至渴望着被她看到，这一念头一瞬间是那么的强烈。然而，他看到张茉莉已经转过身去，阿清内心燃烧起来的念头也顿时熄灭，阿清望着张茉莉渐渐消失的单薄身影，不禁泪如雨下。

深夜，阿清拖着疲倦而潮湿的身体回到了家里。整个庭院已沉浸在一片漆黑和寂静之中，围墙旁的一棵枣树在雪地上投下浅淡的阴影，十几只鸡纹丝不动地并卧在枣树枝头，雪花将其严严实实地覆盖起来，看上去像是和枣树融为一体了。

阿清趁着门外白雪的映照，悄然回到卧室，将被雪濡湿的棉衣脱下来挂在衣架上，而后和衣钻进冰冷的被窝里，由于身心疲惫，阿清很快便进入了昏沉的睡

眠状态,透过玻璃窗,卧室里映照着积雪的光芒。这时他隐约听到有人打开了屋门,门上的铁栓发出轻微的碰撞声。

由于没有睡意,为了消遣光景,张茉莉披着棉衣走出房间,独自站在屋檐下发起呆来。她抬头望着飘着稀疏的雪花的夜空,地上的积雪映照出她朴素的身影。

深夜时分,四周安静异常,飞舞的零星的雪花发出扑簌簌的细微声响,正是这声音听得张茉莉格外地痴迷,不知不觉,她的眼角变得有些湿润。望着寂寥的天空和飞舞的雪花,张茉莉无缘无故感伤起来。一片片雪花从漆黑的高空飘落而下,显得活泼而匆忙,刹那间又消逝得无影无踪,张茉莉的内心受到了莫名的触动,却又不明白这触动源自什么。这样模糊的状态令她感到痛苦不已,在这样交杂的感受中,她度过了一段漫长的冬夜。

她甚至全然忘记自己早已被冻得失去知觉,单纯可爱的她最终没能明白自己内心的感受恰恰源自对韶华流逝的由衷愤叹,她凝神望着雪花从漆黑的夜空浮现,瞬间又湮没黑暗之中。最后,当刺骨的寒冷使她战栗不停时,她才从梦魇般的沉思中苏醒过来,重新披了披棉衣,转身走进屋里,掩了屋门。

透过暗淡的夜色,睡意蒙眬中的阿清仿佛看到了一个全然不同的张茉莉,这使得她在阿清的心中顿时变得愈加复杂而陌生。等一切恢复到深夜的寂静之中,他仿佛还能看到张茉莉踩着庭院里铺的平坦均匀的雪花徘徊惆怅的情境。

张茉莉回到卧室里仍旧毫无睡意,眼睛一直凝望着玻璃窗外银灰色的天空,她似乎还能清晰地看到无数雪花在静静地飘落。人虽在屋里,但整颗心却早已融入到了屋外浩瀚而迷茫的雪的世界,每一片从窗外飘过的雪花仿佛都在对她倾诉着悲喜交加的心声。

次日,张茉莉睡到很晚才醒来,睡眼惺忪地走到堂屋门口,发现外面已是晴空万里,新鲜而灿烂的阳光将整个庭院照得明晃晃的,明亮的阳光使其一时睁不开眼睛,她将手搭在脑门上试图遮挡住阳光。

"你终于睡醒了,赶紧去厨房吃饭吧。"阿清的姐姐从庭院的一棵石榴树旁边向张茉莉说道,一边忙碌着用铁锹铲着石榴树下的积雪。张茉莉轻轻应了一声,便沿着从雪地里打扫出来的干净的空地向厨房走去。

吃过饭,张茉莉走出厨房看到阿清的姐姐还在忙碌着清理地上的积雪,顿时产生了堆雪人的兴致,于是便将这想法告诉给阿清的姐姐。"你说我们在庭院前的空地上堆个雪人怎么样?""好呀。"张茉莉见阿清的姐姐爽快地同意了她的这一想法,顿时显得很兴奋,将围巾和手套从身上脱下来,向庭院外空旷的雪地里跑去,开始在厚厚的积雪里滚起雪球来。

张茉莉花费了半天时间终于滚成了两个大雪球,直到快要滚不动时,她才停了下来,这时天色已变得十分暗淡。

晚上,当从镜子里看到脸颊由于长时间暴露在寒冷的空气中而长出好几处冻疮时,张茉莉才意识到自己为堆雪人而付出的沉重代价,她不停地用手挠着又疼又痒的脸颊,并未将其放在心上,一想到即将大功告成,她就有种说不出的喜悦。

然而,就在当天晚上,屋后的旷野又传来了北风呼啸的声音,虽然还没有下雪,但天气再次变得十分阴沉,整个天空仿佛一块灰色的石头重重地压在头顶上。

"看来又要下大雪了,这天气真古怪呀,白天还晴得好好的。"张茉莉躺在棉被里对阿清的姐姐说道,眼睛一直盯着传来风声的天窗,窗棂被风吹得发出碰撞的声音。"是要下雪的样子。"阿清的姐姐说道,一边就着台灯看书。"怎么说呢,就我个人而言,我还是喜欢下雪的天气,虽然有点冷,"张茉莉裹了裹棉被,突然说道,"呀!我的雪人还在外面呢,你说明天不会找不到了吧?""怎么可能,难道还会有人偷了不成,天底下还没那么无趣的人吧。""也不是,哎,今天忙碌了一天,我就是担心白忙活了。""你这么有兴致,不懂的人还以为你精神不正常了呢,大冷天的在外面活活受冻。""这个嘛,你不懂,等着欣赏我的杰作就是了,别的管不了那么多了。"说罢,张茉莉便不再打扰阿清姐姐看书,一个人闭着眼睛静静地躺着,一边倾听着从天窗传来的北风的呼啸声,呼啸声里仿佛已经夹杂着厚厚的鹅毛大雪了。

伴随着深夜凄凉的风声,加上一天的体力消耗,张茉莉很快进入了梦乡。阿清的姐姐还在台灯下看书,时不时从天窗缝隙里吹进来一丝清冷的风,阿清的姐姐由于沉迷于书中的内容而毫无觉察。

庭院外空旷的原野狂乱地刮着寒风,浑浊而阴暗的云层整个从空中压了下来,四周一片漆黑。前半夜,在狂风的伴随下,空中飘下了零星的雪花,后半夜,雪花渐渐停了下来,剩下寒风吹袭着万物,寒风的声响盖过了其他一切动静。

阿清的姐姐直到将一本书看完方才准备睡觉,这时她早已忘记时间已是深夜。由于长时间坐着不动,两条腿早已经麻木,双手和脸颊也很冰冷。正当熄灭台灯准备躺下睡觉时,她隐约听到庭院的大门打开的声音,于是,她披上棉衣从堂屋里走出来,站在堂屋门口,用手电筒朝着庭院四周照去,在手电筒昏黄的光柱里,她看到狂风肆虐的景象,屋檐上的雪粉随风飘散而逝,仿佛一团白色的烟雾,她又将手电筒特意朝着庭院的大门照去,看到大门静静地关闭着,她猜想刚才的声音可能是风刮所致,她在堂屋屋檐下站立了片刻,便感觉到夜风刺骨般的寒冷,禁不住打起寒战来,于是赶紧回到了卧室。

天刚蒙蒙亮,张茉莉便睡醒了,她躺在热熏熏的被窝里静静地望着窗外,脑海里浮现出万物被雪覆盖的美丽景象,心想昨天滚成的大雪球或许早已被雪严严实实地掩埋了。一想到自己又可以好好地玩一场,张茉莉就忍不住浑身激动,甚至急着要找一个人来分享自己的这份兴奋和愉悦。"喂,睡醒了没?"她用脚在被窝里踢了踢阿清的姐姐,阿清的姐姐由于睡得很沉,并没有被她扰醒。张茉莉见她毫无反应,心想她昨晚可能很晚才睡,便不再打扰她,自己先起床。

当她打开屋门看到并没下雪,一切和昨天并无二致,不免心里感到明显的落差,她迫不及待地向庭院外面走去,迫切希望看到自己滚成的大雪球是否完好无损。当她走到庭院外面的空地时,映入眼帘的却是堆好的雪人。

张茉莉看着背对着她的雪人,心里顿时涌起一股强烈的激动而不安的情绪,她实在无法理解展现在自己眼前的这一切。与此同时,她内心的激动和兴奋顿时消逝全无,心头被一种近乎忧伤的情绪所占据,她对堆雪人顿时没有了丝毫热情,甚至觉得静静站立在自己面前的雪人和自己毫无关系,显得十分陌生。由于突然袭来的寂寥和寒冷的缘故,她很快回到卧室里重新躺下,一直睡到很晚。

这一天恰好是腊八节。村里陆续有不少人前往十几里外的一座古老的寺院请粥吃。

由于天冷,路面又有冰雪,人们大都选择步行前往寺院,为了能够尽早请到腊八粥,不少人天还未亮便已出发,沿着布满冰雪的马路在荒芜的旷野步行好几个小时,寒风掠过覆盖着积雪的麦田,听起来显得疲倦而凄凉。

由于害怕严寒和走路的辛劳,张茉莉和阿清的姐姐两人就待在家里没有外出。张茉莉因为雪人的缘故心情一直很失落,显出一副落落寡合的样子,和往常的表现截然不同，大部分时间都是独自一人待在火炉旁取暖，一边无所事事地望着庭院外面荒凉的景色，不会有人会想到张茉莉正因此事而郁闷不已。

早饭过后，其他人都在忙碌着各自的事情，就连阿清的姐姐也多少有些忽略了她，这时候，她更是觉得时光的漫长和孤寂，此时的心情和外面阴暗惨淡的天空毫无二致，心里充满了前所未有的寂寥感，这种沉重的感受再次使她想起前不久自己身处雪夜里沉思的心境，生命仿佛是飘忽不定的雪花，被湮没在灰色愁人的天空中。

腊八节当天，阿清独自早早地步行前往寺院，快到寺院时，他无意间碰到了舅父，当时舅父正独自在寺院旁边的一条街道上悠然地走着，一边抽着烟。舅父凭借着背影认出了阿清，"是阿清吗？"舅父从阿清身后向他问道。阿清停住脚步，回头看是舅父，便亲切地叫了一声舅父。

"你是要去寺院请粥吗？"舅父问道，一边将抽完的烟蒂顺手扔到路边的雪堆里。"不是的，我只是出来玩而已。""只有你一个人来吗？""嗯。""正好我也要去寺院，咱俩一起过去吧。"说罢，阿清便和舅父一起向寺院走去。

两人到达寺院时还很早，空荡荡的寺院里并无几个人影，只有几个僧侣在忙碌着布置准备施粥的现场，僧侣们脸上普遍带着木然的神情，这种众人统一的模样令阿清心生感触。阿清对寺院这一远离尘嚣的孤独地域，并无丝毫的陌生感。

在寺院，阿清沉默不语，心里觉得困倦异常，近乎到了随时都有可能倒地入眠的程度。舅父看着阿清神情倦闷的样子，自以为不经意冷落了他，便主动饶有兴致地给他讲解起寺院的历史故事，阿清时断时续地听他讲着那些遥远虚无的故事，一边咀嚼着寺院带来的孤独感和倦怠感，这样一种状态反而令他有些迷醉。

两人沿着寺院右侧僻静的石径一直走下去，冬日萧条的迹象愈加明显，枯败的梧桐树叶依旧挂在树枝上不停地飘摇着，没有发出一丝声响。舅父停下脚步，从地上的积雪里捡起一片被雪浸湿的梧桐叶，拿在手中仔细地端详着，并没有说什么，表情同样略显忧郁。

经过寮房时，阿清看到两个和尚站在拱形门廊外的斜土坡上聊天，拱形门廊里站着一个和尚，静默地仰望着灰蒙蒙的天空，在他脚下是一片枯黄衰败的莲

叶。

　　"再过几年，我就打算搬到寺院里住，外面的生活已经过得没意思了。"当走在僻静的鹅卵石小路上时舅父开口说道，阿清 对舅父突然说出这样的话并没有感到多大诧异，只是默默地倾听着。"有时候人会不由得产生厌世情绪，我想这不一定就是心理有问题吧？"舅父接着说道，回头看了一眼阿清，"阿清，你怎么认为呢？""我也不太明白，不过，厌世的情绪不见得是什么坏事情吧？""此话怎讲？""那可能是懒惰自由的天性在作怪，可生命本身就喜欢自由和懒惰，您不觉得吗？""哦，或许你说的也是一种情形吧。""很多时候，我都很慵懒，很多事情想都不愿去想，只想一个人安安静静地待着，那个时候我就很羡慕这些僧侣们的生活。""是吗，不过你还很年轻，毕竟还有很多事情需要尝试和经历的。""不知为何，很多时候我都会心情不好，只想躲在一个人烟稀少的地方，没有什么比这更惬意的事情了……这可能也是自由的一种吧。""这哪里像年轻人说的话呀。""自由比什么都重要，与自由比起来其他一切都不足惜，可是，自由却不被这个世界认同，甚至是被排斥的……""其实，我想来寺院生活，也只是想过一段宁静的日子，我早已不再年轻了。"

　　舅父的话令阿清感到他内心的真诚，感到他对岁月飞逝的感伤。这时，迎面走过来一位年纪轻轻的尼师，尼师穿戴着灰色的帽子和长衫。

　　尼师走到两人面前时，很谦卑地驻足施礼，舅父同样谦卑地还礼，尼师秀丽的双眸一直看着脚下，然而，却能够从她一举一动中体会到内心的虔诚。尼师从两人旁边轻声走过时，阿清留意到尼师容颜的娇媚以及帽子里露出的整洁的乌发，阿清不由为之感到一阵不安。

　　尼师沿着寺院里簇拥着小杉木的鹅卵石小路已经走了一长段距离，阿清终究忍不住回头凝望了一眼，看到尼师谦卑而安静的背影，她的乌发和白皙的脖颈又一次清晰地印刻在了阿清的心头。

　　舅父见阿清静止不前，问道："阿清，你怎么不走了？"听到舅父的说话声，阿清才回过神，继续默默地往前走，但他却没有再怎么言语，心里涌动着一股淡淡的哀伤。若不是舅父在自己身边，以及那迎面照来的明晃晃的阳光，阿清难免会流出眼泪来。

　　后来，舅父走进了寺院最后面一间佛殿，阴冷的佛殿里弥漫着浓郁的香火气息,只有一位老僧人正坐在门后阴暗的角落里打坐,听到推门的吱呀声,老僧人应声向外看去,看到舅父,便欣然问道:"许施主,您怎么突然有空了,很久没见到你了。""是啊,天一冷我就很少出来了,今天刚好带着外甥过来看看,您老过得还好吧?""我挺好的,你看,没什么变化。"老僧人边说边敞开双肩,瘦削的双肩勉强撑起身上穿着的单薄的黄色长衫。"今天天气像要放晴了,不如到殿外休息下。"舅父边说边搀扶着老僧人来到殿外,两人坐在殿前的条石台阶上聊了起来。

其间,阿清由于觉得无聊便独自一人到寺院其他地方闲逛,心里依旧揣着浓郁的莫名的哀伤。走在明亮的阳光底下,仿佛内心的所有隐秘的情绪都被公开了一般,尽管冬日温暖阳光令人感到无比的温馨和惬意,却又令阿清产生一丝时断时续的怯意。

当阿清漫步在寺院西边一条相对宽阔的道路上时,看到路边的梧桐树和一丛月季沐浴着细碎的光芒在夹带寒意的风中瑟瑟发抖,内心的哀伤得到了一定程度的缓和,梧桐树干枯的枝丫发出的声响令他顿然沉醉不已。此时此刻,他将自身所依存的尘世忘得一干二净。

经过长时间梦魇般的迷醉之后,阿清感觉身心有些疲倦,便来到坐落在荒草木丛中的一间亭子里休息,亭子四周尽是荒芜的草木,远近没有一个人影。阿清靠着亭子朱漆圆柱休憩。

此时已过正午,四周已无太大风声,亭子被太阳照得暖烘烘的十分惬意。没过多久,阿清便依靠着圆柱睡着了,脸颊上流淌的泪水被阳光晒得只剩下痕迹。阿清昏昏沉沉地睡了很久,冬日的阳光将他的脸颊晒得红扑扑的,阿清似乎忘记了还是冬日,也几乎忘记了内心沉重的忧伤,在短暂的梦幻之中,不知不觉间仿佛过去了无数的岁月。

这时,曾经遇见的那位尼师恰好从这片荒芜的草木丛前走过,无意间看到亭子里孤零零睡着一人,便走上前去看个究竟,却没有料到那人正是刚刚碰到的年轻人,她一时不知是否该将其唤醒,就在这时阿清醒了过来,看到尼师正站在自己面前。

"你没事吧,怎么一个人在这里睡着了,天气还冷着呢!"为了掩饰突如其来的尴尬,尼师主动向阿清说道。阿清睁开睡眼蒙眬地看到面前正站着刚才在路上遇到的那位尼师,一时间对尼师的突然出现感到难以适应,以为自己还在梦

中。"哦，我本来只想在这亭子里休息会儿，没想到后来就睡着了。"阿清边说便连忙站了起来，用忧郁的目光看着四周荒芜的景象，竟忘记了自己为何身处此地。

尼师俊俏妩媚的容颜使他从浑浑噩噩的状态顿时清醒，他没有想到自己无故为之哀伤的容颜此时此刻正活生生地摆在自己面前。尼师仍旧十分谦卑地低垂着头，脸上的神情依旧冷漠。尼师见阿清已经清醒过来，便转身离去。

当她刚转过身时，便听到身后扑通一声，阿清从亭子的台阶上摔了下来。阿清努力伸出一只手想要抓住旁边的玉石护栏站起来，却没能成功，最后晕倒在了地上。

尼师见状，顿感惊恐万分，连忙跑过去将阿清搀扶起来，阿清于昏迷中隐约感到头部正枕着尼师柔软的胸脯以及尼师凉丝丝的灰色长袍。尼师一边搀扶着阿清，一边心乱如麻，不知道如何是好，她向四周匆忙望去，唯恐碰到其他人，然而，在迷茫的阳光的照射下，昏暗的草丛一片荒凉，显出一派萧瑟气息。尼师看着如此荒芜的四周，心里平添了许多孤独和忧郁。

见阿清摔得如此严重，尼师只好艰难地搀扶着他往自己的住处走去。冬日的午后已渐渐变冷，尼师白皙光滑的额头却不停地渗出汗水，回去的路上尼师尽量选择寺院里最僻静的小路，路边松树枝上干枯的松针时不时地掉落在她的头发上和胸前的衣襟里。

当她走回到自己的住处时，已经累得精疲力竭，她将阿清扶到自己的床上躺下来后，便连忙将住室的门关闭起来，并将桌台上的蜡烛熄灭，顿时整个房间陷入一片幽暗之中，唯有窗户外流泻进来的月光给房间添撒了一层微弱的银灰色光芒。

尼师见阿清脸膛发红，嘴唇干裂，又不停在发抖，便猜测他可能是受了寒气的侵袭，她用手摸了摸阿清的额头，发现额头又热又烫。于是，她顾不上歇息片刻，便赶紧铺开叠好的棉被将阿清严严实实地裹了起来，又在额头上敷了一条湿毛巾。由于担忧阿清病情，她便寸步不离地守在他身边，直至深夜阿清沉沉稳稳地入眠，她才慢慢放下悬着的一颗心。

尼师坐在住室阴冷的角落里，匆忙地回想着一天的遭遇，心还在乱蓬蓬地跳，她呆滞地望着窗外带有银灰色暗淡的月光，月光里流露出冬夜的严寒，偶尔，她会将目光落在陷入昏迷状态的阿清身上,由于情感的迟钝和冷漠,她无法将其和自己的整个平静而单调的生活融合在一起,始终将其封闭于自己的生命之外。

后来,尼师跪在蒲团上倚靠着角落里的一把椅子睡着了,寒冷和困倦使她清楚地体味到了冬夜的漫长,她在心里将这种难熬和痛苦默默地转化为自身生命本该有的一部分,对此毫无爱恨之情。

次日凌晨,尼师疲惫不堪地从煎熬的梦魇中醒来,浑身冻得近乎失去知觉,然而,她内心的坚毅使其对这种肉体的折磨毫无悲悯之情,她拖着沉重而冰冷的躯体走到住室外面,想要舒展下身心,住室前面空地上的草木已蒙上一层厚厚的霜粉,远处的天空显得澄净而高远。尼师在走廊里的一处石凳上坐了下来,清晨的寒气令她顿时变得格外清醒,她的目光长时间停留在寺院宁静而安详的景象,旁边的一小片竹林隐隐发出清脆的低语声,仿佛在向她诉说着冬日清晨的隐秘。

她突然无缘无故地想到了阿清,忖度着他差不多要醒过来了,便回到住室,拎起门后的一只木桶前往位于寺院竹林丛中的一口古老的水井打水,途中隐约可以听到寺院里请粥的人们的喧闹声。青石砌成的古井和显得腐朽的辘轳亦落了一层霜粉,尼师吃力地打了一桶水,步履蹒跚地走回住室,由于体力不支,她坐在住室的门槛上休息。她看到阿清的围巾静静地搭在椅子靠背上,如同住室一样冷清、单调。

当她站起身走进住室时,发现阿清已不见了踪影,床榻上的被褥如先前一样整齐地叠放着。不知为何,尼师的心里涌起一股怅惘和忧伤,甚至怀疑这间住室曾经是否有陌生人来过,椅子靠背上搭着的那条围巾似乎也难以为之证明。她再也回忆不起阿清突然消逝的面容。尽管如此,她看上去整个人依旧显得十分安静,内心的情感似乎早已被严严实实地尘封起来。此时,她真切地感觉到了冬日的寒冷,瞬间令她回到了冷漠的现实之中,她的脑海里已不再去想过去的人和事。

经过整个夜晚的煎熬,阿清由高烧的昏迷状态渐渐苏醒过来,他试图回想起昨天的经历,但想起的仅仅只是一团迷乱的迷雾般的影像。他见住室里空无一人,空气中弥漫着浓郁的檀香的味道,意识到自己原本并没有离开寺院。透过窗户,阿清看到屋外明晃晃的天空,冬日清凉的空气从窗户外面流泻进来。

阿清走出尼师的住室,向住室对面的一条穿梭于竹林间的幽静小路走去,深

绿色的竹林在寒冷的冬日里显得有些失落,静悄悄没有一丝声响。穿过竹林便是一片荒芜的菜园,菜园里尽是被寒霜覆盖的荒草,阿清站在菜园木栅栏外面静静地望着菜园,心里隐约还能想起昨日内心的失落和哀伤,这于他而言,仿佛经历了一场天翻地覆的浩劫。

阿清凝望着眼前的一片荒草,仿佛凝望着自己的人生。后来,一位从他身边走过的僧人的脚步声打断了他的沉思和内心的伤感,他才意识到自己在这片荒凉的地方待得太久,整个身体几乎冻得没有了知觉。

阿清沿着原路往回走去,经过那边深绿色的寂静竹林,脑海里重又浮现出尼师妩媚的身影,尼师的身影无形中加剧了他内心深处的痛感,当他走到离住室不远处时,透过窗帘看到尼师正在忙着收拾自己睡过的床铺,尼师俊美的容颜清晰地呈现在阿清面前。阿清怀着无尽的感伤在不远处的竹林里端详着,为她的妩媚由衷地感到惊讶和叹息。

阿清的目光仿佛一只充满温情的手仔细而轻柔地抚摸尼师脸上的每一寸肌肤,每一根秀发,肌肤的温热和细腻触动着他的每一根神经。不知不觉,阿清的眼睛变得湿润,尼师俊俏的容颜也渐渐变得模糊起来。

此时,天色已经彻底明亮起来,几缕寒光笔直地穿过竹林,从缝隙处映照到住室的窗帘上。尼师似乎受到了光线的刺激,微皱起眉头,随意地向窗外看了一眼,恰恰看到了阿清恍惚失神地站在竹林里,竹叶晃动的影子半掩着阿清忧郁的面孔。

由于沉迷于遐思,阿清并没有注意到尼师正隔着窗帘凝视着自己。当阿清回过神时,尼师又开始忙着收拾其他东西,看上去毫无察觉到自己的样子。尼师的身影渐渐从窗帘上消逝,阿清终于鼓起勇气转身离开阴冷潮湿的竹林时,用衣袖揩去脸颊上的泪水。

这时,尼师从住室里走了出来,一边目送着阿清在竹林里渐行渐远的身影,一边悉心折叠着阿清遗忘下来的灰色条纹的围巾,她的内心似乎仍旧如同当初一样冷漠而坚韧。此时此刻,她将四周的一切动静彻底地忽略了,全部的心思都集中在了阿清那条崭新的围巾之上,围巾在她白皙的纤手的抚摸下显得温暖而柔软。尼师抚摸着围巾就像是抚摸着一只温顺的小兔子一样,或许正是抚摸产生的舒服感起了作用,尼师内心泛起了微微的愉悦之情,她忍不住将柔软的小兔子般柔软的围巾贴在脸颊上。

她几乎忘记了冬日的寒冷,明亮而微弱的冬日阳光活泼地照耀着住室前的走廊,甚至会让人产生暮春的错觉。

阿清沿着竹林里的那条小径渐渐走到了尽头,头发和双肩上沾满了竹叶上散落下来的霜粉,脚下凋零的叶子散发出潮湿的腐朽气味。阿清穿行其间,全然忘却了自身的存在,仿佛走在一片浩瀚的原始森林里一样,心里怀着一股自由而忧郁的感受。

尼师妩媚的容颜和遮掩在帽子里的乌发不断浮现在阿清眼前,离别的怅惘一时变得强烈起来。在漫步的途中,他甚至想到自己可能再也没有勇气回到这座令人哀伤欲绝的寺院了。惆怅如同雾霭弥散在各个角落,甚至连眼前的一草一木都充满了离别的忧伤。

阿清不明白自己为何会如此无端地哀伤不已,眼前的一切又都显得冷漠异常。阳光里,寒风一如往常平静地吹动着干枯的树枝,空旷的天空有几只麻雀在飞来飞去,发出急促而慌张的叫声。

阿清仰望着刺眼的明亮而荒凉的天空,不远处正升腾着一缕炊烟,炊烟在空中正慢慢扩散消逝,看着烟雾,阿清不禁想到了孩童时无忧无虑的时光,在这样一种自我散漫的遐想中,阿清不知不觉走到了竹林的尽头,眼前顿时展现出一片开阔的境地,地面上长满了均匀厚密的野草,草地旁边是一条通往寺院门口的小路,这时候阿清的意识开始变得清晰起来,似乎一下子从梦幻中回到了现实之中。在踏上通过寺院门口的小路之前,他特意回头望了一眼,透过阴暗婆娑的竹林,阿清无意间看到尼师一动不动地站在原地,怅惘地朝着自己这边望着,尼师手里紧紧攥着阿清遗忘的围巾,忧郁的神情显得更加妩媚动人。

隔着忽明忽暗的竹林,阿清仿佛第一次如此鲜明地感知到尼师真实的内心,彼此默默地看着对方陌生而真挚的眼神,却难以清晰地感知对方真实的内心。

或许是光线开始变暗的缘故,在被风吹得如同波涛般涌动的竹林里,尼师的身影若隐若现,阿清虽想将其看得更加清楚,却被飘摇的竹林的波涛所遮掩,最后,就连只身片影也难以捕捉得到,只剩下幽暗的深不见底的树影。

阿清心想,那人或许并未看见自己,或许早已转身走开,更不用说能够理解自己内心的苦楚了,阿清甚至开始自责自己过于多愁善感,或许那人丝毫也没有

明白自己的良苦心思。一路上，阿清都沉迷于这样漫无边际的遐想之中，就连身边不远处冬日下宁静安详的风景也毫未知觉。

　　张茉莉这次来到阿清家，过了几天平静的生活，大多数时间和阿清的母亲在一起，在临近开学的时候才返回县城。几年不见，阿清发现张茉莉发生了不小的变化，显得更加稳重端庄，以前活泼可爱的样子越来越模糊了，只有看着她的脸颊时才能隐约想得起来。

　　阿清习惯性地观察着张茉莉的背影，身材愈加显得高挑，曾经又粗又黑的马尾辫现在也梳理成了齐肩的短发，阿清从内心里觉察到发生在她身上的大大小小的变化，然而，两人之间似乎始终有种莫名的陌生感，彼此间也很少有所交流。阿清内心里尽管很清楚地意识到彼此之间的这种隔阂，但在他眼里，张茉莉似乎永远都只是一位客人，无意识地被阿清关在了心门之外。

　　每当张茉莉看到阿清独自一人从外面回到家里，心里便不禁怦然心动，但她始终不愿承认自己内心的这份悸动，任凭阿清如同陌生人一般从身边走过，连看也不看一眼。阿清虽然多少意识到了张茉莉对自己的冷漠，但他却并不怎么在意，仿佛张茉莉就是客观存在的却又看不见的幻影一样。

　　就这样，若干年后的一天，张茉莉平静地出现在阿清身边，又平静无痕地从身边消逝。阿清虽然心里很清楚这一切的发生，但他却没有为此主动做出任何举动，整日浸泡在仅仅属于自己的虚无的光阴里。

　　张茉莉离开阿清家的那天，阿清的母亲极力想挽留她多住几天，眼看都要流出了眼泪，但最终张茉莉还是走了。

　　阿清坐在堂屋的屋檐下只顾着享受午后冬日的温暖了。夕阳红铜色的光芒从西屋的屋脊上散漫下来，温暖中带有一丝寒意。庭院里砖砌的地面上被风轻轻刮起一阵尘埃。张茉莉走出庭院时，阿清正闭着眼睛面容疲倦地躺在屋檐下的沙发里休憩。

　　或许是临近日暮天气渐冷的缘故，阿清感觉到一阵寒意突然侵入骨髓。他的思绪跟随着张茉莉的脚步声一起走出了庭院，来到外面的一条大马路上。阿清仿佛看到庭院外面荒凉干燥的土地上被风刮起的尘埃的漩涡轻易将张茉莉包围了起来，风吹乱了她那一头齐肩短发。

当天晚上，郊外突然刮起了大风，天空阴沉沉一片，见不到一点星光。阿清躺在床上迟迟没有睡意，独自沉浸在屋外鬼哭狼嚎般的风声里，同时，脑海里开始回想起自己所经历过的这段日子，突然意识到自己过得是如此空虚，整颗心被慵懒、抑郁所包围。聆听着肆意狂妄的风声，阿清的内心显得清醒异常，同时伴随着隐隐作痛的挣扎，仿佛生命的即将结束，自己早晚都要面临被处决的一刻，而那一刻正在缓缓走来，这种压抑而不安的意识，如同这风声一样，将阿清牢牢地困在里面。在这样的无休无止的梦幻状态下，阿清终究还是陷入了梦魇之中，他看到四周一切被夷为平地，所有人都已离自己而去，独自一人站立在孤零零的荒野之中，极力地向远处望去，只见荒野之上唯有肆虐的狂风席卷着一切。

就在这样一个动荡不安的夜晚，阿清突然意识到是自己该离开的时候了。他静静地躺在床上，仔细地倾听着外面的风声以及它所带来的细微的骚乱，他清晰地看到整个原野在风沙的侵袭下的荒芜景象，空旷的原野里一片浑浊，麦田在狂风中瑟缩发抖，最终被干粉般的沙尘掩埋起来，只留下一层层清晰的水波状的痕迹……

五

春节刚过,天气便迅速回暖,阳光照在身上暖烘烘的格外舒服。积雪融化后的潮湿地面上只剩下一片暗淡而细碎的亮光,看上去仍给人寒冬的感觉。

由于天气出奇的暖和,大家都争相坐在露天的庭院里晒着太阳,在阳光强烈的照射下人人都显得十分慵懒。

看着眼前的一派春日来临的景象,不久前的冰天雪地似乎已成遥远的过去,没有给人留下多少印象。阿清眯着眼睛无意间看到不远处长着的一株细弱的桃树,枝干上竟已泛出浅浅的绿色,给人蠢蠢欲动想要萌芽的感觉。

暖春般的天气与阿清内心深处别离的情绪显得很不合时宜,眼前的一切事物表达的只有单纯的春日的暖意,与阿清内心的忧虑毫不兼容,以至他对自己产生了强烈的疑惑。然而,顽强的理智又告诉他眼前的这番和煦的春光很快便会消逝。

于是,当周围的人都沉浸在一片昏昏欲睡的春困之时,阿清的思绪飘过眼前的一草一木早已迷失在远处空旷的原野里,荒芜的原野不禁勾起了他内心哀伤的离情别绪。伴随着内心复杂而持久的遐思,阿清躺在庭院前的一片干草地上尽情地享受着春日般的暖阳。母亲在庭院门口时不时地看他一眼,像是要确认他是不是已经睡着了。或许是觉得阳光足够暖和的缘故,母亲没有去叫醒他。

阿清一动不动地躺在干草丛里,将手臂遮挡在眼前,暖烘烘的太阳仿佛给他盖上了一条无形而轻盈的棉被,同时在他眼前蒙上了一层橘红色的红晕。身体下面坚实的土地让他感知到一丝凉意。在昏昏沉沉的状态中,阿清渐渐忘记自己原本是躺在庭院前的那片荒芜的草地上,坚实而平坦的土地无形中成为他寄托一切的地方,包括他的全部情感和思绪,他仿佛又回到了纯真的孩童年代。荒芜的土地承载着他四处平静地游弋,却又不会有掉落下去的顾虑。

此时的暖阳毕竟经不起时间的考验,刚过午时,暖阳的热气开始透露出冬日一贯的寒冷,整个舒懒的世界顿时变得瑟缩起来。阿清被空气中的寒意冻醒,看到整个原野已经换上了昏暗的涂装,料峭的晚风让眼前的一切蒙上了凄凉衰败之感。

阿清从草地上站起来,看到旁边寂静无人,不远处空荡荡的大马路显出一幅寂寥的景象,躺卧在柴草堆搭成的窝里的大狼狗正以一种胆怯而怜悯的目光凝望着他,一条生锈了铁链牢牢地拴着大狼狗的脖子。阿清离开那片荒芜的草地,拍打着身上的尘土和草叶径直向庭院走去,意识到似乎要变天了,阴沉沉的,如同往日的暗淡的黄昏。

一个平淡的冬日午后,阿清离开了家。当他走出庭院时,不经意间看到对面宽阔的原野上均匀地散布着带着寒意的冬日的光芒,结实而冰冷的土地呈现出一片金黄色,四周依旧很寂静,阿清的心却怦怦地急促地跳个不停,他清晰地意识到自己正在做一件对自己的人生有着重大影响的事情,而这一切都悄无声息地消融在轻轻的脚步声中。

眼前的一切对此毫无知觉,干枯笔直的白杨树依旧静静地矗立在马路两边,显得坚强而冷漠。空中连一只飞鸟都不曾出现,这一切仿佛都在和自己内心涌动的狂潮形成鲜明的对比。冬日温柔的光线弥散在阿清的周围,带着一丝惬意和温热,仿佛女人纤细的手抚摸着他的肩膀和头发。

随着脚步渐行渐远,阿清内心离别的哀伤愈加强烈,终于忍不住掉下眼泪,眼泪很快被干燥而寒冷的风吹干,只在脸颊上留下又冷又痒的感受。直到坐上一辆顺道经过的货车时,他才终于有了空闲来静静怀恋自己别离的故乡。阿清坐在不停颠簸着的空荡荡的车厢里,用棉大衣将自己裹得严严实实,寒风吹袭下的故乡的冬日,看起来像是一张单调而苍白的脸,令人再也不敢对其怀有任何奢望和情感。

货车沿着坎坷的马路飞快而颠簸地行驶着,将一片片耀眼的午后光芒抛在了后面,迷离的阳光将纷乱而灰暗的现实渐渐变成模糊的梦境。阿清怀着满心哀伤试图将眼前熟悉的一切铭刻到脑海里。四周呼啸而过的寒风无形中加剧着他内心的苦痛,使他内心里充满了无尽的哀愁。

阿清将自己封闭在隐秘的充满哀愁的世界里。这样的哀愁恐怕连马路上那些荡起的尘埃和那朦胧的橘红色的云霞也无法真正理解吧,阿清如此怜悯自己道。唯独自己像大地忍受漫长的严冬一样默默忍受这无尽的哀愁吧。在干燥的

寒风中,阿清甚至连眼泪也无法流出,被这预谋之中的离别暗自折磨着,一瞬间,笼罩在光和尘埃下的熟悉的一切仿佛早已成为遥远的无法触及的过去,只剩下苍老的土地以及弥漫着的灰色的雾霭。

……

为了维持生计,阿清来到一家纺织厂做了临时工。

阿清第一天去工厂上班起得很早,雪已在昨天深夜里停止不下,满眼望去白茫茫迷人的景色,天气变得更加寒冷,整个世界仿佛已被冻僵,空气中回荡着刺骨的冷气。阿清走出旅馆,站在旅馆门口看着外面的雪景,脑海里还在想着昨日在途中遇到的那位受伤的女子。

由于刚刚来到一个陌生的地方,阿清起初并不清楚自己的目的地在哪里,他只好沿着一条伸向郊外荒野的小路漫无目的地前行,内心的思绪全都消融在脚下寂寞无声的小路和四周的荒野里,弯曲而平坦的小路在夜色中反射着暗淡的月芒。阿清沿着小路走了很久,这时,眼前忽然呈现出一片开阔的视野以及令人感到格外舒朗的澄净夜空。月亮在飘忽而过的云朵后面悠然穿行。

当天色渐渐变得明朗时,可以看到四周弥漫着浓雾,阿清依旧沿着小路漫无目的地走着,似乎已感觉不到疲惫,浓雾淹没了小路前方的风景,令阿清恍若走在梦境之中。小路后来变得陡峭起来,一侧出现了一片开阔的低谷,低谷里到处弥漫着浓密的晨雾。小路愈走愈远,路旁的树木愈加深密,雾气也随之更加浓密,直至身处其中,无法分辨雾里雾外。

阿清一如既往地前行,全然沉迷于浓雾之中。就在这时,他忽然被浓雾深处低谷里传来的细微动静所惊扰,隐约间听到有人在说话。于是,他从路上走到斜坡处,扶着一棵白杨树向浓雾深处望去,却什么也看不到,唯有浓浓的雾气在空中不停地旋转。声音很快便消逝了,一切又恢复了宁静,只剩下雾气流动的声响。

阿清从斜坡回到路上,以为刚刚听到的只是错觉而已。然而,当他走开一段路时,又突然停住了脚步,仿佛又一次听到从低谷里传来的人的声音,忍不住回过头朝着声音传来的方向望去,却同样什么也看不到,潮湿的气流迎面朝他扑来。

这时,他似乎再次听见了刚才的动静,于是循着声音前往,重新沿着斜坡向雾气深处走去,斜坡上布满了纵横交错的树枝,地上积满了枯枝败叶,阿清一脚深一脚浅跟跄地沿着斜坡往下走,意外地在树林深处看到了一位年纪轻轻的女子。

女子坐在地上,身上沾满了杨树叶子,透过雾气,女子看到面前突然出现一个陌生人,顿时显出惊慌失措的样子,浑身颤抖不止。阿清看到女子满脸苍白,一头湿漉漉的乌发沾满了露珠。

阿清向那女子解释道自己刚巧从这里经过,听到这里有声音,便走下来看看,又问那女子为何独自一人待在低谷里呢。女子回答说自己是昨天晚上经过时不小心从小路上摔了下来,右腿难以动弹。女子或许是直觉到面前这位陌生人并无恶意,便如此坦诚地说道。

没想到你居然在这里冻了整整一个晚上,如果不介意,我把你送回家吧,看样子你伤得不轻。阿清诚恳地说道,听了阿清的话,女子没有言语,以半信半疑的目光注视着阿清,一边向他点了点头。阿清一边说话,一边将女子头发上的树叶摘掉,并用衣袖揩去女子额头上的露水,然后小心翼翼地将其搀扶起来,由于两腿早已麻木,女子根本动弹不了,阿清只好费尽力气将其背在身上,步履艰难地往坡上爬去。

斜坡爬起来显得十分漫长,没过多久,阿清已经满头大汗,树林间的雾气令人感到一丝丝凉意,随着时间的消逝,天色渐渐变得明亮起来,雾气中反射出琥珀色的光芒,阿清朝着前方笼罩着整个山坡的光芒望去,内心充满了忧郁和期盼,对眼前的光亮既欣喜又恐惧,恐惧这即将豁然洞开,赤裸裸无情地展现在眼前的世界。

此刻发生的一切或许只有我一人知道吧,阿清暗自感慨道,眼睛不由得湿润起来。这时,那位受伤的女子已经趴在他的肩膀上睡着了。阿清清晰地感觉到了女子均匀而轻柔的呼吸和心跳。

阿清背着女子从斜坡深处爬到了原先的小路上,路面上已能够看到湿漉漉挂满露珠的枯黄的牛筋草,透过雾气隐约可以看到远处稀稀落落的房屋。

……

阿清沿着一条宽阔的街道向工厂走去,离工厂还有很远一段距离时,他便看到工厂厂房后面高高的烟囱里冒着浓浓的白烟,厂房里隐约传出机器的轰鸣声,看着白烟,听着轰隆声,阿清顿时感到心潮澎湃,虽然穿着单薄,却不觉得寒冷。

他从工厂大门旁边的侧门走进工厂，看到一排排整齐的厂房，他向离大门最近的一间厂房的铁门走去。走进厂房看到里面一片阴暗，迎面扑来汗水的臭味和机油的刺鼻气味，浑浊的光线笼罩着工人忙碌的身影。阿清在门口犹豫了一会儿，最终还是一声不响地走了进去。

厂房里的工人一个个都在专心地忙碌着，没有人发现阿清走了进来。阿清就在一台纺织机器旁边的一只倒扣着的木头上坐下来，旁观着大家干活。

直到中午时分，工人们陆陆续续离开厂房前往食堂吃饭，才有人注意到身边多了一个陌生的年轻人。其中一位名叫阿秀的三十左右的女人端着饭盒走到阿清面前，对他说道："你是新来的员工吧，怎么一个人待在这儿？""嗯，我也是刚刚来到这里。"阿清羞涩地看着回答道。阿秀听到阿清的回答，爽朗地笑了起来，齐肩的头发习惯性地向脑后甩了甩。"这里的活儿可没想象的那么好干，你应该都看到了吧。"阿秀亲切地说道，"哦，对了，你应该还没吃饭吧，走一起去食堂吃饭吧，这里慢慢你就熟悉了。"阿秀以一种温柔而亲切的目光看着阿清，阿清受到目光的鼓舞，便起身跟着阿秀向食堂走去。

由于在厂房里待的太久的缘故，从里面刚走出来时，外面明亮的积雪反射出的光线一时令阿清无法睁开眼睛。"这场雪下得可真大啊！"阿清不禁感叹道。"是呀，到处都是雪，亮得有点刺眼。"阿秀应声回答道。

食堂位于厂房的后面，距离厂房有几百米远，工人们三三两两在其间走动着。阿清和阿秀打好饭后，就来到位于食堂角落的一张长条桌上吃饭，阿清大口大口地吃着饭菜，看起来像是很久没有吃饭的样子。阿秀只顾着看阿清吃饭，自己都忘记吃饭了。"这段时间，你应该受了不少苦吧？"阿秀故意埋着头装作在吃饭，以一种轻松自然的口吻问道。"没有啊，一直都过得挺好的。"由于自尊心的缘故，阿清故作轻松地撒了谎，但似乎没有逃过阿秀的眼睛。"嗯，那就好。"听到阿清的回答，阿秀微笑着说道。"你是一个人来这里的吗？这里离你的家乡还很遥远吧。""嗯，是挺远的。"阿清停下手中的筷子，回头向食堂外面望去，看到重叠的屋舍被雪严严实实地覆盖着，内心对故乡的印象一时变得模糊不清。

他在内心里暗自比较着这里的雪和家乡的雪有何不同，脑海中自然而然地浮现出故乡冬天的田野飘雪的情境。"或许故乡的雪下得更轻柔些吧。"阿清如此思忖道，一时将周围的一切给忘记了。

阿秀坐在对面将阿清的变化看得一清二楚，内心不由得受到触动，她故意将一只手挡在阿清的眼前晃了下，阿清才突然从沉思中醒悟过来。"你刚才在想什么呢?"阿秀问道，"哦，没想什么，只是在看外面的雪景而已。""雪有什么好看的，实在不稀罕呀，这里的冬天几乎天天都在下雪。""雪会让人平静下来，也让人不再觉得孤独。"阿秀认真地朝外面的雪景望去，看到地面上尽是厚厚的臃肿的雪，然而，实在无法体味阿清刚刚说的那句莫名其妙的话。

　　饭后，两人一起走出食堂，食堂出口处的水泥地面上的积雪已被踩踏成一片脏乱的泥水。刚走出食堂，刺骨的冷风迎面扑来，刮得人难以忍受，冷风将阿秀的头发从围巾里面吹散出来，阿秀脸上顿时显出痛苦的神情，一边匆忙地将头发重新在围巾里打理好。

　　从饭堂出来的一段路上，两人没有再怎么聊天，彼此沉默着往前走，阿秀似乎忘记了身边阿清的存在。阿清留意到阿秀变化明显的神情，较之刚才判若两人，阿清不由得放慢脚步，默默地跟在阿秀的后面走了一段不近的路。

　　阿秀似乎将阿清彻底忘记了，独自顺着工厂厂房高高的墙壁下行走，冷风像是有意要折磨人，在墙角处发出凛冽的呼啸声，阿秀的围巾再次被风吹开，头发被风吹得更加凌乱。阿清站在厂房不远处的开阔地带原地不动，以怅惘的眼神凝望着阿秀匆匆的背影，地面上的积雪在他眼前闪动着飘忽不定的光芒。

　　后来，阿秀突然停住了脚步，像是猛然间想起了什么，回过身来望着阿清，看到阿清站在一片明亮而恍惚的雪地上站着不动，便对他发出略显沙哑的笑声，同时对他大声喊道:"喂，你怎么站住不走了?"阿清没有回答阿秀的问话，只是连忙走上前去，重新和阿秀并肩前行。"刚才的风真冷啊，我都快受不了了。"阿秀自言自语般说道。"是啊，冷风吹得让人发愁。"阿清说道。

　　饭后，工人们陆陆续续又回到厂房里，由于离开工还有一段时间，大家便聚成一起聊天，尽情享受着短暂而自由的休息时间。阿清来到厂房角落里的一只汽油桶改造成的大火炉旁边烤火，由于工人们将受潮的棉鞋放在火炉上烘烤，使得仓房里弥漫着一股浓烈的脚臭味。坐在炉火旁边久了，阿清不禁泛起困来，就裹着棉大衣躺在旁边成堆的纺织品上打起盹来。烧得很旺的炉火在他脚旁疲倦地跳跃着。昏昏欲睡中阿清仍能感受到炉火的红色火焰在他眼帘里闪烁着，这样一种印象令他觉得格外的温暖和惬意，以至很快便酣睡过去。

透过厂房墙壁上的缝隙向外看去,可以看到寒风仍在吹袭着屋顶上的雪花,然而,由于厂房墙壁的阻隔,听不到丝毫的声响,虽近在咫尺,却给人异样世界的感觉。阿清在入睡的那一瞬间,脑海里正是怀着这样一种奇异的如梦似幻的感受,不知不觉间陷入纯净的梦境之中的,幻觉亦随之消逝得无影无踪。

过了将近半个钟头,阿清从睡梦中醒来,透过墙壁上的缝隙看到一位年轻的女子从一辆崭新的黑色小汽车上轻盈地走下来,夹杂着雪粒的寒风将女子厚厚的衣裙吹动起来,或许是寒冷刺骨的缘故,女子双手紧抱着衣裙,面向汽车背对着寒风,试图将风躲避过去。

透过那女子静止不动的身影,阿清似乎清晰地感知到她面容上的痛苦和无助,女子柔软的身躯在风雪面前显得过于单薄和脆弱。阿清在半睡半醒的状态中望着外面的情境,眼前的情境如梦似幻,他没有意识到外面女子的身影是如此熟悉。

那阵狂乱的寒风过后,女子方转过身,重新整理下衣领,朝着厂房的方向走过来。女子在厂房门口处停留片刻,外面明亮的雪景使得厂房里的光线显得十分暗淡。

这时候在休息的工人中间,开始有人低声议论道:"看,林老板的千金来了!""是吗,在哪里呢?"听到议论声,不少人纷纷向四周看去,"在门口那里嘛。"于是,大家又都朝着厂房门口看去,整个厂房顿时平静下来,在工人们眼中,林老板的女儿充满了神秘和荣耀。罗晴遥看到工人们都还在休息,便在厂房里随意走了走,并没有打扰大家的意思。当她看到角落里燃烧着的炉火时,她便迈着轻快的步伐走了过去,将一双带着洁白手套的纤手靠近炉火取暖。

炉火在厂房里一明一暗地闪耀着。此时,阿清已经从睡梦中清醒过来,由于厂房里光线昏暗的缘故,他并没有看到站在自己旁边就着炉火取暖的罗晴遥,罗晴遥片言不语地静静烤着炉火,也未注意到躺在成堆纺织品上的阿清。炉子里的煤炭发出细微的噼噼啪啪的声音,阿清舒服地躺着,同时闻到空气中隐隐约约含有一股香水的味道,香水味顿时令他彻底地清醒过来,并痴迷于此。他望着幽暗的厂房屋顶,一边仔细地闻着空气中的香水味,深深地觉得两者实在不该同时交融在一起。闻着迷人的香水的味道,阿清浮想联翩,一时间仿佛看到弥漫着晨雾的原野中开满了无数的茉莉花。

其间,有那么一会儿,罗晴遥凭借着昏暗的炉火朝阿清看去,由于棉大衣整个地遮盖着阿清的脸,使她未能看清是谁。不久之后,罗晴遥便转身离开厂房,走到外面的冰天雪地里。

罗晴遥刚走不久,阿清就从成堆的纺织品里爬了起来,穿好棉大衣,走到厂房门口,寒冷的空气顿时朝他袭来。而后,他重新回到厂房里,准备开始下午的工作。一位身材肥胖、秃顶的工头将他领到仓库的另一端,不少人正聚集在那里,兴致勃勃地聊着天,不时会有人说出低俗的玩笑令所有人捧腹大笑。工头走到这群人中间,扯着嘶哑的嗓子喊道"这是我们新来的伙伴儿,以后就跟大家一起干活儿了,大家多关照着点,都是自己人。"起初,大伙儿以一种怪异的眼神打量着阿清,而后又重新嘈杂地说笑起来,"好说好说,都是自己人嘛。"阿清对眼前的这一群陌生人一时难以适应,他敏锐地意识到自己以后也会变成同他们一样的人,这种念头令他内心里产生了一种难以分辨的感受。

很快,这帮工人就生龙活虎地干起活来,将装满纺线的麻袋从厂房里背到另一间厂房,两间厂房相距大约几百米的距离。工人们麻利地将麻袋扛到肩膀上,然后就向厂房外面走去,一边走一边随意地大声说笑着。

阿清由于初次从事这样繁重的工作,难以像其他工人那样干活干得如此轻松自在,为了不使自己显得软弱,他强忍着巨大的压力扛着一包又一包的麻袋,几趟下来他已经累得气喘吁吁,感觉自己快要坚持不住了。他一边艰难地往前走,一边看着脚下踩踏的积雪,汗流浃背,又寒冷异常。

随着时间的流逝,阿清逐渐适应了工厂里繁重的工作,和工人们熟悉起来,对工厂有了些许归属感,同时他也渐渐失去了童稚之心,手掌也磨出了厚厚一层茧,沉重的麻袋也不再显得可怕。在这样繁重而平淡无奇的日子里,冬天最冷的那段日子仿佛一下子过去了,工厂里的工人们尽管仍旧穿着厚厚的棉服,内心里却不再怀疑寒冬即将离去。

虽是冬末之际,但北方的天气仍旧很干冷,大地毫无复苏的迹象,时常会刮起强烈的风沙。

一日,阿清如同往常一样在工厂里搬运着装满纱线的大麻袋,工厂外面的空地上盘旋起了又干又冷的大风,沙砾将空气弥漫得阴霾重重。林老板的女儿顶着大风再次出现在工厂里,空地上盘旋着的沙尘将其瞬间包围。罗晴遥将手臂

挡在眼前,狂乱的风沙使她一时难以睁开眼睛,她就这样顶着风沙在空地上艰难行走,没有注意到阿清正从对面扛着麻袋走过来。

为了不使沙砾刮到眼睛里,阿清低埋着头走路,两人擦肩而过时,麻袋的一角不小心将罗晴遥碰了个趔趄,险些摔倒在地上,罗晴遥突然受到惊吓,不禁哎呀一声。听到声音,阿清连忙将麻袋放在地上,转身跑去帮扶。从穿着高雅的背影看去,阿清大致猜想到眼前的这位女子应是大家经常议论的罗晴遥,想到这里,阿清不禁生出一身冷汗,接连说着道歉的话。

罗晴遥一时惊魂未定,来不及顾及身边的这位工人,低头默默地整理着衣服上的饰物,匆忙的动作中流露出她内心的凌乱。阿清站在旁边透过昏暗的风沙看着罗晴遥,虽然没有看清她的面容,却清楚地感觉到她容颜的妩媚。

罗晴遥平静下来后,朝着阿清走过来,眼前的风沙变得愈来愈淡,当她走到阿清面前清晰地看到他的脸时,顿时惊讶的目瞪口呆,阿清也被罗晴遥的突然出现深深地震惊到了。

“原来是你呀!”“是啊,真……真没想到会在这里遇到你。”罗晴遥还没完全从惊讶中反应过来,一时竟不知说什么。“没想到你就是罗小姐啊。”阿清微笑着说道,一边回想起不久前的经历。“这不很正常吗,对了,那天的事情,多亏遇到了你,不然,真的很感谢你。”“没什么啦,都过去的事情了,不值得再提了。”说话之际,阿清始终没有抬头真正看罗晴遥一眼,但他却清晰地直觉到罗晴遥楚楚动人的容貌,内心为之战兢不已。他又不由自主地联想到那天在郊外遇到的那位受伤的女子,理智告诉自己眼前的这位如花似玉的小姐正是自己救过的那位女子,却又无法将两人真实地联系在一起。于是,阿清向罗晴遥道歉之后便重新将沉重的麻袋扛到肩膀上,向另一间厂房走去。

风沙依旧漫天地飞舞,阿清心里莫名地生出一股痛苦的感觉,甚至眼眶都盈出了眼泪,好在风沙比较大,没有人可以察觉他内心的苦闷和脆弱。就在这时,阿清突然有种强烈的异乡之感,内心充斥着难以消融的孤独和无助。在这样一种状态下,阿清又接连扛了十几只大麻袋,时间基本已到了歇工的时候。

阿清将自己的棉大衣拎在怀里径直出了工厂。外面的街道上没有几个行人,空中弥漫着暗黄色的浮尘,远远望去像是泛黄的相片的颜色。这时,阿秀也从工厂里走出来,一条鲜艳的红色围巾紧裹着头发和脸颊。

阿秀在工厂门口前停住脚步，默默地看着阿清沿着马路越走越远，心里隐隐为之担忧不已。直至阿清完全从街道上消逝不见，阿秀方才转身走进工厂。

歇工的时间早已过了，厂房里连一个人影也没有，大伙儿都早早地回家去了。天色很快暗淡下来，阿秀坐在炉火旁边，面对着炉火发起呆来，脸上布满了迷惘的神情，厂房里的空气散发着潮湿的夜的气息以及沙尘的气味。随着夜幕降临，风沙渐渐变弱，最后只剩下枯燥无力的喘息。月亮的身影隐约映现在云层中间，散发出澄净的黄色光芒。

后来，阿秀走出厂房，在空荡荡无人的空地上独自徘徊，地面上的沙砾经风一吹，显得细软而平坦，踩上去很舒服。干冷的夜晚令人倍觉寂寥，阿秀走过一排灯火昏暗的路灯，路灯雾一般柔和的光芒沐浴在阿秀的身上，仿佛在身上落了一层暗黄色的粉尘，这令她突然觉得自己很苍老，落在身上的粉尘怎么也挥之不去。

阿秀最后走进一排低矮宿舍楼，楼梯狭窄而寂静，从楼梯口处的窗户里透射进微弱的暗黄色光线，空气中弥散着一股尘土的刺鼻气味。整幢宿舍楼都是安安静静的，被暗淡的充满寒意的天色所笼罩，楼前的两三棵白杨树笔直地一动不动地站立着，似乎早已经被寒风冻僵。阿秀来到位于宿舍楼最里面的一间宿舍，开门走了进去，并将灯打开，她瞬间感觉到了房间里温暖的气息迎面扑来，内心顿时生起一股欣慰感，门口旁的地板上被风刮进一层薄薄的沙尘，阿秀用扫帚将沙尘重新打扫干净。或许是白天的劳动，阿秀感觉十分的疲惫，接着，她又将厨房里的卫生打扫了一遍，厨房的天窗由于没有关严，沙尘落的到处都是。

......

转眼间，春天到了。郊外的河流已经解冻，河水开始发出哗啦哗啦的流淌声，成群的鸭子在河水里欢快地游戏，低缓平坦的河堤上的黄草丛开始冒出青绿色的新芽，堤岸上的白杨树也长出了鲜嫩的鹅黄色叶子。

工厂里同样显出一派生气勃勃的景象。午饭过后，不少工人开始躺在空地上的荒草丛里睡午觉，中午的阳光已能将人晒得脸颊发烫，大伙儿在享受着早春带来恩惠的同时，议论着如此温暖的天气较之往年来得有些突然。

阿清如同其他工人一样，吃过午饭，独自躺在草丛里晒太阳，他将外套脱下来盖在头上遮挡住强烈的光线，即便如此，他仍感觉到眼前是布满了恍惚的红色

光晕。阿清在半睡半醒的状态中想起了自己的故乡,想起了自己离开家乡的那个冬日午后,他同样是躺在草地上晒太阳。这样恍恍惚惚地想着,或许是出于人的本能,阿清的眼角开始流出眼泪。

当他醒来时,草地上已经空无一人,原本在草地上休息的人们都已离去。阳光依旧很艳丽,将整片草地照耀得迷蒙恍惚,一时间什么也辨认不清。这样一种时光倒错的感觉令阿清痛苦不已。他浑浑噩噩地从草地上爬起来,拖着乏力的步伐向厂房走去。就在这时,他隐约听到身后有人叫他的名字,起初,他并没有在意,头也不回继续往前走,直到他被人从身后一把抓住手臂,他才清醒地意识到的确有人在叫他。

他转过身来,看到一位年轻的小姐面带笑容看着自己,一只温热而柔软的纤手仍旧牢牢地抓着自己的手臂。"你是?"阿清含含糊糊地问道。"你难道不认识我了吗?"罗晴遥略显焦急地说道,"我是晴遥呀……哎,算了,没想到你果真已经把我忘了。"罗晴遥生气地一把将阿清的手臂甩开,眼角要流出眼泪来了。"哦,原来是你,实在对不起,我还没完全清醒过来。"阿清连忙道歉道,脑海里对眼前的情境一时难以适应。"没关系,我已经原谅你了。"罗晴遥轻声说道,一边转身向草丛中欢快地走去,"你不觉得今天天气很好吗?""是啊,的确很好,阳光如此明媚。""嗯,知道就好,那你为何还愁眉苦脸的,看起来很不开心的样子。""是吗?"阿清一时不知如何回答才好,透过明亮的阳光看着罗晴遥。"看来春天真的要来了呀!"罗晴遥望着远处闪烁的白杨树,不禁由衷地感慨道,一边在草丛里欢快地奔跑着,阿清跟在她身后,默默地凝视着她,并没有完全抗拒对她的莫名的生疏感。"你能不能走快点,别这么死气沉沉的好不好!"罗晴遥看着阿清,面带恳求的神情抱怨道。罗晴遥如此认真地跟自己讲话,阿清内心顿生愧疚之感。于是,他下意识地忘记心里令人不快的念头,试着用心去享受早春的美好天气。

阿清看着眼前活泼可爱的罗晴遥,觉得跟冬天里见到的冷若冰霜的她简直判若两人。或许是季节的缘故吧,阿清默默地自我解释道。冬日里最冷的时候,罗晴遥独自站立在风雪之中的样子还清晰地存留在阿清的脑海里。那时,阿清对罗晴遥不由得产生一种敬畏之感。

就在这时,阿清听到了厂房里机器的响声,意识到下午开工的时间到了,便打算跟罗晴遥道别，回到厂房里干活。"小姐，时间不早了，我得回去干活了。"说罢，阿清便转身往回走。"站住！"罗晴遥突然很生气地说道，"今天你不用干活了，陪我一起到郊外踏青去。还有，以后直接称呼我名字就可以了，我叫罗晴遥，听见了吗？"听罗晴遥如此厉声说道，阿清自知难以拒绝，便只好陪她到郊外踏青去。

两人沿着城郊的一条安静的小路散步，柔和的春风迎面拂来，田野里尽管还是一片荒芜的景象，却可以明显地觉察到生命萌动的迹象，路边的白杨树上偶尔会传来几声鹌鹑的低沉的鸣叫，鸣叫声里似乎流露着春日带来的悠闲和喜悦。两人顺着郊外人迹稀少的小路不知不觉走到了一片开阔的低谷，低谷里长满了笔直而细长的杨树和柳树，树荫下依旧残留着冬日的残雪。

看着眼前熟悉的情景，阿清想起了自己初到时的经历，曾一无所知地在浓密的雾气之中穿行。"阿清，你还记得三年前的事情吗？"罗晴遥动情地说道，"当时我不小心摔到了低谷里，在下面整整冻了一个晚上……幸亏碰到了你。""那是我刚来这里的时候，我记得那天的雾气特别重。""是啊，整个低谷里全是雾气，到处都是湿漉漉的，我浑身都被雾气给浸湿了……对了，你当时怎么知道下面有人的？""具体已经记不起来了，当时我好像听到低谷里传来了细微的声音。"阿清欣赏着周围的美景，一边回忆着当初自己走在这条路上的情境，他没有想到自己救了罗晴遥后，还能与其再次邂逅。

阿清走在罗晴遥身后不远处，凝望着罗晴遥的身影，内心陡然生出一丝伤感。与之相反的是，罗晴遥却仿佛回到了自由自在的童年，在田野里欢快地奔跑着欢呼着，她的愉悦深深地打动了阿清，阿清不由地对她产生了强烈的羡慕之感。

后来，罗晴遥或许是觉得疲倦的缘故，在一片空旷的草地上突然停步不前，痴迷地仰望着碧色的天空，荒芜的野草在春风中依旧瑟瑟缩缩地摆动着。"阿清，你快过来呀！"罗晴遥面向着温暖的阳光喊道，听到罗晴遥的呼唤声，阿清顺从地走到她面前。

迎着阳光阿清清晰地看到罗晴遥扎成马尾辫的乌发以及白皙的脸颊，罗晴遥的美丽再次令阿清感到一阵莫名的哀伤。这一印象在阿清心中留存了很多年，一直都未曾模糊褪色。后来每每想起她时，内心便会生出无尽痛苦来。阿清

默默无声地独自啃噬着这种内心的折磨直到精疲力竭。

阿清小快步走到罗晴遥面前，罗晴遥天真可爱地凝望着阿清，一言不发，阿清顿时感受到她内心无比的喜悦和兴奋，并为她妩媚动人的容颜默默哀叹不已。他最终只是以冷淡的目光看了一眼罗晴遥，继而将目光转向远处的显得干涸的原野。罗晴遥显得失望地跟随他的目光向远处望去，刚才的兴奋劲顿时冷却了下去。

后来，两人离开了田野，回到小路上继续向前走着。阿清看着脚下的低谷，脑海里一边回忆着当初自己走过时的情境。罗晴遥似乎也同样想起了当初自己不小心跌倒在坡下的事情。于是，她忽然快步走上前，对着长着密密麻麻的杨树和柳树的低谷大声狂喊了几下，颤抖的声音中似乎充满了无限的悔恨，声音在低谷里空空地回荡着直至消逝，杨树和柳树干枯的叶子仍旧异常安静，似乎对罗晴遥并不领情。

罗晴遥长时间痴望着寂静的低谷，内心再次蒙上一层怨恨和绝望，不知不觉脸颊上已经爬满了泪水，内心的哀怨无时无刻在剧增，她从未感到如此的无助和孤独。"这是为什么，这又是为什么……"她在心里质问空空的低谷，却终究无法找到答案，"从来没有人理会我……"

许久以后，天色已明显暗淡下来，从低谷深处传来慈乌急促的鸣叫，寒气渐渐升腾起来。罗晴遥从低谷转身回到路上，一边对阿清轻声说道："天不早了，我们回去吧。"阿清依旧默默地跟在罗晴遥身后往回走。一路上，阿清都无法理解罗晴遥刚才的举动，不明白她为何好端端地突然如此表现，直到多年以后彻底诀别的那一刻。尽管如此，阿清并没有看到罗晴遥独自站在低谷边缘因哀怨而哭泣的样子，她是一个善于掩饰自己内心的人。当她默默转过身来，脸上的阳光和朝气已经消失不见，只剩下满脸的失落和憔悴。阿清见状，顿时不知所措起来，或许是罗晴遥的情绪变化的过于突然，或许是阿清并不理解她内心的复杂感受。

阿清并没有走上前去安慰她，只是站在她身后不远处凝视着她抽搐的背影。过了许久，罗晴遥终于平静下来，重新回到阿清身边，看上去并无明显不同。阿清没有主动提及刚刚发生的令他感到疑惑的情景。

两人沿着原路往回走，一路上彼此没有交谈几句，仿佛是互不相识的陌生人。在罗晴遥心里充满了对阿清的无休无止的抱怨，抱怨愈深，掩饰的愈加严密,内心对阿清的提防使她显得更加冷漠。

阿清在不远处看着罗晴遥的背影,不由得想起某年冬日里刮着沙尘暴的那天,罗晴遥独自走在漫天的沙尘中的情境,内心对她不仅感到深深的爱怜和敬畏。

当两人回到工厂门口时,阿清看到一位相貌英俊,装扮讲究的年轻男子正在等候着罗晴遥,男子径直朝着罗晴遥走过来,并将手中的风衣亲自给罗晴遥披上,并用手理了理她额头上显得凌乱的刘海,"我们回家吧。"男子以格外温柔的语气对罗晴遥说道,罗晴遥轻轻点了点头,便弯腰钻进了小汽车里,隔着车窗对阿清说道:"你也早点回去休息吧,天已经快黑了。"阿清看着车窗里罗晴遥憔悴无力的神情应了一声,一边退后几步,目送着小汽车缓缓离去,车轮将地面上干燥的尘土纷纷扬起。阿清望着消逝在夜幕之中的汽车以及扬起的尘土,眼眶不禁盈满了眼泪,无尽的哀伤在心头波涛般汹涌不止。

后来,阿清如同往常一样,起早贪黑地在工厂里干活,每天照常搬运一百多包装满纺线的大麻袋。除了干活,他几乎不跟其他人交往,一下班便回到自己的住处。在枯燥而繁重的工作之余,他渐渐养成了看报纸的习惯,每天下班从工厂回到住处,他便躺在床上一边休息一边翻阅从工厂拿的旧报纸。这一习惯给他带来了不少乐趣,也对他日后的人生产生了不小的影响。

一天清晨,天空淅淅沥沥下起了牛毛细雨。阿清还没起床,便闻到一股潮湿而新鲜的泥土气味。他兴奋地从床上跳起来,匆匆盥洗完毕,便早早去工厂上班了。整个工厂笼罩在一片迷蒙的细雨之中,人们打着伞、穿着雨衣来到工厂,工厂的草地上蒙着一层晶莹剔透的水珠,远远看去,依稀看到一片浅绿色的草芽的颜色,当走到近处看时,依然是一片荒芜的冬草的衰败迹象,几乎看不到重生的迹象。

阿清来到厂房里,将雨伞放在厂房门口的一只空水桶里,便走到自己的位置开始干起活来,他将一大麻袋的纺线吃力地扛到肩上,似乎从未觉得如此沉重,甚至能够听到肩膀两侧骨骼发出的脆响,麻袋的沉重令他从春雨的悠闲的心境中摆脱出来,重新干活的凝重状态,这一刻,他不免为生活感到由衷的叹息。他背着沉重的麻袋跟跄地走出厂房,与其他干着同样活的年轻工人擦肩而过时,彼此只是用眼神互相招呼下。

　　工厂外面空旷的场地里弥漫着春雨清新的气息,令人不禁为之感到愉悦,牛毛般的细雨还在稀稀落落地飘洒。在肉体遭遇痛苦之时,却给心灵带来莫大的安慰。当阿清独自沉迷于春雨带来的遐想之时,阿秀无意间看到了他,便从湿漉漉的草地里径直走了过来。

　　看到阿秀迎面走来,阿清停住了脚步,肩上仍旧扛着沉重的麻袋,脸上流露出忧郁的神情。

　　阿秀在离阿清大约十几米的地方停住脚步,面对面凝视着阿清,阿清看到阿秀手里拿着一把天蓝色的雨伞,头发上蒙着一层雾一般的水珠,白皙的面容和梳理的齐整的秀发显得格外引人注目。两人透过烟雾般迷蒙的牛毛细雨彼此看了一眼,为了掩饰内心的拘谨,阿秀抬起头望着灰色的朦胧的天空说道:"这场雨下得真好呀!"说罢,她又将目光投向了阿清,仿佛是在寻求他对自己观点的看法,阿清似乎领会了她的眼神,说道:"是呀,的确是一场令人愉快的小雨。"听阿清如此认真地回答自己的话,阿秀不禁笑了起来,笑声令阿清顿时感到十分地迷惑,脸上刚刚舒展的神情重又显得忧郁起来。阿秀留意到了他的神情的变化,"我听说罗晴遥生病住院了,有空你还是去看望她吧……看来千金小姐的身体果真比不得普通家的女孩子,动辄就病倒了。"阿秀半似调侃地说道,说完话转身离开了阿清,沿着草地向另一个方向走去。

　　傍晚时分,雨势有变大的迹象,牛毛细雨越下越密,雨水打在行人的雨伞上荡起一片烟雾。早上阿秀说的关于罗晴遥生病住院的事情始终缠绕在阿清的心头,他长时间地坐在厂房里成堆的麻袋上向屋外痴望着,阴雨天气无形中加重了他内心的忧郁。他在内心里筹划着去医院看望罗晴遥的事情,直到天色完全黑了下来。

　　第二天,雨停了,空中飘拂着轻柔而潮湿的风,为了去医院看望生病的罗晴遥,阿清特意向工头请了半天假。他在街边的一家花店买了一束粉色的百合花,百合花在颤抖的微风中显得格外鲜艳。

　　阿清步行来到医院,向医护人员询问到罗晴遥所在的病房房号,然后顺着安静的走廊向罗晴遥的病房走去,走廊外面的木槿树已经长出稀稀落落的嫩芽,在带着寒意的微风中轻轻摇摆着。

　　阿清走到罗晴遥所在的病房,看到房门半开着,房里空无一人。阿清走进房间,看到在床头柜上摆放着罗晴遥的照片,照片里的罗晴遥显得单纯可爱,面带迷人的笑容。阿清回到病房门口外面一张长凳上坐了下来,等候罗晴遥回来,怀里抱着鲜艳的百合。过了许久,眼看着中午就要过去了,阿清仍然没有看到罗晴遥的身影,为了不耽误下午的工作,他便找来一张信笺,在上面给罗晴遥留了言,将信笺连同百合一并放在床头柜上,然后离开了医院。

当他沿着走廊往回走时,无意间看到罗晴遥正与一位名叫仰向禹的年轻人在楼下不远处的树林里散步,仰向禹从旁边搀扶着罗晴遥,一边与其说笑着,显得格外亲密,阿清从走廊上轻易辨认出曾经在工厂门口接送罗晴遥回家的就是仰向禹。眼前的一幕令阿清顿时感到脑海里一片黑暗,整颗心如同刀绞般剧烈的疼痛,他下意识地克制着内心的痛苦,努力不让眼泪夺眶而出。为了不使自己显得狼狈不堪,阿清只好躲在走廊的一根墙柱后面,他刚躲到墙柱后面,便忍不住歇斯底里地哭了起来,一边极力压制着自己的哭声。这时候,内心的绞痛感变得更加强烈,他甚至感觉自己快要到死亡的地步。在记忆中,阿清似乎从未如此地伤心过,他也无法明白自己为何突然如此地伤心。"为什么我会这样……为什么……"阿清在内心无情地责怪自己。

六

　　自从去医院看望罗晴遥之后，阿清在回工厂的路途中度过了一生中最漫长而痛苦的时光，仿佛就在这一瞬间他彻底看透了所有一切，觉得没有什么东西再值得自己留恋，自己早该逃离这里，去一个遥远的不为人知的陌生地域。

　　回想当初独自来到这里，几年的光阴转瞬即逝，阿清内心不免生出诸多感慨。他独自走在寂寥无人的街道上，一边断断续续地回忆着往事，潮湿而干净的街道上零星地飘落着枯黄的梧桐树叶。虽然已是临近春天，空气中依然刮着料峭的风。遥望着前方明亮而冷漠的天空，阿清心里不免倍感凄凉。

　　当天下午，他并没有径直回工厂去上班，而是去了街边的一家小酒馆，独自一人在里面喝闷酒，直到天色完全黑暗下来。夜晚之中，隔窗望着外面点点滴滴的灯火，阿清愈加感到孤独和无助。为了发泄内心的哀伤，他接连不断地喝酒，一直喝到不省人事，突然间伏倒在桌子上。

　　这时，从工厂下班的阿秀骑着自行车刚好从酒馆前经过，透过玻璃窗无意间看到醉倒的阿清，阿秀急忙刹住自行车，将自行车靠在街边的一棵梧桐树干上，匆忙地跑进酒馆，看到阿清已经烂醉如泥，彻底失去了意识。阿秀试着将阿清从椅子上搀扶起来，但他毫不动弹，全身瘫软着。阿秀只好请酒馆的伙计帮忙将阿清从酒馆里扶到外面的自行车上，勉强着离开酒馆。

　　阿清整个人瘫趴在自行车上，胳膊和腿任意耷拉着，两只脚在地面上拖拉着，活像个死人。由于阿清毫无意识，阿秀只好推着自行车艰难地往前走，尽管夜间的天气还很寒冷，但阿秀很快便满头大汗，渗出的汗水顺着脸颊往下淌。

　　从酒馆到阿秀的宿舍有一段漫长的路程，当阿秀将阿清用自行车拖到宿舍时已是深夜，此时此刻，周围一切早已被夜晚幽深的寂静所笼罩，夜色漆黑一片，阿秀费尽力气将阿清从自行车上拖下来，由于力气不及，阿清连同阿秀一起歪倒在宿舍楼前的草地上，阿秀感到自己已经毫无气力，浑身上下都是冷汗。

　　阿秀躺在草地上一动不动地休息片刻，两眼凝望着深不可测的夜空，脊背上浸透着泥土的冰冷，内心不禁涌上一股淡淡的寂寥和忧伤。当体力稍微恢复后，阿秀强撑着从草地上站起来，费尽全力将阿清背在身上，步履艰难地回到宿舍。

借着夜晚幽暗的光线，阿秀好不容易将阿清背回宿舍，将其放倒在沙发上，然后又在火炉上烧了一盆热水，用毛巾将阿清的脸和手擦洗一遍，直到看着阿清安安静静地入睡，阿秀才拖着疲倦不堪的身体和衣躺在床上休息。

阿秀毫无睡意，在浑浑噩噩的状态中度过了整个夜晚，她的全部心思都维系在阿清身上，阿清发出的每一个轻微的动静都会让其清醒过来。透过窗外微弱的夜色，阿秀侧身看着沉睡中的阿清，直到凌晨时分，她才终于因劳累陷入了重重困意之中。

当天色渐渐变亮，从窗外透射进来蔚蓝色的天光时。阿秀已经从蒙蒙眬眬的困倦中醒来，她看到阿清还在熟睡，便轻手轻脚地从客厅走到阳台上，将阳台上的窗帘拉开，看到外面灰白色的澄净天空，几朵乳白色的云朵在高空中悠闲地飘浮着，云朵背后依旧可以看到几只暗淡的星星。"看来今天的天气将会很晴朗。"阿秀默默自语道，内心不仅泛起了一丝愉悦。她将略显消瘦的手臂放在阳台的栏杆上，痴迷地仰望着清晨的天空。

此时阿秀的内心变得格外纯净，在深邃遥远的空中，她真切地体味着莫名而单纯的喜悦，她不由得想起了自己的孩童时代，曾经独自在麦场里看守庄稼的情景，躺在麦场平坦的土地上痴迷地仰望着满天繁星。

随着时间的推移，天色渐渐明亮起来，灰白色变成了蔚蓝色，树木和房屋的身影开始清晰地从夜色中浮现出来。清晨的到来打断了阿秀的遐思，她从阳台回到客厅，看到阿清依旧没有睡醒的迹象，便想着在他醒之前将早饭准备好。

于是，简单地漱洗后，她便骑着自行车前往工厂附近的菜市场买了些白菜和猪肉，打算回来给阿清包顿饺子。饺子煮好以后，为了不使水饺冷掉，她将阿清的那份水饺盛在了一只大瓷碗里，再将碗放进装有热水的锅里。而后在茶几上给阿清留了一张便条，提醒阿清醒来后不要忘记吃水饺。办妥这一切，阿秀便匆忙着赶去上班了。

临近中午，阿清才算从酒醉中清醒过来，意识到自己躺在阿秀的房间里，他眩晕着走到阳台上，看到楼下不远处的两三棵白杨树已经长满了嫩黄色的叶芽，心里不禁感到一阵清新。当他返回客厅时，看到了放在茶几上的那张便条，他仔

细地看着便条上清秀的字迹,一边想起了阿秀。

　　刚吃完水饺,阿清听到墙壁上的闹钟敲响了,钟表的时针正指向 12 点,再过一个小时工厂里就要下工,上午已经来不及再去干活,于是,阿清暗自打算帮阿秀收拾下房间的卫生,他总觉得要做些什么来报答阿秀对自己的帮助。他环视房间四周,发现宿舍里各个角落已经拾掇的纤尘不染,没有哪里再需要打扫,与此同时,他隐约感觉到房间里似乎缺少点什么,却一时想不起来到底是缺了什么。这时,阳台外面的杨树枝上长出的鹅黄色的嫩芽在阳光的照射下,发出点点滴滴细碎而明快的金黄色光芒,无数的光芒在阳台外面不远处纷纷晃动不停,令阿清刚睡醒不久的眼睛应接不暇,他用手半遮挡着眼前明亮的光芒,再次痴迷于窗外充满春日气息的迷人景象。其间,他忽然间明白了阿秀的房间缺少了什么。"要是能将窗外的风景弄到房间里该多好。"阿清如此思忖道,一股愉悦的情绪涌上了心头,他情不自禁地想到了离工厂不远的郊外的桃树林。

　　于是,阿清离开了阿秀的房间,穿过工厂后面一个狭小的侧门,来到一条异常安静的蜿蜒小路,小路上了无行人,路两旁稀稀落落种植着两排柳树,地面上长满了荒芜的牛筋草。

　　大约一小时之后,阿清来到了一处低矮的小山坡上,翻过一排腐朽的简易木栅栏,便可以看到遍布山坡的开满花苞的桃树,远远望去,满树的桃花宛若一片粉红色的云霞,眼前的景象令阿清顿时热泪盈眶。

　　他还没有走进桃树林,便闻到一阵浓郁的花香扑面而来,或是为眼前繁花似锦的景象感到惊奇的缘故,或是花香过于浓郁的缘故,阿清像个孩子一样急促地喘息起来。为了舒缓下自己激动的情绪,阿清依偎着栅栏在长满杂草的土地上蹲坐下来。他闭上眼睛,静静地调试着自己的情绪,试图令自己能够适应眼前的景象。过了一会儿,阿清的情绪平稳了许多,他重新睁开眼睛,望着眼前美丽到如梦似幻的花的世界,眼睛依旧忍不住盈满了泪水。

　　从山坡更高处吹拂过来的风,摇曳着满山坡的桃树,数不尽的花瓣随风而落,树下的土地上落了厚厚一层桃花。阿清一边在桃树下面漫步,一边为满地的落花感到无限哀伤,仿佛陨落的不是桃花而是自己的魂魄一般。阿清俯身将地上零星的花瓣捡起来,放在手心里仔细地端详着,在内心为之倾诉着无尽的哀怨。

"我怎么能忍心将它们摘下来呢。"阿清自言自语道。他一想到自己来山坡的目的是为了采摘一些桃花用来装饰阿秀的房间,便为自己的这一想法感到羞愧和罪过。当来到山坡上看到满眼的桃花时,阿清全部心思于一瞬间逃离了整个的世俗世界,尽管潜意识里明知自己只是暂时的逃离,但他仍旧不愿为之刻意伪装自己的感受。

　　后来,由于身心的疲倦,阿清躺在一棵桃树下的草地上休憩起来,以致忘记了时间,忘记了还要回工厂上班。随着时间的流逝,最后一丝明亮的阳光即将褪去,天边的云彩渐渐变深变暗,阿清仍旧没有回去的意思。

　　这时,他在昏昏迷迷的状态中感觉脸颊痒痒的,像是有小虫子在上面爬动,便用手去一次次驱赶,但毫无作用。就在万般无奈之时,他突然听到了女孩子熟悉而娇嫩的笑声。睁眼看到罗晴遥正拿着一支狗尾草在自己脸颊上拨弄。

　　"大懒虫,你终于睡醒啦。"见阿清睁开眼睛,罗晴遥笑着说道。听到是罗晴遥的声音,阿清连忙从草地上爬起来,睡眼惺忪地凝望着罗晴遥。在天光的映衬下,阿清感到眼前一片黑暗,一时竟看不清罗晴遥的脸。

　　"你怎么一个人在这里睡觉?"罗晴遥以关心的亲切口吻问道。"哦,没什么,我只是碰巧经过这里,就顺便走到山坡上来,没想到居然在这里睡着了。"阿清冷淡地回答道。从阿清的语调中,罗晴遥隐约感到了他对自己的冷漠,这种感觉令罗晴遥顿时感到很委屈,她很想当场向阿清好好解释那天的事情,但由于焦急,她突然间无法将事情解释得明白,她看着阿清毫无留恋地向山坡深处走去,一时懊恼地哭了起来。"你为什么这么固执呢。"罗晴遥边哭便抱怨道,她用噙满泪水的双眼看着四周铺天盖地的云霞般的桃花,愈加觉得自己无辜和可怜。

　　阿清在山坡低矮的另一面停住脚步,转身向后看去,只见含苞待放的桃花挂满枝头,并没有看到罗晴遥的身影。此时,他似乎意识到自己对罗晴遥太过狠心,一想到她独自一人置身桃花深处,心里不由得同情她来,曾经因其而生的哀怨顿时被抛到了九霄云外。

　　他匆忙地沿着原路回头跑去,身体在纵横交错的桃树林迅速地穿梭过去,将无数的花骨朵从枝头上碰掉下来。一时,他在情感上完全原谅了罗晴遥,甚至迫切着要立刻见到她,他不顾一切地在桃树林里奔跑,脑海里清晰地浮现出罗晴遥穿着洁白的百褶裙忧郁的身影。然而,当他气喘吁吁地回到原地,却意外地发

现罗晴遥已经不在那里,她已经独自离开了长满桃树的山坡。

"晴遥,晴遥!"阿清站在山坡上拼命地大声喊道,只听见罗晴遥的名字在山坡间不停地回荡,却没有听到她本人的回应。此时,罗晴遥正满心哀怨地沿着小路向山坡下走去,在她心中,山坡上传来的桃树的婆娑声都在为自己哀怨地倾诉着。

失望之余,阿清想起了自己来山坡的初衷,继而想起了一天来发生的事情,心中不禁感慨生活的平淡和美好就此轻易地被打破。他继续在满山坡的桃树间徘徊良久,随之情绪平静了许多,他尝试着重新以愉悦的眼光欣赏着眼前的美景。此时,从山坡西面的天空飘来了红彤彤的晚霞,沐浴着火焰般的晚霞,阿清从桃树枝头上采摘了一些鲜艳的桃花,打算放在阿秀的房间里。

等阿清回到工厂里时,工人们已经下了班,阿清径直来到阿秀的宿舍,将采摘来的桃花亲自递给阿秀,阿秀为此顿感惊喜万分。看着如此艳丽的桃花,阿秀隐约感到自己像是已经亲眼看到了漫山遍野开得正艳的桃花。"真的很美呀!"阿秀发自内心地感叹道,即又跟阿清开玩笑地说道:"你若能在每年的这个时候给摘些桃花回来就好了。"一边欢快地将桃花插进一只白色的纯净的瓷花瓶里。艳丽的桃花顿时令整个房间充满了生机勃勃的春意。

"阿清,谢谢你!"阿秀感激地对阿清说道,一边给阿清倒了杯温开水,说道"喝点水吧,你现在感觉好些了吧?""已经好很多了……昨天太麻烦你了。"阿清说道。"也没什么,只是,以后还是少喝点酒吧,那样太容易伤身体了。""嗯,我知道了……对了,今天工头陈师傅没有问起我吧?""问倒是有问起过,不过我说你生病了,看样子他信以为真了。"阿秀一边欣赏着插在瓷花瓶里的桃花,一边开心地说道。"那就好,明天我就可以照常上班了,这两天耽误了不少工。"阿清说道。

阿清在阿秀的宿舍里跟她聊了一些工作上的事情后,就起身离开了。阿秀将他送到宿舍楼下,看着他离开,直到看着阿清转身走进宿舍楼的拐角,方回到自己宿舍。她在宿舍的沙发上坐下,面带忧郁的神情看着瓷花瓶里的桃花,脑海里无缘无故闪现出罗晴遥娇媚的身影。白天里,她不经意看到罗晴遥神情失落地从外面回到工厂,或许是风吹的缘故,头发显得有些凌乱,洁白的裙裾和皮鞋上沾满了潮湿的泥土。她一时冲动正要走上去跟她打招呼,却又不知为何突然停住了脚步。阿秀似乎看到一枝枝粉红色的花骨朵异常安静地挂在枝条上。

接下来的一个月里,罗晴遥都没有在工厂里出现,在工人中间开始流传出罗晴遥出车祸的消息。后来，一次偶然的机会，阿清也听到了关于罗晴遥出车祸的流言，当时他刚在工人食堂里吃过午饭，正要端着饭缸离开食堂，不经意听到旁边有人议论罗晴遥出车祸的事情。听到流言的一刹那，阿清顿时眼前一片黑暗，饭缸从手里掉到了水泥地面上，头脑陷入一阵眩晕之中，一时间，流言令他感到极度的恐惧，他仿佛看到了罗晴遥从自己身边顿时消逝不见。

阿清强撑着走到食堂门口，明亮的阳光直直地向他照射过来，使他一时难以睁开眼睛，明晃晃的阳光无形中为他增添了更多的忧愁。他独自一人懒散地走在工厂里空旷的土地上，食堂里嘈杂的声音在身后渐渐变得很弱，可以清晰地听到风在耳边流动的呼呼的声音，四周没有其他声响。阿清边走边感觉到内心的孤独，眼前的一切无不流露出浓郁的孤独感，阳光、草丛、泥土地……

在他脑海里不由得浮现出他第一次见到罗晴遥的情境，当时受伤的罗晴遥跟后来再次见到的罗晴遥有着明显的不同，像是变了一个人。然而，他却能清晰地回忆起与罗晴遥有关的一切，甚至她的一笑一颦，直到这时，他仿佛才真正地用心去理解她、包容她，渐渐从自我封闭的情感中摆脱出来，随之产生了深深的愧疚和懊悔……他站在空旷的土地上，静静地回忆着容颜妩媚的罗晴遥，不远处的土地上，沙砾被风不停地卷地而起，眼前的一切在阳光温暖的照射下，令人不禁感到一阵荒芜和凄凉。

……

从山坡走回来的路上，罗晴遥的内心充满了无尽的哀伤，她觉得自己是世界上最不幸的人，没有人能够理解自己心中久已存在的苦衷，就连阿清也不能理解她。她却一直自信他是个能够看懂自己内心的人，然而，冷冰冰的事实告诉她，这一切只不过是自我纯粹的意愿和猜想而已，这样的遭遇令罗晴遥始终难以真正醒悟过来，生活中的一切无缘无故地令她感到哀伤。罗晴遥无休止地任凭自己在幻觉中越陷越深，小路旁边笔直的白杨树在微风中发出轻快而忧郁的声响，在罗晴遥耳中，这声响仿佛都是对自己真诚地倾诉。听着白杨树发出的声音，罗晴遥不由得流出了眼泪，她用模糊的泪眼仰望着辽阔的天空，虽是万物生长的春天，在她看来却是满目萧瑟和凄凉。

临近傍晚，由于还是早春时节，天气渐渐转凉，罗晴遥身着单薄的裙服，由于受到凉风的侵扰，浑身瑟缩发抖起来，继而发起高烧，晕倒在小路上。

当她再次醒来时,人已经躺在了医院的病床上,病床旁边坐着仰向禹,仰向禹趴在棉被上已经睡着了,罗晴遥看着他睡眠的样子,心中油然生出对他的爱恋之情。她用手轻轻抚摸着仰向禹的头发,同时意识到他的头发永远都是那么整齐发亮。最后她将目光转移到窗外,窗外几棵银杏树开始长出了叶子,显得格外清秀。

罗晴遥没有意识的触摸唤醒了沉睡中的仰向禹,看到罗晴遥正痴望着窗外,仰向禹没有打扰她,正要悄悄起身离开。"你睡醒了?"罗晴遥问道,眼神依旧静止地望着窗外。"嗯,刚才一不留神就睡着了,你现在感觉好些没?"仰向禹语调亲切地问道。"好很多了。""那就好,昨天真是把我给吓坏了。""没什么好怕的,又不是第一次这样了。""看你说的,哪有那么简单啊。"仰向禹边说边以一种爱怜的目光看了罗晴遥一眼,起身到旁边的茶几上给她倒了一杯热水。"对了,你怎么发现我生病的,我还没问你呢?""这个你觉得重要吗?好在我及时发现你了,不然……"仰向禹略显无奈地说道,同时将盛着热水的茶杯交给罗晴遥,罗晴遥接过茶杯,轻轻抿了一口,没有再说什么。"今天天气不错,好像也没风,我带你去楼下散散心吧?"仰向禹将头探到窗外察看着天气。"算了,还是不去了吧,我觉得有点累。""哦,那好吧。"仰向禹说道,"那我就陪你看书吧,我今天特意去书店买了几本很有意思的书,估计你会喜欢的。"仰向禹从床头柜的抽屉里取出一本书递给罗晴遥,罗晴遥接过书认真看了起来,仰向禹没有和她一起看书,却将目光落在了罗晴遥身上。在罗晴遥看书之际,仰向禹的思绪重新回到了昨天发生的事情上。

从学校放学回来,仰向禹并没有直接回家,而是向郊外僻静的田野走去,独自一人在郊外的小路上散步。田野里一派万物复苏的春日景象,柔和的春风拂面吹来,将大自然的惬意带入他的内心。田间的冬麦已经泛出淡淡的绿意,白杨树也纷纷长出了嫩叶。

仰向禹从一棵白杨树上折下一支柔软的枝条,边走边随意地挥舞着,将枝条在新鲜潮湿的泥土地上抽打着,不时会有几只灰喜鹊从远处灰色的树林里飞出,从低空掠过麦田,一边发出嘎嘎的响亮的叫声,叫声一直传播到遥远的寂静的村庄里。

仰向禹沿着小路沉默地走着,全部的思绪都萦绕在罗晴遥身上。他回忆着两人从小到大一起经历过的大大小小的事情,就在回忆的过程中,他不由自主地沉醉于罗晴遥妩媚的容颜,在他心目中,罗晴遥永远是那么的漂亮迷人。与此同时,他又陷入了无尽的忧伤之中,虽然从小一起长大,但他和罗晴遥却始终以兄妹相称,在罗晴遥心目中,仰向禹只是自己尊敬的值得信赖的兄长,纯洁的兄妹情感在罗晴遥心中似乎从未有过变化。每当罗晴遥以兄长称呼自己的时候,他总会隐约感到亲切而伤感。

"我该怎么办才好呢? 我是不是该接受这样的事实……"仰向禹自言自语道,一边用枝条抽打着路边的杂草。仰向禹忧伤地仰望着路边高大的白杨树,眼角挂满了泪水,此时此刻,他是多么希望能够得到某个声音的回答。然而,只有高大的白杨树在微风中轻轻地摇晃着,发出低沉的声音,却未曾留意到从旁边经过的满怀哀伤的年轻人。

后来,仰向禹漫步到长满桃树的山坡下,山坡上浓郁的桃花的芳香随风飘来,桃花的香气令仰向禹不由得更加哀伤,在他脑海中再次浮现出罗晴遥妩媚的身影。

仰向禹离开小路,向山坡上爬去,在山坡上同样看到了绚丽多姿的桃花,不禁为眼前的一派繁华气象而深感震惊,一时呼吸都变得紧张起来。他在山坡上待了很久,沉醉地欣赏着美丽的桃花,直到两眼感到些许疲劳才转身走下山坡。

就在这时,他依稀听到桃花深处传来了女子低声啜泣的声音,啜泣声听起来是那么的熟悉。仰向禹循着哭声向桃树丛中走去,在一棵桃树下看到罗晴遥正在伤心欲绝地哭泣。仰向禹因眼前的一幕顿感一阵心碎,正要走上前去抚慰罗晴遥,却透过稀疏的桃树枝,看到了不远处跟过来的阿清,为了不让两人有所察觉,仰向禹连忙躲在了桃树丛中,静静地望着他们,直到罗晴遥哭泣着离开山坡往回走去。

由于担心,仰向禹便悄悄跟随罗晴遥身后,为了不使罗晴遥察觉到自己,他一直在路边的白杨树的阴影里走着,直到发现罗晴遥瘫倒在路边。

当天晚上,当人们都已进入梦乡,罗晴遥却躺在病床上毫无睡意,幽蓝色的月光透过窗户均匀地撒满了整个房间,夜风轻轻地拂动窗帘。罗晴遥侧着身体向窗外望着,不远处的树影一明一暗地晃动着,将月光断断续续地遮挡起来。在她内心深处仍旧对昨日的经历难以释怀,一想到阿清对自己如此的冷漠无情便泪流不止。她在心里不停地抱怨着阿清和自己。她也不断地质问自己为何会如此迷恋上阿清,迷恋得如此难以自拔,明知在不久以前彼此只是毫无牵连的陌生人。同时,一个声音又在告诉她,这一切都不重要,重要是你已经难以将其割舍,

一分一秒都难以将其忘记，自从见到他的那一刻，生命中就再也不能缺少他。就在这样矛盾的心境中，罗晴遥痛苦地度过一个个夜晚，回忆着过去有关她和阿清的点滴往事，尽管她已确信阿清对自己的态度不会再有任何转机，自己在阿清心中连一粒沙的重量都没有。

就在这绝望的一刻里，她清晰地回忆起初次见到阿清时的情境。当自己惊慌失措地面临一个陌生男子伸出的援救之手时，自己从男子的双眸中看到了无尽的对自己的爱怜，这爱怜在后来的每一次相遇中，始终清晰明亮地在对方的双眸中闪烁着。尽管自己始终明白阿清深深地爱恋着自己，但又为何如此伤心不已呢？罗晴遥彻夜纠缠于情感的矛盾之中难以自拔，并最终贬低和否定了自己，渐渐接收了阿清不爱自己的残酷事实。整个夜晚罗晴遥都沉浸在这样一种对于自己而言过于残忍的结局所带来的无尽的痛苦中，她无法想象没有阿清对自己的爱自己将如何活下去，接下来的人生中将只剩漆黑一片，没有丝毫光明和意义。

随着夜色的加深，窗外的月光显得更加幽静，给四周蒙上了一层梦幻般的轻纱。罗晴遥痴望着窗外的幽暗的夜色，眼泪无声无息地流淌不止，仿佛要将一生的哀怨全部发泄干净。后来，眼泪似乎也流干了，干巴巴地凝结在脸颊上，罗晴遥觉得自己没有勇气也没有必要再去迎接次日清晨的阳光，在那一刻，她渴望着自己从世界上彻底消逝。

于是，她穿着睡衣轻声下了床，光着脚无声地走出病房，沿着寂静而寒冷的走廊向杨树林深处走去。深夜的冷空气从四周向她侵袭过来，她整个身体顿时缩成一团，颤抖不止，甚至对脚下松软而冰凉的泥土和落叶也失去了知觉。白杨树光滑的树干映照着银色的月光。

罗晴遥踩着泥土和落叶向树林深处走去，直到四周什么也看不见听不到，只有稀疏的几棵白杨树和树间弥漫着的薄雾。她在一张陈旧的木质长椅上躺了下来，绝望地望着深不见底的夜空，任凭冷空气侵蚀着自己的身体，很快，刺骨的寒冷渗透了她的全身，使其丧失了全部的知觉。她在昏迷的状态中仍旧因爱情的失意而悲恸不已，觉得自己是这个世界上最不幸的人。

次日凌晨，仰向禹端着为罗晴遥准备的早餐走进病房，发现罗晴遥并不在房间里，他在房间里等了一会儿，将病房的卫生仔细打扫了一番，眼看着整个上午就要过去了，仍旧不见罗晴遥回来，仰向禹心里开始感到隐隐的不安。于是，他跑到走廊外面左右寻找罗晴遥的身影，并对着楼下喊了几声罗晴遥的名字，却没有听到任何回应，后来，仰向禹找遍了整个医院仍旧没有见到罗晴遥，他顿时变得心急火燎起来。

正当万般无奈之时，在经过白桦树林的一瞬间，他不经意间看到了潮湿的土地上清晰地印着一行脚印，脚印一直延伸到树林深处。他抱着侥幸的心理猜想罗晴遥或许一大早去了树林深处散步。

他顺着脚印的痕迹一直向树林深处走去，一边呼喊着罗晴遥的名字。由于还是清晨，树林里弥漫着潮湿的晨雾，只能看到几米远的地方，晨雾很快濡湿了仰向禹的头发，几只鹌鹑在树林里发出沉闷的咕咕的叫声和肥厚的翅膀扇动的声音。仰向禹弯着腰仔细地辨别着地上的脚印，脚印在腐朽的落叶上时有时无，或许是浓雾的缘故，仰向禹觉得像是走进了一个全然不同的世界。

仰向禹的呼唤在树林里空空地回荡，并无丝毫的回应，在晨雾中很快便销声匿迹。然而，他越来越确信罗晴遥就在眼前的这片被浓雾笼罩的杨树林里，杨树林的宁静和忧郁正如罗晴遥本人一样给仰向禹留下刻骨铭心的印象。

后来，仰向禹终于在长椅上看到了昏迷过去的罗晴遥，罗晴遥一动不动地躺在长椅上，已经奄奄一息。潮湿的睡衣紧贴在她的胸口，衬出她发育完好的身体，透过迷雾中的身影，仰向禹隐约感受到罗晴遥内心深深的哀伤。他走到罗晴遥的面前，看到她面色十分苍白，脸上还残留着泪痕。他没有急着将罗晴遥从长椅上抱起来，而是双膝跪在罗晴遥面前，撕心裂肺地大哭起来，泪水扑簌簌地往下直流……

过了许久，仰向禹才渐渐停止哭泣，绝望地站起来，将罗晴遥从长椅上抱起来往医院走去。途中，仰向禹从未觉得如此困倦，困倦到抬不起脚走路。在他心中，自己钟爱的人仿佛已经远离自己而去，而自己的生命也就此失去了全部意义。耳边再度响起白杨树的窸窣声和鹌鹑咕咕的叫声，声音中充满了无尽的哀怨。

就在走回医院的短暂的途中，仰向禹的脑海里不断浮现出罗晴遥的画面，对往事的回忆令其愈加地感到哀伤。他没有预料到自己渴望的爱情就此匆匆地终结。

这时，仰向禹紧紧抱着罗晴遥的手臂突然感到轻微的颤抖，颤抖将仰向禹从哀伤的沉迷中唤醒过来，他一边抱着罗晴遥拼命向医院的急救室奔跑，一边大声呼喊着罗晴遥的名字，极力想挽住罗晴遥最后一丝生命气息。

不久，罗晴遥再次躺在洁白的病床上，一阵嘈杂声过后，病房恢复了死寂一

般的宁静。清晨的阳光已经穿透雾气照耀在每一个能够触及的角落,杨树林渐渐从晨雾中显现出来。这一夜,对于罗晴遥而言恍如一场噩梦,就在某一个瞬间她似乎已经触及到了死亡,死亡离她曾是那么的近,仿佛就站在晨雾的后面,她已经隐约看到了它的身影。

一周以后,罗晴遥从梦魇中醒过来,当她看到眼前的景物毫无变化时,内心陡然升起一股强烈的绝望。窗外的白杨树依旧沐浴着新鲜的阳光发出愉悦的声响,不时会有一两只鸟儿掠过树梢飞来飞去。罗晴遥将目光从远处移到身边的仰向禹身上,看到他依然在沉睡之中,脸上现出更多的忧郁和愁苦。罗晴遥仿佛第一次看清仰向禹脸上的表情,在她心目中,仰向禹似乎永远都是那么的天真快乐,丝毫也未被尘世的苦恼所困扰。

罗晴遥的目光顺着仰向禹的脸颊往下移动,在他的肩膀处看到了一条长长的刮痕,上面还残留着伤痕,于是,她朦胧中仿佛看到仰向禹抱着自己在树林里拼命地奔跑,带有硬刺的灌木在他的身上划出一道道伤痕。

又过了一段时间,当罗晴遥的身体渐渐好转后,她便经常到医院不远处的一条僻静的街道散步。仰向禹对她独自外出感到十分担心,本想劝阻她。但看到罗晴遥执意地走出去时,他意识到自己的劝说是徒劳的。为了防止意外发生,仰向禹便暗自跟随在罗晴遥身后。

起初,罗晴遥并没有意识到自己的每一次出行都由仰向禹暗地里保护着。直到有一次,她沿着寂静无人的街道越走越远,不知不觉已经来到郊外的田野,街道渐渐被荒芜的田野所取代,路两旁稀稀拉拉长着几棵白桦树。罗晴遥在其中的一棵树下停住脚步,抬头仰望着满树绿油油的叶子和蔚蓝色的澄明天际,风吹动树叶的沙沙声令其陷入了遐思之中。

就在这时,她无缘无故地突然回过头来,恰好看到仰向禹在不远处静默地望着自己,仰向禹的行为令她顿时恼怒起来,对他大声吼道:"你能不能不要一直跟着我,赶紧回去吧!"说罢,她看也没看一眼仰向禹就转过身去。

仰向禹见她如此生气,只好乖乖地沿着原路回去了,一句话也没敢说。

此时此刻,罗晴遥似乎清楚地意识到除了自己周围再也没有其他人了,于是,她离开小路向田野走去,空旷的田野里长满了深绿色的麦苗,风在耳边呼呼地吹响着。罗晴遥踩着柔软的土地向田野更远处走去,一边急促地呼吸着迎面吹来的凉风，直到遇见一棵孤零零地生在田野中间的一棵瘦弱而笔直的白桦树。

罗晴遥在树下停住了脚步，用双手抚摸着白桦树平滑而冰凉的树干，既又抱着树干跪在地上，顿时眼泪奔涌而出。田野里的这棵孤独的白桦树似乎成了她唯一的精神支柱。她感到自己活在飘摇不定的世界里，只有这棵深深扎根在地下的白桦树才能让自己平稳下来，罗晴遥从未感到如此的孤独。

"白桦树啊，白桦树……"罗晴遥一边哭泣一边倾诉道："请你告诉我，我该怎么办才好……怎么办才好……"罗晴遥一边诉说着内心的苦楚，脑海里一次次浮现出仰向禹和阿清的模样。然而，她并没有从白桦树那里得到丝毫明确的答复，只听到树叶被风轻轻吹动发出的低诉，直到哭得只剩下最后一丝力气，罗晴遥不得不依靠着白桦树坐在地上，白桦树干就像硬实的肩膀一样，给她哀怨的心灵带来些许的依靠和抚慰。

罗晴遥仰望着寥廓而遥远的蔚蓝色天空，极度的哀伤和绝望顿时袭上心头，觉得自己早已被人们所遗忘，茫茫四野成了自己唯一的归宿。她面对白桦树将内心的苦痛诉说殆尽，暗自发誓从此以后不再去为之再受苦恼。"白桦树哦，白桦树，你有在听我说话吗？曾经的某一天，我一不小心遇……"

数月的时间转眼间过去了，其间，阿清照常在工厂里干活，生活如同往常一样辛苦而单调。工厂里已经绿树成荫，深绿色的树叶已经长得如同手掌一样大，杨絮纷纷掉落在雨后潮湿的地面上。

一天，阿清和阿秀从食堂里吃完饭走出来，在工厂的林荫道上一起散步时，阿秀满怀欣喜地谈起了即将到来的夏天。

她从砖头砌成的齐整的小路上捡起一串长长的柳絮，拿在眼前仔细地观赏着，一边笑着对阿清说道："你不觉得杨絮长得很像毛毛虫吗，看着有点吓人。"听阿秀如此说道，阿清也从地面上捡起一串柳絮认真地观赏起来，然后对阿秀点了点头，说道："是挺像的。""是吧！"阿秀以一种询问的口吻回答道。

阿清默默地走在被两排杨树的树荫遮挡起来的小路，遥望着路的前方，一边仔细聆听着杨树叶子被风吹动的声响。"这声响好熟悉呀……"阿清禁不住自言自语道，阿秀稍后几步跟在阿清后面走着，被他发出的感慨触动了，她感知到阿清语气中深深的叹息。

阿秀便尝试着仔细聆听浩瀚的树叶发出的声响，然而，除了单调而厚重的哗

哗声外,没有听出其他任何意味。"阿清,你到底在想什么呢,我不明白你说的话呀!"阿秀抱怨道,"哦,没什么,我只是随便说说而已……"阿清从遐想中恍然醒悟,"这风声令我想起了故乡的一条大马路,路的两边也有这样高大的白杨树。""原来这样,我刚才还以为你在想什么呢,你是不是在想家了?""没,我只是对杨树发出的声音感到很亲切而已。""不想才怪,换了我肯定会想的。"阿秀以一种天真的语气说道,在阿清眼中,此时此刻,阿秀像个单纯的孩子一样,在不经意的只言片语中,阿清似乎窥探到了阿秀真实的内心。

微风拂过地面,如棉絮般飘浮的杨絮向着风的方向团团滚动着。阿清的思绪断断续续地沉迷到故乡的回忆中,想起故乡那条路面斑驳的柏油马路和路边绿油油的麦田。

"阿清,你还记得罗晴遥吗?"阿秀一边玩着柳絮一边随意地跟阿清说话,由于陷入沉思,阿清并没有听到阿秀的问话。"阿清,你还记得罗晴遥吗,就是工厂老板的女儿?"阿秀再次问道。"记得,怎么了?""听厂里工人说,她好几个月没来厂里了,这可不是她的风格。""你想说什么?""我的意思是,听说她生病了,而且病得不轻。""哦,是吗,你哪里听到的消息?""从厂里的工人那里听到的,林老板为他女儿的病挺苦恼呢。""你还听到了什么消息?""没了,就这些了。""哦,应该没什么大问题吧,不然不会没人知道的。不过,罗晴遥的确有段时间没见过了。"阿清一边和阿秀说话,一边头也不回地继续往前走,似乎丝毫不把罗晴遥的事情放在心上。

阿清对罗晴遥的冷漠没能瞒得过阿秀,在阿秀心目中,阿清永远显得那么诚实,他的表面的冷漠恰恰将他自己给暴露了。阿秀在阿清身后慢步行走,凝视着他的笔直而硬朗的背影,真切地感觉到坚强的身体里脆弱的心灵。

阿清漫步的同时不知不觉又陷入了对往昔的回忆,仿佛自己此时此刻正行走在故乡的那条同样有着白杨树的大马路上,由于年久失修,路边的石子已经开始成块儿地从路面上剥离,马路上被来往的车辆辗出一个个凹坑。春天里,阿清从中学放学回来,独自背着书包在那条大马路上悠闲地走着,心情总是那么愉悦,惬意的春风吹拂着杨树叶子和路边一望无际的麦田……

他回头看了看阿秀,看到她正在自己身后不远处专注地从地上捡着一串串杨絮,"阿秀,你捡杨絮干吗?""没干吗,就是玩玩。""看不出来,你还有如此童心。"阿清笑了笑道。"还好啦,毕竟我年轻过嘛,有自己的童年回忆。"阿秀将捡起的杨絮撒向空中,快步走到阿清身旁,两人默默无语走了很长一段路。

"要是每天都像今天这样自由开心就好了。"阿秀突然打破沉默说道。阿清扭过头意味深长地看了她一眼,却没有说什么。"我说的是真话,你难道不相信我吗?""怎么会不相信你呢,你干吗这样怀疑我? 其实我也有这种想法啊。""那不得了,还那么奇怪地看我一眼,我还以为说错什么了。"阿秀低头看着路面,接着说道,"春天就这样来了。""是啊,就这么来了。"

随后的几天下起了连阴雨,雨水毫无知觉地往下倾泻不停,地面上到处都是明晃晃大大小小的水洼,工厂里的工作因天气的潮湿受到了影响,工人们整日闲着无事,在厂房里聚成堆儿打牌、闲聊,阿清从阴暗的弥漫着烟草味的厂房里走到门口透透气,站在厂房的屋檐下看着雨水忧郁地从屋檐上流下来,在地面上冲刷出一排小凹坑。远处的天空一片灰暗,什么也看不见,被雨幕严严实实地遮挡了起来。雨水在地面上最终汇集成几条水流向工厂门口流去。被雨水冲刷下来的杨絮无精打采地浸泡在雨水里。阿清站在屋檐下痴望了一会儿,似乎感到雨势有减弱的趋势。于是,他拿起放在门口旁边的一把雨伞,踩着地面上的雨水向工厂外面走去,打算去看望罗晴遥。

罗晴遥的家位于郊外,是一幢独立的二层小洋楼,小洋楼四周零星地长着各种树木,树木浓郁的叶子在雨水中显得清新而忧郁。阿清怀着一颗惴惴不安的心来到罗晴遥家附近,在一棵梧桐树下停住了脚步,看到小楼宽敞的门斗里只有一盏吊灯在雨中散发着暗淡的光芒,灯光使整个小楼看上显得寂寥而温馨。

直到这时,阿清忽然间动摇了看望罗晴遥的念头,内心深处隐隐对此感到担忧。脚上穿着的一双帆布鞋早已被雨水浸湿,但他对此毫无知觉。他望着灯火昏暗的小洋楼,感觉到罗晴遥就在里面的某个房间里。他的心情无缘无故地变得更加忧愁起来,开始认真思虑着自己该如何去面对她。

后来,他来到弥漫着柔和光芒的门斗里,将雨伞收拢起来依放在一根石柱上,拿起门闩轻轻地在门上磕了磕,或许是天气潮湿的缘故,门闩磕在门上发出沉闷的声响。阿清站在门斗里等了一会儿,不见门里有丝毫动静,便再次将门闩用力地磕了磕,这次他很快听到门里的地板上响起轻快而急促的脚步声,同时听到有人无奈而焦躁地喊道:"谁呀?"声音被雨水断断续续打断着。阿清没有答

话,只是静静地在门斗外等着。

　　不大一会儿,木门上的方形洞口打开了,从里面探出一位老婆子皱巴巴的脸,"请问,先生,你要找谁?"老婆子面无表情地问道。"哦,我是来找罗小姐的,我,我是她朋友。""是吗?"老婆子面带疑惑地问道,"您是小姐哪位朋友,我好进去通报一声。""麻烦您转告一声罗小姐,一个叫阿清的朋友过来找她。""那好,您稍等。"老婆子话音未落便将洞口匆忙关上,接着门里的地板上又响起一阵轻快而急促的脚步声。阿清仔细听着老婆子的脚步声渐渐被雨水的声音湮没,雨声清亮而单调。

　　阿清在门斗里等了很久,却不见有人再出来,他开始为自己深深感到担忧,他转身走到门斗边沿处,一动不动地伫立在两根石柱之间,抬头凝望着灰蒙蒙的雨的天空,除了一片灰色之外,他什么也看不到,零星的雨水洒落在他脸上,雨水的冰凉令他感到一丝惬意,这时,他似乎感觉到一阵风迎面吹来,离自己不远处的几棵梧桐树发出沉闷的声音,同时看到整个树冠被风肆意地摇摆不停,阿清觉得整个世界都在雨中飘摇,一种莫名而强烈的孤独感随之袭来,他坚信罗晴遥从此以后再也不想见到自己,这样的想法令阿清感到十分困倦。

　　于是,他拿着雨伞走进稠密的雨幕中,一边聆听着四周风雨的声响,当他走到小洋楼的一侧时,看到楼上一间房间的窗户里散发出温暖的灯光,一个女人的身影在窗户湿漉漉的玻璃上晃动着,阿清在一片灌木丛旁停下脚步,透过迷蒙的烟雾般的雨幕,仰望着楼上的身影,他在内心里不由自主地渴望房间里的那人能够打开窗户向外望一眼,他对这样毫无声息的离别深深地感到恐惧。

　　当想起自己将要和罗晴遥就此而别,阿清不禁热泪盈眶,他将内心的感受对着眼前的雨幕倾诉难尽。"看来真的要离开这里了。"阿清一边独自言语,一边清晰地听到身后的树林被风雨吹打发出的低沉的呼啸声,呼啸声加重了他内心的忧郁和孤独。

　　后来,他转身离开了灌木丛。他刚走不久,罗晴遥从小洋楼来到门斗里,却不见阿清的影子,只有雨水从门斗上面尽情地倾泻而下。罗晴遥站在门斗里怅然若失地望着外面阴郁的雨幕,内心感到一片空白。对于这样的结局她似乎早已有所预感,她没有在心里责怪任何人,也不再为之感到的哀伤,强迫着自己去淡然接受这一事实。

她望着阴霾的天空以及被风雨肆意摇晃的树木,内心顿时澄明了许多,曾经的经历仿佛只是一场幻觉,雨水就在一瞬间将阿清从罗晴遥内心冲洗干净。这时候,老婆子从门里走到罗晴遥身后,对罗晴遥说道:"小姐,快回屋吧,这样待着会着凉的。""嗯,我知道了。"罗晴遥回答道,一边思绪还在别的地方,"刘妈,你说这雨要下到什么时候啊?""看样子一时停不下来,越是这样平平稳稳地下,越要下很久。""是吗?""嗯。"罗晴遥边说便往后退了一步,因为从门斗流下来的雨水溅湿了她的裙子。

……

阿秀在夏季到来的时候,兑现了她在初春时候对阿清许下的承诺,带着阿清一起回了自己在农村的故乡。

两人先是坐了一天一夜的公共汽车,在一条荒野中的宽阔的泥土路的途中下了车,两人坐在长满野草的路边吃着随身携带的干粮,一边等着过路的其他车辆。炽热的太阳肆无忌惮地在他们头顶上照耀着。阿清很少说话,却显得很有精神,阿秀以一种充满疼爱的目光时不时地看着阿清,觉得是自己连累了阿清,让他跟着自己一路上吃了不少苦头,很是懊悔当初不该答应要带他回老家,每看一眼阿清被太阳晒得通红的脸,阿秀就不由得深深感到歉疚。

"阿清,这一路上跟着我吃了这么多苦,实在对不起你啊。"此时,阿清正痴迷地望着渐渐落山的夕阳,不经意听到阿秀对自己如此说,便回头看了看阿秀满是忧郁的脸,阿秀却已将目光投向远处的田野,田野里遍布着长熟了的小麦。

阿秀感觉到阿清正以孩童般纯真的目光凝视着自己,只好将头埋在胸前。阿清看到阿秀的嘴唇干燥的发白,便从行李包中拿出水壶递给阿秀,阿秀没有接过水壶,只是轻轻地摇了摇头,一边对他说道:"我不渴,你喝吧。"阿清只好自己拧开水壶的盖子,咕嘟咕嘟喝了几口。

就在这时,一辆拖拉机从路上驶过,阿秀连忙从地上一跃而起,老远就朝着司机挥舞着手臂,司机却视而不见,从容地从两人面前驶过。"真是见鬼了!"阿秀又气又恼地骂了一句,一边又蹲在地上。被拖拉机荡起的厚厚的尘埃将两人淹没其中,但两人对此已经毫不在意。

阿秀看了看阿清淡然从容的神情,"天色已经有点晚了,再搭不上车我们就麻烦了。"阿清没有回答阿秀的话,只是伸着脑袋向路的两边望了望,看到泥土路

一直延伸到很远很远的地方，直到消失在一片金黄色的麦田里。

阿秀看到太阳离地平线越来越近，几乎和地平线处在同一水平上。麦田在阳光的照射下发出金灿灿的光芒，远处的天边仿佛正升腾起浓浓烟霞。

阿清从路边干燥的沙土窝里站起来，一边拍打着屁股上的尘土，对阿秀说道："天不早了，我们不要再干等下去了，还不如先赶路。"起初，阿秀显得很不情愿，赌气般坐在沙土窝里一动不动。"走吧，不要再等下去了。"阿清一边劝说一边将她从地上扶了起来。"你说我们这样走下去得走到什么时候啊？"阿秀抱怨道，"早知道，不带你一起来了。""你不觉得在田野里走路也很惬意吗？""我可没你这样的闲情逸致……"阿秀灰心丧气地说道，一边拖着脚步向前走去。

为了避免鞋子里灌进沙土，阿秀将鞋子脱了，光脚在沙土里走着，温热的沙土令人感到格外舒服，阿秀将光脚走路的感觉告诉给阿清，建议他也试下，于是，阿清也将鞋子脱了下来，光着脚在沙土里走路。在不远处的田野里已经堆起了不少麦秸垛，部分庄稼已收割完毕，田地里只剩下短短的麦茬。干燥的热风将尘土轻易卷起，打着卷儿在麦田里游荡着，不少农民还在忙碌着用镰刀收割小麦。看着麦田里默默忙碌的人们，阿清内心顿时掠过一阵感伤。

"阿清，你能不能走快点？"阿秀回过头对阿清说道，"这样还不知道要走到什么时候呢。"听到阿秀在前面促着，阿清加快步伐赶上前去。

第二天凌晨，两人才到达阿秀家里，趁着皎洁的月光，阿秀将庭院的门打开。幽蓝色的月光撒满了整个庭院。阿秀将行李从背后放下来，对阿清关切地说道，"很累吧？""还好，没想象的那么累。""那就好，不然我又要觉得对不起你了。"阿秀笑着说道。"我们坐下来休息一会儿吧。"阿清说道，"今晚的月光真好啊。""是啊，乡下的月光从来都是这么明亮。"两人在门槛上坐了下来。皎洁的月光给四周一切事物镀上了一层银灰色，阿清在月光的映照下认真地看了看坐在身边的阿秀。

后来，阿秀起身到房间里给阿清收拾床铺，她用一把小扫帚将床铺仔细地打扫干净，并从柜子里拿出一条崭新的凉席铺上。"天快亮了，抓紧时间睡一会儿吧。"而后，她又到院子里的水井抽了一盆凉水，放在床边以备阿清洗脚用。等阿清睡下后，阿秀又将他脱下来的鞋子和袜子刷洗干净。

阿清洗过脚，满心欢喜地爬到床上，四肢舒展着躺在凉丝丝的床上，顿时觉得无比惬意，他静静地望着屋顶上用凉席搭的封蓬。由于年深日久，封蓬上沾了不少烟尘,封蓬上面偶尔会有老鼠窜动的响声。阿清一边痴呆地望着上面,一边忍不住大声笑了起来,阿秀在房屋的另一边正忙着收拾自己的床铺,听到阿清怪异的笑声,问道:"你笑什么呢?""没什么啊。"阿清回答道,"终于可以好好休息下了。"阿清躺在床上一动不动,感觉小腿里面一阵一阵地酸痛,正是这种又酸又痛的感觉令他忍不住发出怪笑,他本来想将这种感觉讲给阿秀听,但他却又不懂得如何去讲。

阿秀将一切收拾妥当后,意识到天已经快亮了,天色已经显出淡淡的浅蓝色。于是,她将条几上的蜡烛吹灭,借着从窗户映射进来的月光,将布帘从房间中间拉开,然后回到床上休息。由于一夜的徒步奔波,她已经到了疲惫不堪的地步,以至刚刚躺在床上不久就睡着了。

阿清由于到了新的环境,尽管极度劳累,但一时难以入睡。他侧过身体浑浑噩噩地望着窗外朦胧的月光,觉得眼前和经历的一切都显得那么奇异,较之内心的承受力,这一切都来得过于迅疾,一时难以完全接受,就在这样一种难以言说的复杂的心境伴随下,阿清终究还是陷入了沉睡之中。

第二天天刚蒙蒙亮,阿秀便起床收拾家务,而后独自一人拿着镰刀去田间收割小麦。

阿清醒来时,已经临近中午,阳光透过窗户直射到床边的空地上。阿清被白亮的阳光从睡梦中唤醒,睡眼惺忪地走到屋外,只见空荡荡的庭院里毫无人影。阳光将杨树叶子晒得一副疲倦模样,树的阴影在地面上一动不动,一只老母鸡带着十几只小鸡正卧在树荫下的沙土堆里。

这时,阿秀背着一捆麦秸从外面走进庭院,阿清看到她额前的刘海已被汗水浸湿,凌乱地贴在脑门上。"你睡醒了?"阿秀用温柔而显得疲惫的眼神看着阿清说道,"我把早饭给你留在锅里了,你吃了没有?""还没呢,我刚起床。"阿清边说便快步跑到堂屋,倒了一茶缸凉开水,端到阿秀面前,阿秀一边拍打着身上的灰尘,一边接过茶缸。"我下午跟你一起去割麦子。"阿清说道。"今天你就不要去了,好好休息下,明天再去吧。"阿秀边喝水边说道,"已经休息好了,下午就可以去干活了。""那好吧。"阿秀喝过水后,取下搭在一根铁丝上的毛巾擦干脸上的汗水,然后在门槛上坐下来。

"没想到今天天气这么热,地里的小麦都晒焦了,稍微用镰刀一碰,麦粒就会

散落到地上,太可惜了。"阿秀脸上显出一丝愁容,她为此感到很无助。站在旁边的阿清看到她满脸的愁容,说道:"你别太担心,下午我跟你一起去干活,这样就能及时把小麦收割完了。"阿秀没有再言语,坐在门槛上休息片刻后,便去厨房做午饭。

吃过午饭,两人便拿着收割的工具径直去了村外的田野。午后的田野在阳光照耀下变得更加炎热,远远望去,金黄的麦田上蒸腾着滚滚热浪,闷热的空气中夹杂着干燥的泥土气息,还没开始干活,身上就已汗流如注。

两人走在被太阳晒得发烫的沙土上,强烈的光线令人看不清眼前的事物,阿秀看到阿清不停地用手臂揩拭脸上的汗水,不免心疼不已,于是她劝阿清还是回家待着吧。阿清站在沙土路上,已经被骄阳照得头晕目眩,他眯着眼睛对阿秀摇了摇头,一边弯下腰用镰刀收割小麦,镰刀割断麦秆发出悦耳的清脆声,阿清很快入了忙碌的忘我状态。

阿秀从麦田的另一边收割小麦,一边时不时回过头看看阿清,只见阿清一直埋头忙碌着,她便时不时提醒阿清停下来休息片刻。从麦田的一端收割到另一端时,阿清拿着镰刀走到不远处一棵桐树的阴影里席地而坐,一边休息一边用石头磨着镰刀,就在这时,他无意间看到一位穿着白色裙子的女子从远处的麦田里向这边走来,女子在滚滚蒸腾的热浪中时隐时现。

女子后来走到阿秀身边,面带天真的笑容和阿秀说起话来,在这枯燥炎热的天气,女子仿佛一阵清爽的凉风,阿清心里不禁为之感到一丝惊讶。他一边磨着镰刀,一边在远处看着两个女人面对面聊着什么,这令他无形中感到些许惬意。

阿秀听到有人在喊自己,便停下手中的活,直起腰看到表妹若芬正朝自己走来,"是若芬吗?"阿秀主动说道,"你怎么也在这里啊?""姐,还真是你啊……我们很久没见面了。""是啊……你已经长成大人了,也越来越漂亮了。"阿秀审视着眼前的表妹,表妹的妩媚和靓丽令阿秀顿时感到有些局促。这时,她看到阿清正坐在桐树下向这边望着,这样一个小小的发现令阿秀更加感到局促不安。

为了缓和自身的不安,她将目光投向远处的等待收割的金黄色麦田,无精打采的麦穗在偶尔拂过的微风中如同波浪般摇曳着,这令阿秀心中陡然涌起一阵哀伤,使她内心原有的勇气和力量顷刻瓦解。

等表妹若芬摇摆着轻盈而洁白的连衣裙离开后,阿秀不得不停下手中挥动的镰刀,来到路边的树荫下休息。阿秀望着尘土浮动的马路和田野,仿佛看到自己已经衰老不堪,浑身上下布满了无数尘土,她在被风扬起的干燥的尘土里低下头……

　　就在阿秀躲在树荫下暗自感伤时,阿清已经拿着水壶走到她面前,将水壶递给她,由于沉浸在自己的思绪里,阿秀甚至来不及看清阿清的脸。

　　"喝口水吧,天太热了。"阿清说道,然后在她旁边坐了下来。阿秀接过水壶喝了几口水,仍旧沉默不语,就在这时,她突然有种想要哭的感觉,为了不使自己看上去很伤心的样子,她故意抬头望着烈日,烈日的白光深深刺痛了她的眼睛。

　　在树荫下歇息了一会儿,阿秀拿着镰刀走到麦田里重新收割起小麦,她将内心的恐惧和哀伤转化为艰辛的劳作,直到夕阳落山,她仍旧埋头挥舞手中的镰刀,这时,阿清走到她面前提醒她该回家了。阿秀才仰起满是汗水的脸,朝着西边望着余晖的落日,喧嚣的尘埃在暗淡的天色中平静下来。阿秀从麦田里走到沙土柔软的马路上,穿过村庄后面的一片树林往回走去。一路上,阿秀沉默不语,仿佛阿清根本不在自己身边。

　　回到家后,阿秀正要准备做晚饭,听到表妹若芬说话的声音,她隔着厨房的窗户看到若芬正和阿清站在水井旁说话。若芬披着一头湿漉漉的秀发,用一种专注的眼神凝视着阿清,阿清不由被她的妩媚深深打动,在接触的一瞬间,他被若芬浑身上下透露出来的纯真和妩媚给彻底吸引住了。在他脑海里,不停地闪现着若芬初次出现在自己视野中的情境。

　　阿秀在厨房里却害怕听到表妹的说话声,她强制自己将注意力全部集中在做饭上,这使她的表情显得有些冷漠。当若芬掀开门帘走进厨房,看到阿秀正忙碌着做饭,便对她调皮地说道:"不要忙活啦,去我家吃饭,我爸让我来叫你们。"阿秀一时难以将内心的冷漠隐藏起来,担心被若芬察觉自己神色的异样,并未及时转过身,假装忙碌没有听到若芬走进厨房。

　　这时,阿秀的注意力开始变得分散,她注意到厨房墙壁上若芬的身影在轻微地晃动,仿佛正赤裸裸地揭穿自己的伪装。若芬见她没有反应,便走到她身边,声音柔美而单纯地将刚才的话重复了一遍,阿秀才静静地转过身,看到表妹若芬,脸上顿时显出惊讶的神色。"若芬,你怎么这时候过来呢,吃饭了吗?""怎么,就不能过来了……没呢,走吧,一起到我家吃饭,"若芬一边用手抚摸着自己乌黑浓密的秀发一边说道,"我爸还在等着呢。"听若芬如此说,阿秀只好停下手中的活,洗了洗手,换了件衣服,三人一起去表妹家吃饭了。

前往若芬家的小路,需要穿过一片稀疏的杨树林。整条路充满了静谧的气息,在温和的晚风的吹拂下杨树林发出悦耳的窸窣之音。由于平时行人稀少,小路上长满了柔软的苔藓。阿秀和若芬手拉手走在前面,阿清在她们身后不远处跟着。

很长一段时间,阿秀和若芬似乎将阿清遗忘在后面的路上,亲密的谈话似乎和他毫无关联。阿清却将目光长时间停留在两人身上,以及月光赋予的梦幻般的夜色,内心不由得产生悲喜交错的寂寥感。

在小路转角的地方,若芬若无其事地回头看了看走在后面的阿清,随即又转过头去。此时此刻,阿清正透过朦胧的夜色凝望着她,若芬回头的一瞬间令阿清内心陡然涌起一层不平静的涟漪,将其从无尽的梦幻般的迷乱中带回到现实宁静的夜晚里。四周的一切似乎从未如此真实地存在过,树叶沙沙的响声以及树林间轻纱般的月光。

由于遐想,阿清落后阿秀和若芬越来越远,当若芬再次回头看时,发现不见了阿清的踪影,于是她转身往回走去,“我去找下阿清哥。”若芬对阿秀说道。若芬在小路的拐角处看到了慢悠悠走路的阿清,阿清没料到若芬会突然在昏暗的夜色中出现在自己面前,感到些许诧异。“你走得太慢了,差点都把你给忘了。”若芬微笑着对阿清说道,一边走到他身边与之并肩前行。

若芬像个天真无邪的孩子一样边走便梳理着自己的头发,在阿清面前显出十分乖顺的模样。就在两人单独相处的短暂时光里,阿清体味到一股莫名而强烈的幸福,这种幸福感或许只是一种错觉吧,他这样对自己疑惑道。他曾在一瞬间转身看了看若芬,试图确认她是否有着同样的感受,发现若芬如同往常一样显得单纯而无邪,这令阿清无缘无故感到一阵伤感,却又辨别不出这份伤感来自何处。

夏天的夜晚天气不冷不热,令人倍感惬意,树林间不时发出蛐蛐单调的鸣叫声,偶尔还会有一阵和风从林间拂面而过。和风将若芬额头前的刘海轻轻拂动着,令她看上去更加迷人。“你们打算什么时候离开这里呢?”若芬突然以平静的口吻问阿清道,但又似乎不期待着阿清会回答她,接着感慨道:“今晚的月光真好呀!”“是啊,月光的确很明亮啊。”阿清应和着说道,内心却难以抑制感伤的冲动,这样一种平静的忧伤令他顿时感到一阵心碎。对于若芬的提问,阿清着实不知道自己该如何回答。当快要走到若芬家时,阿清看到前方不远处阿秀独自一人走着,他意识到自己和若芬单独相处的短暂的时光将要结束。

七

若芬的父亲在庭院里摆了一桌丰盛的菜肴等候着他们。当他们三人一起来到庭院时,看到若芬的父亲正在用一只八钱大小的青花瓷酒杯喝着酒,若芬的父亲看到他们时,便连忙放下酒杯迎上前来。"你们都来了。"若芬的父亲以满含亲情的语气对他们说道,然后将他们让到座位上坐下。

整个庭院在门灯柔和的光线的映照下显得格外静谧,无数只小飞虫围绕着门灯兴奋地打转,房屋后面的树林里偶尔会传来几声猫头鹰的急促而单调的叫声。

"年轻人,你能喝酒吧?"若芬的父亲问阿清道,"今晚就陪我这个老男人喝几盅吧。"阿清见若芬的父亲如此亲切,酒兴正高,便不敢虚意推辞,拿起酒壶先给他满满斟了一杯酒,而后将自己的酒杯斟满,并端起酒杯一干而尽以示敬意。若芬的父亲见阿清如此豪爽,就显得更加高兴了,禁不住开怀大笑起来,"好啊,我们再喝一杯。"就这样没多久,两人已经将一瓶白酒喝去了大部分,若芬的父亲开始显出醉意来。

于是,若芬用眼神示意阿清不要再喝了,就在这时,若芬的父亲拿起酒瓶将剩下的酒全部倒进两人的酒杯里,拿起酒瓶晃了晃,发现酒已经喝完了,他头也不回地对若芬说道,"若芬,快去拿瓶酒来,难得今天喝得高兴。"听到父亲的吩咐后,若芬立刻将筷子放下来,到堂屋的条几下拿了一瓶白酒过来,并给父亲和阿清一人斟了一杯。

席间,当若芬的父亲和阿清酒兴越来越高时,阿秀用眼神示意若芬离开。于是,两人一声不响地离开了饭桌,留下若芬的父亲和阿清两人还在喝酒。

阿秀和若芬手牵手一起走到庭院僻静的角落,这时庭院昏黄的灯光渐渐被皎洁的月光所覆盖,仿佛从一个世界来到了另一世界。刚才饭桌上的喧嚣顿时消逝不见,可以清晰地听到木栅栏处蛐蛐儿的鸣叫声。趁着月光,可以看到木栅栏的横木上并排卧着十几只鸡,鸡安静地卧在横木上一动不动。若芬走上前用

手轻轻地抚摸着其中一只长着洁白羽毛和大红冠的公鸡,不由得发出轻微的哀叹声,公鸡由于受到惊扰发出咕咕的倦怠的叫声。

"姐姐,我今天晚上亲手杀了一只公鸡,和这只一模一样的公鸡。"若芬头也不回地对阿秀说道,"我看着它们长大,今天终于还是少了一只。"若芬边说边低声抽泣起来,抽泣声低到几乎听不见。为了不让表姐看到自己如此伤心,若芬匆匆用手抹了抹眼角的泪水,在暗淡的夜色中,这一切都显得那么的细微而平静。

"姐姐,你们打算什么时候回城里呢?"若芬用沙哑的嗓音问道,"等你们走了以后,看在那只公鸡的份上,一定要时常记起我呀。"阿秀站在若芬身后,并没有说话,她突然间觉得表妹十分可怜,于是从身后用手轻轻抚摸着若芬一头长长的秀发。若芬像是没有知觉一样仍旧站着不动,一时难以抑制内心无限的哀怨,她在内心深处竟忍不住抱怨起表姐和阿清来,"你们为什么回来呢……"

当阿秀和若芬再次回到饭桌上时,若芬的父亲已经喝得酩酊大醉,趴在饭桌上睡着了。若芬连忙走过去将父亲从饭桌上搀扶起来,父亲一边摇摇晃晃地站起来,一边喊着还要喝酒。在阿清的协助下,若芬好不容易将父亲送回到房间。当她把父亲安顿好,从房间里走出来时,她看到表姐和阿清已经走到了庭院门口,她连忙走到他们面前,说道:"你们这就要走了吗? 没想到时间过得这么快。""嗯,时间不早了,得赶紧回去了,对了,舅父他没事吧?"阿秀拉着若芬的手说道,"他还是那么爱喝酒,以后得管着点了,岁数越来越大了。""嗯,我知道了,"若芬点头答应道,"我送送你们吧。"一边将庭院简易的栅栏打开,陪着两人沿着小路往前走去。这时,从路边的树林里传来阵阵风声,月亮四周开始出现团团乌云。"看来要变天了。"阿秀说道,"若芬,你赶紧回去吧,不用送我们了。""也好,我就不送你们了。"说罢,若芬便转身往回走去。

看着若芬在夜色中渐渐消失的身影,阿清忽然想起刚才陪她父亲喝酒时,若芬和阿秀离开了一会儿,便问阿秀道:"我陪若芬的父亲喝酒时,你们去哪了?""没去哪里,就在庭院的角落里,我和若芬说了会儿话。""若芬的父亲看样子很爱喝酒呢。""是啊,基本上天天喝酒,……舅妈正是因为受不了舅父这一点,才和他离婚的。""还有这回事? 那他看起来并没有收敛的样子。""离婚以后,他反而喝的更凶了,每次喝醉还发酒疯。""这样啊,现在想想,若芬的确让人觉得可怜啊。""是啊,舅父天生就是个酒鬼,这一点是永远改不了的。记得有一次,他让若芬去买酒,若芬不肯,他就狠狠地打了她一耳光,若芬不小心撞在了柜子的角上,柜子上刚好放着一壶开水……现在她手臂上还有一大块被烫伤的疤痕呢。"听阿秀如此一说,阿清一时不知该如何说了,他脑海中顿时浮现出若芬清纯可爱的模样,在她清泉般的双眸中,阿清却未察觉到丝毫的忧伤。"跟着舅父一起生活,的确有点委屈了若芬。"阿秀说道,"不过,若芬却是很懂事的女孩儿,那些鸡养得真好啊。"提到若芬养鸡的事情,阿秀将刚才自己和若芬在庭院旁谈话的内容跟阿清讲述了一遍。

"若芬很在意那十几只鸡,为了招待我们她杀了一只公鸡,她刚才还在隐隐为之感到心痛呢……若芬是个心地很善良的女孩子。"听了阿秀的一番话,阿清没有再言语,感受着从树林里吹来的飘忽不定的风,风声越来越大,阿清顿时觉得自己陷入一片孤独之中。或许是酒精的作用,他感觉到自己整个地在往下坠落,他甚至不愿再为之付出丝毫的力气去抵抗。

当天深夜,下起了雷暴大雨,屋外嚯嚯的雷鸣将阿清从睡梦中惊醒,他隔着玻璃窗向外看去,趁着雷电的闪光,看到倾盆大雨正尽情地冲刷着庭院,庭院外面的洋槐树被狂风暴雨肆无忌惮地晃动着。潮湿的雨水气息透过窗户的缝隙弥漫了整个卧室。

阿清躺在床上看着一闪一灭的雷电以及窗外忽明忽暗的事物,仿佛在看一场无声的黑白电影。在夜深人静之时,身处安静温馨的卧室,看着窗外的狂风暴雨,阿清心中不由得产生一阵惬意。

后来,他不知不觉又回想起傍晚时分去若芬家做客的情景。尽管只是不久前刚刚经历过,但他却觉得像是多年以前发生的事情,这样简单的回忆令他有种物是人非之感。阿秀、若芬仿佛仅仅存在于记忆中某个冷清的阴暗的角落里而已,而理智却又在告诉她阿秀就睡在离自己咫尺之遥的地方,或许是由于下雨的缘故,阿清如此宽慰自己。

这时,窗外传来一声雷鸣的巨响,天空被霹雳撕裂,电闪雷鸣使得外面的狗叫了起来,叫声显得无奈而恐惧。阿清本人素来喜爱狗,觉得人世间没有再比狗懂事和忠诚的动物了,正是这种心理的作用,当他听到狗的吠声时,揣测那只狗必定被拴在了露天里,正被雨水无情地洗刷着皮毛,这么随意的一想,却也让阿清心里对那狗充满了同情和怜悯。

后来，当阿清以带有感伤的心境观望着窗外的雨景时，睡意又一次袭来，然而，正当他困倦得将要睡着时，他忽然间想起从若芬家回来的路上，阿秀跟自己说起若芬养鸡的事情。于是，他仿佛已经看到若芬家庭院边缘的木栅栏的横木上一动不动并排卧着十几只鸡，那些鸡在狂风暴雨中无处躲藏，瑟缩地拥挤在一起任凭雨水冲洗，这样一种无故而起的幻想顿时令阿清睡意全无。他不禁为那十几只鸡的安危深感担忧，幻想着它们会不会一夜之间被暴雨夺去脆弱的生命，那样一来，若芬该如何承受得了……

窗户再次被闪电照亮，透过闪电，阿清看到窗外狂风暴雨愈加猛烈，屋檐下挂满了成串的水珠子。此情此景，使得阿清愈加难以忘记若芬养的那十几只鸡，他甚至开始猜想鸡在暴雨中是否能够本能地找地方避雨，继而又猜想栅栏附近有哪些地方可以供鸡避雨，阿清想到了栅栏旁边的被掏空的麦秸垛，那里对于鸡而言的确是个很适合避雨的地方啊。

想到这里，阿清似乎可以安心睡觉了，但又突然想到鸡原本是很笨拙的禽类，尤其在黑夜里……这样无休无止地猜想下去，最终使得阿清在床上辗转反侧睡意全无。

于是，他从床上起来，趿拉着一双拖鞋走到堂屋的屋檐下，趁着雷电的闪光，看到倾盆大雨正尽情地洗刷着眼前的一切，地面上已经淤积了一大汪雨水。庭院外面的洋槐树被狂风暴雨肆意而剧烈地摇晃着。

阿清取下屋门上搭着的灰色雨衣披在身上，冒着大雨走到庭院外面，沿着原先的路向若芬家的方向走去，泥泞的小路顿时变得十分漫长。

当他来到若芬家附近时，身上的雨衣从领口处灌进了雨水，浑身淋得彻透。他顺着庭院外围的栅栏走过去，正要去察看那些鸡被雨水淋成什么样子时，不料看到栅栏旁边晃动着一个人影，透过闪电他看到那人正弯腰忙碌着什么。为了能够看得更加清楚，阿清悄悄走到离栅栏更近的地方，在屋角处停了下来。就在闪电的一瞬间，阿清看到竟是若芬。

若芬正穿着雨衣将鸡一只只抱到麦秸垛下面的凹洞里，阿清顿时被眼前一幕深深震惊，两眼瞬间盈满了泪水。他本想开口说话，却欲言又止，只好独自在屋角处默默看着若芬不停地忙碌着。

那些鸡早已被电闪雷鸣吓呆了，一个个将头藏在翅膀下面，畏缩成蓬乱的一团,完全看不出鸡的模样。若芬同样披着一件灰色的长雨衣,由于只顾着照顾鸡,头发被雨水淋得又湿又乱。在雷电交加的夜晚,她全然忘记了这些,或许是太过怜悯那些鸡,若芬竟然低声哭泣起来,哭声中似乎饱含着冤屈。

那十几只鸡,其中一只似乎承受不住雨水的冲洗,已经显得奄奄一息,脑袋无精打采地歪向一边,给人一种将要死去的感觉。看到这样一幕,若芬哭得更加委屈了,尽管刻意将哭声压得很低,但她起伏不定的肩膀表明了她内心的歇斯底里。

"可怜的鸡哦,已经死了一只了……是我对不起你们……"若芬忍不住如此哭诉道,双膝跪倒在一片黏糊糊的泥水中。一边将白皙的双手抚摸着留有余温的湿淋淋的鸡毛。

若芬跪在地上伤心地哭了很久,在阿清看来她是那么的哀伤,仿佛心中充满了世间所有的哀怨。他一时难以明白一个处在懵懂之年的少女的内心情怀。

后来,若芬渐渐停止了哭声,将那只生命垂危的鸡同样放在麦秸窝里,然后,她又将用袋子装好的晚上宰杀掉的那只鸡的羽毛拿到庭院角落的一棵石榴树旁,用铁锨在石榴树下刨了浅坑,将鸡毛埋在了坑里。若芬一边用土掩埋羽毛,一边哭泣道:"都怪你啊,为何无缘无故地出现……"阿清站在庭院外漆黑的墙角边,透过闪烁不定的雷电中,注视着若芬所做的一切,由于雨声的缘故,他没有听到若芬说的话,更无法听懂她的心声。

次日清晨,天空依旧瓢泼着大雨,低垂的空中飘浮着厚厚的乌云。由于受了若芬的影响而沉浸在梦魇般的睡梦之中,当阿秀起床时,阿清还在浑浑噩噩地睡觉。对于昨晚发生的事情,阿秀一无所知。

看着无休无止的大雨,她为田地里等待收割的庄稼感到深深的忧虑,她在内心期盼着天气尽早转晴,不然那些庄稼就被雨水给毁了。因此,在天气转好之前,阿秀的脸上始终挂着一丝忧虑。

当瓢泼大雨转为连绵阴雨持续下了一周之后,阿秀再也闲不下去了。其间,她曾不止一次撑着雨伞到田地里查看情况,每次都看到大面积的小麦在风雨的作用下如席子般平坦地倒伏一片,倒卧的麦穗甚至在土壤中重新发出了芽。

于是,阿秀索性披着雨衣拿着镰刀冒雨来到田地里收割小麦,在雨水的冲刷声和镰刀利落的哧哧声中,她的内心被忧愁充斥得满满的。

阿清见她如此固执地冒雨去干活,实在不知该如何劝阻,索性陪她一起去了。透过重重烟雾般的雨幕,阿清看到阿秀不顾一切忙碌着收割小麦,浑身被雨水肆意地浇灌着,他着实为她感到心疼不已。

"阿秀,雨太大了,你还是先回家吧!"阿清大声对她喊道,"剩下的活我来干就行了。"阿秀回头看了一眼阿清,脸上毫无表情,"没事啊,我撑得住,这点雨算什么啊!"阿秀同样大声喊道,声音近乎显得冷酷无情,镰刀在她手里一刻不停地发出清脆的响声。

阿清内心对这样糟糕的天气充满了抱怨,他站在淹没膝盖的湿漉漉的麦田,仰望着阴沉沉的天空,同时也对阿秀的倔强和固执感到不解。这或许就是男人和女人的区别吧,阿清暗自思忖道,他猜想阿秀已经被阴雨天给收获造成的损失弄昏了头,他试着从她的角度去看待这令人感到窒息的天气。

连续数日的阴雨天几乎令阿清记不起晴日里的印象了。他一边弯下腰收割小麦,一边不由得回忆着艳阳天时的情境,渐渐想起若芬在晴朗而干燥的夏日忙碌收割的样子。那时,田间的小路上被烈日晒得遍是粉末状的沙尘,每当车辆经过,沙尘就会漫天弥漫,在田间追逐打闹的男孩们喜欢将黄色的沙尘扬得满天都是。

若芬手里提着饭盒给田间劳作的父亲送来午饭,她穿过田野边上的一片槐树林,沿着田埂径直朝自家田地走去,步履轻盈得像是一阵沁人心脾的凉风。这时候,两个手持长猎枪的中年人从她身边急匆匆跑过,对着远处一只活蹦乱跳的野兔子鸣响了猎枪,若芬被枪声吓了一跳,脸上顿时显出忧郁的神情,看到兔子并没有被打中,忧郁的神情又瞬间变为欣喜万分。

若芬的父亲见到她拎着饭盒走过来,便停下手中的活,从麦田里走到一个桐树下,一屁股蹲在地上,拿起身边的一只白色的塑料壶喝起水来,由于天气炎热,水喝起来温温的,夹杂着一股难闻的塑料的味道。喝过水后,他从口袋里掏出挤扁了的烟盒,从中抽出一根烟点燃起来。

若芬走到父亲身边,将饭盒打开,递到父亲手中,然后沉默不语地坐在父亲身边,眼神迷茫地望着远处亮得刺眼的金黄色的麦田。田间飘荡的热风轻轻吹动着她满头的乌发。

阿清不明白自己为何会无缘无故在漫天大雨之时突然想起晴朗天的情景,

在平平淡淡的回想中,他也不理解自己的心为何如此被莫名地牵连着,与其说是内心隐隐怀有某种难言的期盼,或许是更多的绝望隐藏在心底,他似乎渴望着在断断续续的回忆中将那一切渐渐忘却。

他在忙碌着收割小麦的同时,感觉到若芬的一双迷惘的眼神正在眼前看着自己,这样的幻觉令他一不小心被镰刀在手指上划了深深一道伤口,鲜血瞬间从伤口冒了出来,又被雨水冲散干净,他对肉体小小的痛感并无知觉,然而,看着鲜红的血液从伤口不停冒出,又被雨水冲洗掉,勾起了他内心无尽的哀痛。

多年以后,当阿清与阿秀家乡的夏日、收割、田间小路上的尘土已无任何牵连时,平淡无奇的生活被其他琐事填充的满满时,他正独自坐在庭院里一棵石榴树下休息,看到秋风舞动着片片落叶,毫无缘由地想起多年前那个漂流般度过的夏日以及夏日里的滚滚热浪,唯独那到处飘散的尘土令他记忆犹新。他似乎在刻意回避记忆中的人们,不愿为之多花费一丝一毫的心思,宁愿让其随光阴的流波永远消逝。

此时此刻,当他闭上眼睛进入睡眠状态时,便会看到一阵阵野风肆无忌惮地从收割后的麦田里刮过,并席卷起大量尘埃。从那以后,阿清记得与若芬只在偶尔的场景见过几次面,见到她的一瞬间,阿清内心深处不禁涌起一股强烈的莫名的冲动和悲伤,也就仅此而已。在两人之间从未发生任何特殊的事情,关系从未有实质性的进展,就像是茫茫森林里的两片普通的树叶一样,在各自的空中飞舞、飘落,连带着周围的一切渐渐被岁月无声无息地改变着。

然而,即便如此,也难以抵挡他内心的困惑不解,哀伤也难有丝毫的减弱。想想最后见到若芬的时候,她依旧是那么的美丽而平静,仿佛从未被岁月改变过。

阿清对于若芬的回忆,不能表明若芬在他心中有多么重要的位置,或者若芬心中同样会一直怀恋着他,所有这一切都与岁月的短暂和流逝密切相关。当在时断时续的回忆中感到困倦时,阿清便将手中捧着的书籍放在身体与藤椅的夹缝中,闭上眼睛去感受着秋天美好的时光,秋风将地面上的落叶轻轻吹动的声响似乎在提醒他自己是活在当下的有别于往昔的岁月。

一周的时间在阴郁的雨天中无声无息地度过,田里的庄稼已经收割完毕,一束束整齐地摞在麦场里,等待天气转晴好晾晒。就在这时,阿秀沉郁很久的脸终

于再次浮现出笑容,"但愿这雨天赶快过去吧。"阿秀抬头望着阴沉沉的天空,轻松而愉悦地说道。她知道自己所能做的都已全部做完,剩下的只有靠运气了,正是这种内心的释然带给她持久的抚慰。与之不同的是,阿清却没有什么变化,最近一段时间反而与她的交流日渐稀少,直到这时,阿秀才有心思注意到这一点,她默默地为此感到有些愧疚,责怪自己只顾忙碌完全忽略了阿清的感受。于是,她想着该做些什么来弥补下自己的这一过失。

从田里回家的途中,阿秀脑海里都在想着此事。阿清看她一路上沉默不语,便问道:"你在想什么呢,怎么不吭声?""哦,没想什么。"听到阿清如此问自己,像是被看破了心思一样,阿秀略显紧张地回答道,一边将目光投向田野中裸露着地表的土地。湿润的灰褐色土地长满了稀疏的庄稼幼苗,远处吹来的潮湿的风温柔地拂面而过,似乎同样流露着喜悦之情。

阿秀心中莫名地怀着一股强烈的喜悦和冲动,将平时的劳苦忘得一干二净,她甚至觉得当下的生活是那么的美好,不想让一分一秒的光阴白白流逝,她回头下意识地看了一眼阿清,似乎想要将自己内心的真实感受通过目光传递给他,阿清似乎对此毫无反应,神情冷漠地望着脚下柔软而潮湿的路面。阿清心思的单纯令阿秀对其更加着迷,使她更加喜欢上了他。这种感觉尽管只是存在于一瞬之间,但她却心甘情愿地为之付出一切,这样的念头和冲动令她的双眼盈出了眼泪。

"这是多么难忘而美妙的时刻啊!"阿秀在内心默默感慨道。她想起了一年前独自走在工厂围墙外那条宽阔而宁静道路上的情境,当时的自己对生活突然间感到十分迷茫。在一个交叉路口处,她看到阿清步伐匆匆迎面走来,她习惯性地向阿清打了声招呼。阿清问她要去哪里,她如实告诉阿清自己无事可做,想一个人随便走走。不经意间,阿清看到了阿秀目光中流露的忧伤,于是,他放慢匆匆的脚步,主动应和着她,一起沿着静谧的道路散步。"不知为什么,我最近感到无事可做。"阿秀直截了当地对阿清说道,目光一直盯着路的前方。"是不是工作太累了,平时要注意休息。"阿清一时不知道说什么才好,只好习惯性地回答道。"不是,我感觉自己的生活没了分寸。"阿秀语气平淡地说道,"我突然间不知道自己要往哪走了。"阿清似乎意识到自己难以给她满意的答复,抑或知道问题所在,却又难以开口回答。"平时要学会调节自己的心情,每个人都会偶尔对生活感到迷茫。"阿清想来想去,如此说道。"或许是自己太笨的缘故吧。"阿秀转过身看着阿清说道,而后,继续埋头向前走去。阿清看着她的背影,觉得她与往常像是变了一个人。

从旁边的人工湖吹来的凉风轻轻撩起了她的披肩秀发。两人经过一座拱形小桥,在一处葡萄藤前停了下来。阿清看到阿秀神情依旧茫然,忍不住重复说了刚才宽慰的话,阿秀从他的那些话语中似乎意识到现实与自己想象中的全然不同,随之心中更加觉得无限孤独和寂寥。她原本觉得可以信赖的人却如此敷衍地对待自己的苦衷,令她倍感失望。

为了掩饰自己情绪的失落,她将目光及时转向了旁边的一处葡萄藤架,并毫无意识地用手轻轻触摸着藤上的枯叶。"你看这葡萄藤的叶子……秋天果真来了。"阿秀颇为感慨地说道,全然沉迷于自我哀伤的情绪之中,俯身将凋零在草地上的葡萄叶子捡起。

午后明亮的阳光优雅地穿过她脖颈处的头发,头发同样散发出明亮而悦目的金灿灿的色彩。看着阿秀俊俏而柔弱的肩膀,阿清猛然间意识到她内心的哀伤,甚至感觉到她已经在低声哭泣。"是啊,时间过得真快,转眼间又来了一个秋天。"或许是阿清同样带有感伤意味的话语博得了阿秀的同感,她原本已经失去了同他在心灵上沟通的勇气和信心,此时,她仿佛隐约感知到了他以同样频率跳动的内心。

"你还记得夏天的时候吗,就在这里,挂着几串青色的葡萄呢。"阿秀用纤细的手指指着葡萄藤说道,"现在连叶子都快落尽了。""是有几串青葡萄。"阿清说道,"估计没等长熟就被人摘走了。"当阿秀站起身来时,阿清看到她脸上重新恢复了一贯的平静和庄重,阿清隐隐意识到她已经主动打消了和自己进一步交流的念头,他心里不禁感到深深的愧疚,但却没有丝毫的表露。

"我知道你很忙。"阿秀看到阿清游离的眼神,对他说道,"你赶紧去忙吧,我还想一个人再走走。"说罢,她向阿清摆了摆手,转身离开了他,朝着不远处长满荒草的河边走去,河堤上种植着一排碗口粗的垂柳。

当天晚上,天空厚厚的云层开始裂开几条缝隙,透过缝隙可以看到云层后面明亮的月光,阿清坐在屋檐下的门槛上仰望着天空的变化,意识到晴朗的天气即将到来,庭院里寂静异常,连一声虫鸣都难以听见,阿清执迷于这种单调的宁静

之中,这令他更加清楚地意识到自身存在于夜晚里。

　　此时,阿秀正在厨房里做饭,一股诱人的饭菜的香味扑鼻而来,"阿秀,你晚饭做什么好吃的,这么香?"阿清仰望着天空一动不动地问道。"很香吧!"阿秀自豪地说道,"过一会儿你就知道了。""是啊。"阿清如实回答道,一边又情不自禁地沉迷于天空中渐渐多起来的亮光。透过亮光,可以看到云朵随风迅速地向远处飘移,稀疏的星星试探性地眨着亮晶晶的眼睛。

　　"阿秀,天上出现星星了。"阿清兴奋地喊道,"是吗,出现几颗呀?"阿清当真对着浩瀚的天空数起星星来,从头顶上方最近的一颗,一直数到看不见的天际。"差不多有二十几颗。""不少啦,看来明天要晴天了。"阿秀说道,"好了,可以开饭了。"听到可以吃饭了,阿清从门槛上一跃而起,快步走进厨房,看到饭桌上已经摆了五六碟菜肴,阿秀正坐在饭桌旁用开瓶器拧开一瓶葡萄酒。

　　"今晚喝点酒吧。"阿秀看见阿清走进来说道,"这瓶酒放了很久了,我们今天把它喝了。"阿秀将瓶塞拧开,给自己和阿清各倒了一杯酒。

　　眼前的阿秀莫名地十分高兴,将一杯葡萄酒一饮而尽,很快脸颊便涌现一片红晕,透过微弱的灯光,阿清看到阿秀红润而迷人的容颜。这时,窗外的湿地上开始铺上一层薄薄的星光,空中渐渐出现几颗明亮的星辰。星光穿过窗户映照在厨房的墙壁上。

　　当阿秀发现墙壁上的亮光时,顿时感到一阵惊喜,连忙走到厨房外面,仰望着云彩漂流的天空,越来越多的星星从云彩背后显露出来,一颗颗亮晶晶的,像是刚被清水淘洗过一样。

　　阿秀手里拿着酒杯,仰望着夜空璀璨的星辰渐渐入了迷,或是受了遐想的缘故,眼睛不觉间变得湿润起来。这时,阿清也从厨房里走出来,看到阿秀一动不动痴迷地望着天空,便轻轻走到她身边,问道:"阿秀,你在想什么呢?"听到阿清说话,阿秀连忙用手揩去眼角的泪水,重新显出高兴的样子,说道:"没想什么,你不觉得今晚的天色很好吗?""嗯,是很好啊,看来要晴天了。"阿清轻松地回答道。

　　阿秀趁阿清说话的片刻,特意看了看他,看到他满脸淡然而纯朴的神情,又将其和自己刚才暗自下的决心进行了比照,愈加坚定了自己的决心。阿秀望着天上明亮的星星,对其默默倾诉衷肠。她在想,过了今晚或许永远也见不到这些可爱的星星了，"明天的星星又会是什么样呢？"阿秀怀揣一丝担忧自言自语道。由于酒精的作用，她开始隐隐觉得天摇地晃，天上的星光开始变得模糊起来，她想看清却无法办到。

"阿清，我这是怎么了，看不见星星了。""阿秀，你喝醉了，"阿清对她说道，"我扶你进屋休息吧。"阿清接过阿秀手中的酒杯，扶着阿秀向堂屋走去，将其服侍睡下，而后，阿清回了自己的卧室。

此时，窗外的天色愈加晴朗，明亮的光芒透过窗户映照在阿清卧室的床上，阿清躺在床上毫无睡意，上半身沐浴在银色的月光里。起初，阿清隔着帘布认真听着阿秀卧室的动静，担心她是否安然睡下，在半明半暗的夜色中，他仅仅听到帘布上的穗子发出的轻微的窸窣声，他仿佛已经看到阿秀平静睡眠的模样。

当独自一人享受着静谧的夜晚时，阿清不由自主回想起断断续续的往事。他想起自己陪罗晴遥一起到工业学校找仰向禹一起玩耍的情境。

那时已是深秋时节，天气依旧格外晴朗，吹拂着温柔的清风。去玩之前，罗晴遥似乎有意识地打扮一番，戴了一顶洋式的宽檐帽。一路上，罗晴遥都显得十分开心，时不时发出开心的笑声。

沐浴着月光回忆这段往事之时，阿清甚至对自己产生了怀疑，不明白自己为何会无缘无故想起这件异常平凡的事情。在见到仰向禹之前，阿清陪着罗晴遥在工业学校的校园里散步了许久，直到看见仰向禹下课从一座五层高的欧式教学楼里走出来。

仰向禹英俊而忧郁的脸令阿清印象深刻，第一眼见到时，仰向禹正站在教学楼的出口眼神迷惘地向四周寻望着。罗晴遥远远便看到了他，向他挥动着手臂，一边亲切而温柔地喊着他的名字。由于是第一次见面，阿清陪在罗晴遥身边一直没有开口说话，直到仰向禹主动向他很友好地打招呼。

阿清安静无声地躺在凉丝丝的竹席床上，从始到终回忆着那段令他记忆犹新的往事，一直反问自己为何如此在意那段琐碎而平常的往事呢，他反反复复询问自己，却难以找到能够说服自己的理由，这令他一时感到十分压抑和疲倦，他对着上面的吊棚长嘘了一口气。

后来，当阿清和仰向禹两人面对面站在教学楼前聊天时，罗晴遥独自向教学楼旁的一片枯黄的草地走去。她无意间看到了种植在草地上的几棵银杏树，顿

时被银杏树清秀的树干和亮丽的枯黄的叶子深深吸引住了。

她欣喜若狂地对阿清和仰向禹喊道,"你们快过来!"阿清和仰向禹听到她的喊声快步走了过去,"你们看!"当两人来到面前时,罗晴遥用手指着几棵银杏树大声说道。阿清和仰向禹顺着手势向银杏树望去,看到笔直而俊俏的银杏树上挂满了闪动着亮光的叶子。阿清似乎在一瞬间也被银杏树吸引住了,银杏树虽然只有寥寥几棵,却仿佛装扮清秀的少女一样,浑身流露着无尽的清新和秀丽。

阿清站在不远处痴迷地凝望着那几棵银杏树,由那几棵银杏树自然而然地联想到了罗晴遥。罗晴遥虽然活泼得像个孩子,但大部分心思一直围绕着阿清,她在欣赏银杏树时,不时地用眼睛的余光看着阿清,发现阿清正神往般不动声色地望着银杏树,这一发现顿时令她感到无比快慰,她同样专注地望着银杏树,在她心中却像是望着阿清一样,她自信看懂了阿清的内心。

于是,她忍不住快步走到树下,弯腰捡起两片色泽鲜艳的银杏树叶,宝贝一样地捧在手里端详着,她将叶子拿到阿清和仰向禹面前让他们看,"你们看,多么漂亮的叶子!"阿清激动地说道,"大自然真神奇啊!"

回去的路上,罗晴遥舍不得将银杏树叶丢弃,便将其中一片夹在了阿清书本里,一边忍不住回头望了望那几棵显得寂寥的银杏树。随着时间一天天过去,银杏树叶全都从枝头零落在树下,堆积了厚厚的一层,只剩下光秃秃的树干。

"没想到叶子凋落得这么快。"几天之后,当罗晴遥和阿清一起经过银杏树时,看到叶子凋零净尽的银杏树,罗晴遥忍不住感叹道:"这也是正常现象嘛。"阿清安慰她道,"有了落叶才会有秋天。"

躺在幽暗的房间里,断断续续地回忆着碎屑的往事,阿清一时分不清现实与梦境的界限。从那以后,阿清对银杏树叶有了某种难以言说的印象,事实上,在内心深处,他本能地觉得银杏树是一种很有美感的树木。当初次看到银杏树时,他内心不禁涌起一股喜悦的冲动,这似乎和罗晴遥并无丝毫关系。然而,从那以后,当他再次看到银杏树时,除了能够领会她的美,同时又隐隐地感到一丝恐惧,就连那本夹着银杏树叶的书籍他也没有再去碰过,他甚至想将这一切都统统忘记。

深秋即将离去的时候,天空飘起了一场绵绵秋雨,带着寒意的风从北边的田野呼呼地吹着,阿清独自一人走在人迹稀少的工业学校的校园,意识到那场雨将是秋天最后的一丝留恋和踪迹。

在校园里漫步时，他下意识地避开教学楼前的那几棵银杏树，绕道从人工湖的岸边走过。然而，最终他还是转到了离银杏树不远的地方，就在那一瞬间，他不料再次看到了那几棵寂寞地伫立着的银杏树，秋雨已将全部的树叶打落，树叶凌乱地散落一地，眼前衰败的景象给本已失落的阿清徒增几分凄凉，他甚至因此深深怀恨起自己。

直至深夜，阿清在如梦似幻的往事中渐渐入眠，梦中他清晰地看到罗晴遥面带微笑地看着自己，两人犹如孩童般在一起玩闹。甜美的睡梦令阿清痴迷不已，在梦中，他得到了自己渴望已久的理解和欢喜，甚至在梦中，他仍旧难以克服对自己美好境遇的疑虑。他忍不住反问自己这些是不是真的，还是自己仅仅在做梦。然而，这样的疑虑终究没有抵抗住美妙梦境的诱惑，尽管他对这样突如其来的爱情心有余悸。

与此同时，阿秀已经从酒醉中渐渐清醒过来，依旧清晰地记得自己暗自做的决定。于是，她悄悄起床，踮着脚尖从自己的卧室来到阿清的卧室，透过帘布的缝隙，她看到静谧的银色月光下阿清带着哀伤的面孔以及他那筋骨结实的裸露在外面的双臂。阿秀穿过柔软的帘布，走到阿清面前，用手轻抚着他光滑的脸颊，并亲吻了他的前额和嘴唇……

这时阿清醒了，透过梦幻般的月色，隐约看到一位女子在自己面前将身上披着的棉质睡衣脱下，全身裸露着贴近自己怀里，阿清顿时从昏沉的状态清醒过来，却难以抵挡阿秀的热情和冲动。

"今晚我就把自己给你了……"阿秀用双手捧着阿清的脸边亲吻边说道，"请你不要拒绝我。"阿秀同样面带哀伤之情，从阿清的头发一直亲吻到他的脖颈，阿清感受到阿秀肌肤的柔滑，和她淡淡的体香。但他最终还是将阿秀从自己怀里推了出去，使得阿秀在地上重重摔了一跤。看到阿秀摔倒在地板上，阿清顿时慌张起来，连忙从床上跳下来，试图扶她起来，却被她无情地推开了。

透过冷清的月色，阿清看到阿秀掩面坐在地板上一动不动，出奇的平静，却难以体会阿秀内心巨大的落差。清晨在野外的小路上就有的美好心情在这一瞬间被打碎了，跌入了绝望而羞辱的深渊。

"阿秀，实在对不起……"阿清低声对她说道，"我刚才着实太鲁莽了。"过了

许久，阿秀才开始说话，"我也不知道自己为何会这样，请你原谅我，我……我可能喝醉了。"阿秀在幽暗的月色里一动不动地说道。然后，她从地板上站起身，悄然离开了阿清的房间。

从此以后，阿秀再不敢对阿清有任何的关于爱情的幻想和举动，她躺在床上，心如死灰地回忆曾经发生的极为荒唐的一幕，她自己都觉得不可思议，渴望自己顿时从这个世界彻底消逝，从自己和别人的脑海里彻底消逝。但她又深深懂得，那一刻自己是真心喜欢上了阿清，愿意为他献出一切，至于会有什么结果，她却没有丝毫的考虑。因为内心压抑已久的真挚的爱情，自己才会做出在世人眼中，甚至在阿清眼中显得荒唐的事情，阿秀最终如此真实地为自己找到了辩护的理由，这在很大程度上减弱了她的自卑感和羞耻心。

尽管如此，她仍旧难以抚平内心的创伤，心灵上的那处隐隐的伤疤从未真正愈合，直到很久以后，阿秀才渐渐明白了自己为何为此感到深深的忧伤，这一切都来自当初阿清本能地将自己推倒在凉丝丝的地板上。或许就连阿清本人对此都没有意识到，就是这样一个动作最有力地证明了他并不爱自己。

短暂的时间里一切重新恢复了平静，仿佛什么事情都没发生过，均匀的月色似乎更容易令人遗忘。然而，整个夜晚，阿清躺在床上睡意全无，心里无缘无故充满了悲伤，为自己失败的爱情，透过梦幻般的夜色，他似乎看到自己的爱情正在活生生地死去。就在这时，他无缘无故想起了罗晴遥，仿佛她就站在窗外撒满银色月光的庭院里，尽管不言不语，却能真切地感受到她的呼吸和心跳，阿清因此更加感到孤独和哀伤，他知道只有自己默默承担着一切。

偶尔，阿清会静静地质询自己，为何会如此残忍无情地对待阿秀，当阿秀的双唇贴在自己嘴唇之上，柔软而丰满的胸脯紧贴着自己的时候，阿清的内心同样克制不住地燥热起来。在难以言说的一瞬间，他深深体味到了女人的气息，第一次触摸到了女人的本质，看到了激情之后的天真和脆弱。然而，这不过只是令人印象不清的一瞬间而已，在意识唤醒之前，另外一股突然的力量遏制住了这一切，致使阿清用力将阿秀推倒在地板上。

当阿秀回到自己的卧室后，房间显得异常安静，阿清在帘布一侧自己的卧室里深怀对阿秀的歉疚，但他却感受不到阿秀一丝的动静，仿佛她已经彻底消失，只留下空荡荡的房间，这令阿清更加同情起阿秀，难以估量对她造成的伤害，毕竟她是女孩子。

他渴望着发生的一切能够随着夜色一起消退,不留一丝痕迹。这时候,挂在窗户外面用篮子搭成的鸡窝里一只公鸡发出拍打翅膀的声音,继而吃力而嘶哑地鸣叫了两声。根据鸡的鸣叫声和窗外的夜色,阿清推测已是凌晨三四点钟,鸡的打鸣声扰乱了阿清凌乱的思绪。

"阿秀,"阿清借机轻声问道,"刚才鸡打鸣了,你听到没?"阿秀的卧室依旧十分安静,阿清以为她早已入睡,便不再作声。"嗯,听到了。"阿秀突然回答道,阿秀平静的语气令阿清感到有些意外。"你还没睡着啊,刚才是公鸡第二次打鸣吧?""嗯""那就对了,已经是凌晨三四点了。"就在这时候,阿秀轻声笑了起来,阿清便问她为什么笑,"深更半夜,没想到你对鸡叫还这么感兴趣。"听阿秀如此说道,阿清自己也忍不住笑了起来。不料,阿清顿时来了兴致,在夜色中模仿起公鸡打鸣,对着屋顶的吊棚起劲地咕咕咕咕叫了起来,叫声颇有几分逼真。

阿清一边模仿公鸡鸣叫,一边想起栅栏的横木上卧着的一排公鸡,那些善于打鸣的鸡在暴风雨的蹂躏下变得异常沉默,"估计都忘了打鸣的天性了吧。"阿清不由得感慨道,一边依旧学公鸡咕咕地打鸣。"以后你可以代替公鸡专职打鸣了。"阿秀在帘布外面的卧室里对阿清开玩笑道,"是个好主意,我要是变成一只会打鸣的公鸡就好喽。"阿清天真地说道,"我肯定比其他公鸡打鸣打得好呢。"阿清边说便有股哀伤涌上心头,眼角几乎流出眼泪来。

隔着窗户,阿清清晰地听到外面鸡窝里公鸡脖子里发出的咕噜咕噜的声音,咕噜声令他感到格外的真切。然而,令他最为感到快慰的是,阿秀终于愿意放弃刚才那段意外而突然的经历了,她在和自己平淡无奇的对话中,仿佛也在苦苦诉求自己道,"求求你,把刚才发生的事情忘记吧,彻底忘记吧……"

由于没了睡意,阿清起床来到庭院,阿秀听到他轻声开门的声音。阿清看到庭院外面的空地上铺了一层银粉似的月光,内心不禁为之欣然一动。月光顿时令他产生一种幻觉,眼前看到的整个寂静的庭院仿佛蒙上了一层薄薄的雪粉,那种静谧只有北方下雪的冬天才有。

阿清怀着喜悦和感伤的心情在一块废弃的石墩上坐下来,月光在他身上同样撒了稀疏而细腻的一层光辉。他低头看了看自己身上,像是要确认身上的是月光还是雪粉。

月光笼罩下的庭院色彩显得格外暗淡,给人一丝淡淡的荒凉感。沐浴着清澈的光芒,阿清感觉到了独自一人的孤独和凄冷,他甚至只想静静地一直待下去,不期盼岁月再有丝毫变化。

此时此刻,整个世界似乎只属于感伤而孤独的自己。仰望着低挂在天边的明月,阿清的眼角不知不觉流出了泪水。月亮仿佛是他和世界唯一牵挂的纽带,无论走到哪里,在某个夜深人静的时刻,她都会露面来和自己倾诉衷肠,皎洁的月亮令他清晰地想起走过的漫长旅途。

望着空中迷雾般的月光,阿清忽然意识到自己是不是又要离开了,去面对新的无法预知的未来,过往的经历将会湮没在朦胧的月色之中,从此彻底消逝。

回忆起自己走过的人生之路,阿清感到自己毫无所获,甚至觉得自己永远两手空空,凡事一旦过去就意味着永远失去,他禁不住如是设想,哪天有人向自己问起人生意义和价值,自己该怎么回答人家呢。阿清着实想不出有什么可以作为自己生命的象征物,在脑海里唯一留下印象的只有故乡冬日里飘落不尽的皑皑白雪,以及那平生擦肩而过的几缕恍惚的人影吧,而这一切终将永世不再……

正值无尽哀伤之时,从阿秀的房间里传来阿秀咳嗽的声音,为了制止咳嗽,阿秀起床来到窗前的桌子上端起搪瓷水杯喝了几口凉开水,然后,又回到床上休息。由阿秀阿清又一次想到了她的表妹若芬。阿清毫不讳言地轻声告诉玉盘一样的月亮,当第一次在田野间见到若芬时,自己内心陡然间萌生了爱的冲动,正是这种冲动赋予生活全新的意义,使自己感到人生的快乐,尽管这一切只是深深地埋在自己心底。

当那天晚上自己和若芬走在前往她家的小路上时,若芬为了提醒自己跟上她们的步伐,反身来到自己身边,一起并肩前行,就在这一瞬间,我留意到了她安静的神情和脖颈后面绾得好看的乌黑的秀发,我像看着自己的妻子一样痴迷地看着她近在咫尺的身影,感到无比的幸福和难以抑制的哀伤,我是多么渴望能有一位如同若芬一样的女子陪在自己身边,哪怕只是沉默无言的并肩前行,那样我的人生也不至于如此平淡空虚。

在那样一段平静而难熬的日子里,我的脑海里到处都是若芬的身影,无形之中,她早已夺走了我的魂魄,只在内心留下无尽的哀伤……终于,当我意识到美好的一切终将在生活的平静之中化为乌有,我的内心告诉我,若芬不过是擦肩而过的一位陌生人而已,终将离自己而去,起初,我是多么难以接受这样的事实……

悄无声息间爱情已经发生了巨变,当清楚地意识到时,阿清感觉自己的整个生命像一座高楼瞬间坍塌。当时他正站在庭院门口,正打算沿着庭院前宽阔的大马路去附近的小卖铺买包香烟。不知什么时候,他有了抽烟的习惯,在虚无缥缈的烟草燃烧的蓝色烟雾中,他隐隐体味到一种快慰和梦幻般的感觉。

时间刚过正午,燥热的马路上飘浮着灰褐色的尘土,马路的对面一位年轻的少妇手牵着儿子胖嘟嘟的小手默默地走着,柳树被晒蔫的枝条在干燥的热风中轻轻摆动着。

阿清走在热气腾腾的大马路上,心里默默啃噬着因爱情而来的孤独和痛苦。在路上独自一人走了很久。其间,一个骑着永久牌自行车的邻居从马路对面迎面而来,向阿清挥动着左手打招呼,阿清同样微笑着向对方挥动着手,尘埃和热气在两人之间构筑起一道鸿沟,阿清意识到自己被遗弃在一个与众不同的忧郁而虚无的世界里。

阿清依稀记得曾经的那个夜晚,当自己和若芬并肩前行的时候,内心莫名涌动着一股强烈的喜悦之情,他甚至忍不住对着夜空笑了起来,若芬以楚楚动人的眼神好奇地望着他。后来,当阿清向一位好朋友讲述自己这段显得过于简单的往事之时,说道:"或许正是内心的那股喜悦令我永生难忘吧。"当时两人在阿清狭窄的书房里聊天,阿清突然想起过年以前的那段往事。

"我可以理解你的感受,"朋友说道,"那或许就是真正的爱情的直觉吧。""是啊,没有那种喜悦,我想,我是不会真正喜欢上一个女孩子的。"阿清一边和朋友聊天,一边抽烟,内心不禁再次因往事而感到伤心。"你知道吗,老钟。"阿清似乎控制不住内心的冲动,急于将内心表达出来,"记得那天晚上,我像往常一样出去散步,出去之前,却无缘无故感到担忧和激动,总觉得会碰到她,果不其然……""那说明你们很有缘分嘛。""你别拿别人的伤心事开玩笑了。""如果我没猜错,以你的性格,估计见到心爱的人,脸都要通红通红的吧。""这个倒不会,只是当我在门口突然看到她时,居然感觉到了她的心跳,我还注意到她显得有些憔悴,可能是有些疲倦的缘故吧。""看来你是真的爱上那女孩子了,只有沉溺在爱河里的人才会有你说的那种症状。""可能吧,现在想想,那会儿的我是多么开

心和幸福啊……只可惜好景不长……""为什么这么说?""内心的喜悦和幸福并
没有持续多久,就在见到她之后的当天晚上,不知为何我突然间觉得无比的难过
起来……你是知道的,凭我当时的处境,我没办法像其他人那样毫无拘束地去追
求自己向往的爱情的。"阿清边说边抽烟,将一只烧尽的烟蒂丢进烟灰缸里。

"在接下来的那段时间里,我每天都因此感到很伤心,尽管表面上看起来毫无
变化,但谁又能了解我的内心呢,这些年过去了,我也只向你一个人讲过这些无聊
的往事。""说实话,如果你说的这些正在发生,或许我还觉得很有戏呢,郎才女貌
天经地义的事情。""话是这么说,可谁又能预知未来呢,我也只有在心里怀念和感
伤的份了……我还记得很清楚,当我推开门的一瞬间,看到她正迎面走来,就在这
时,一阵狂乱的风不知从哪个方向吹了过来,吹乱了她满头的长发……"

"老钟,还有一件事,我一直都没有告诉你,不过现在可以坦白地告诉你
了……谁让你是我的好朋友呢。""什么事情,听起来像是挺严重的!"阿清走到
书房的百叶窗前,看到外面的天色已经变得很暗了,他没想到时间过得这么快,
一席话竟轻轻松松了整个下午。

阿清将窗帘稍微拉拢下,转身回到书桌前,在靠背椅上坐了下来。"是这样
的,说了也不怕你笑话,你还记得我在工厂那漫长的几年时光吧?""嗯,有点印
象,你以前有跟我讲起过。""是吗,我不记得了。在工厂干活期间,有一次我去
了阿秀家里,阿秀你还有印象吧,就是那个单身的女人。""嗯,有点印象,长得挺
有气质的。""可以这么说吧。有一天晚上不知为何她突然出现在了我的卧室
里,"说到这里,阿清向朋友竖起食指,示意他不要借此玩笑,然后继续说道,"其
实,我们之间并没有发生什么。""既然什么也没发生,你没必要特意强调这一
点。"老钟用狡黠的目光看着阿清,故意说道。"我想说的是,那天晚上我看到了
阿秀光裸的身体,她就那样扑倒在我怀里。"阿清语气缓慢地说道,像是回忆一件
恐惧的事情,而朋友老钟似乎没有理解阿清的感受,在说这话的那一瞬间,阿清
脑海里似乎又回到了那一刻,记忆仍旧十分清晰。"朋友,我说的这些其实都不
重要,重要的是这件事对我后面人生的影响,或许在别人看来这还是难得的艳遇
吧。但是,从那以后,我再也没有忘记过这件事,内心始终有种负罪感……"

或许朋友老钟始终无法理解阿清内心的真实想法,甚至会认为阿清实在过
于多愁善感,将一件很普通的事情想得如此深奥、复杂。说完那一席话,阿清看

到老钟脸上露出迷茫而淡漠的神情，他便明白朋友并没有将其当成一回事，甚至在心里偷偷嘲笑自己也说不定呢，然而，这一切都管不了了。

那段往事尽管讲给了好朋友听，但阿清内心的负担并未有丝毫的减弱，他明明知道自己并未将那天晚上发生的所有细节讲给朋友听，"看来我还是没有勇气都讲出来啊。"阿清如此深深自责道，一边想到阿秀将自己温热而柔软的胸部紧紧贴着自己，亲吻自己的情景。

当阿清走出庭院的门，看到一阵风携带着尘土打着旋转，路边树木发出哗啦哗啦的响声，他的心头不由蒙上一层凄凉之感。这时，他仿佛又一次看到若芬在漆黑的夜色中突然出现在门口，毫无预兆地迎面碰到阿清，她的脸颊仍旧显得红润而迷人，额前的刘海被风吹到了上面，露出光洁而白皙的额头。她微笑着向阿清打了招呼。阿清特意看了看她清泉般的眼眸，从中依稀看到那天晚上两人并肩前行时的情景，当时两人虽还陌生，却彼此有着心照不宣的默契，这让阿清很久之后再次体味到爱情的触动。

"好在后来再也没有见到过若芬，自从那次离开之后，但这种内心的歉疚却始终没有离开过我。"当朋友离开后，阿清望着书房窗外低垂在东边夜空的月亮自言自语道，月亮比往常显得大了许多，色彩暗淡，无精打采。阿清觉得自己像是犯有前科的罪犯一样，总感到自己的身体不再干净，污浊像是被烙印在身体的某处，永生都难以磨灭一样。正是身上永远存在的污浊令他在若芬面前显得更加谦卑。

朋友曾对他说道，"你想得过于复杂，导致没有足够的勇气面对美好的爱情，或许那本该就是属于你的，这个世界上，又会有谁如你那样想呢？"接着朋友半开玩笑说道，"我一直不相信你这种冷血动物也会因感情而苦恼。"阿清认真地听着朋友的话，以此反观自己，这使得他也失去了对自己的了解，一时不明白自己身上到底发生了什么变化，自己为何会如此痴迷于一个并不怎么熟悉的女子，并为之深受思念之苦。

在内心深处，从开始的那一刻起，他似乎已经意识到这不会有什么好的结局，但理智往往会失去控制力，致使自己屡屡去冒险，去犯错误。阿清始终无法忘记自己再次见到若芬时的情景，若芬如同一阵清风般出现自己眼前，眸中流淌着一股清泉，当看到自己时，若芬很大方地跟他问好，一举一动中表露着恋人般

的信任和亲切。看着面带笑容的若芬,阿清心头顿时掠过一阵哀伤,泪水在眼眶里萦绕不停,若芬穿着飘逸的裙裾,在烈日和尘土中,显得格外耀眼迷人。

阿清离开书房,来到空荡荡的庭院里,澄清的月光映射出被风刮得干净的地面,石榴树细长的枝条在地面上投下斑驳的阴影,他仰望着西南方向的昏黄色的天空,寂寥的天空只有稀疏的几颗星辰。在遥远的西南方向的某个地方,阿清幻想着自己心爱的人正在从事着什么,是否正在参加当地为庆祝节日的年会呢,阿清脑海中顿时出现熙熙攘攘的人群和被烟火照亮的天空,若芬痴迷地望着接连升空的绚丽多彩的烟火,和那载歌载舞的人们。

虽然时隔多年,但阿清却忘记了岁月匆匆的流逝,在他脑海里,若芬依旧那么年轻漂亮,他甚至在幻想中看到烟火的尘埃溅落在她那头乌黑的秀发上,白茫茫的刺鼻烟味迎面扑来,令她一时呼吸急促起来。在寒冷而刮着寒风的空旷的广场上只有父亲陪在她身边,她一边兴奋地望着燃放的烟火一边扶着父亲的一只肩膀,喜悦之情令她忘记了周围的一切。

八

当阿清再次回到工厂时,他从工友那里得知罗晴遥和仰向禹已经订婚的消息,对此,阿清表现得异常冷漠,仿佛这事与自己毫无关系一样,或许对于这样的结局他早已有所预感。

他回忆自己和罗晴遥认识的始末,似乎总有一丝抑郁的阴影笼罩着两人,尽管他不愿承认和接受,但他又深知这种内心的不可名状的抑郁不是真正的爱情,真正的爱情令人开心和甜蜜到忘记一切。

在他脑海里不时浮现出罗晴遥和仰向禹手挽手走在婚礼殿堂里的情境。相比之下,他感到自己是那么的渺小不堪,他将过往统统归于自作多情。为了缓和内心压抑的情绪,或是为了让自己的神情看起来自然一些,不在众人面前露出破绽,他将目光从阴暗的厂房转向外面,看到工厂里的空地上的杨树闪烁着光芒的叶子在风中随意地摆动,一种亲切之感浮上心头。

在凝望外面静静矗立着的树木时,或许是内心下意识的缘故,阿清将罗晴遥和仰向禹结婚的消息忘得一干二净,将全部的心思沉迷于那些反射着点滴碎光的树叶,树叶缓慢而优雅的摇曳着,在阿清心头荡漾起一股淡淡的哀伤,在他眼中,满树的叶子仿佛在阳光的照射下闪烁着离别的泪光。

在决定辞去一连做了多年的工作之后,阿清的第一反应是自己已经不再是多年前的那个懵懂莽撞的少年,世事的变化,岁月的流逝总是在不经意间,当你意识到了的时候,一切都已不再是你当初见到的那样,即使深知这样的道理,但却无法用理智去控制自己内心的执拗的意念。

之后不久的一个阳光明媚的早晨,阿清独自前往当初和罗晴遥初次相识的那片长满草木的荒芜的山坡和寂静的小路。

一路上,阿清骑着自行车沐浴着温和的初秋的阳光,内心被断断续续的记忆填满。此时此刻,他依旧牵挂并难以释怀的是记忆中的那个美丽迷人的罗晴遥。罗晴遥的身影在他脑海里自始至终都未发生变化。

当自行车在坎坷不平长满杂草的小路上骑行时,阿清甚至反问自己为何对本该尘封的琐碎往事会如此顽强而执着地不愿放弃,他一遍一遍地反问自己,却似乎将曾经了然于心的答案彻底遗忘。"或许这就是我的人生的堕落吧。"他狠狠地自责道。

当经过罗晴遥跌落山坡的那段小路时,本已模糊的记忆顿时再次清晰地呈现在他眼前,随之而来的是他对罗晴遥的无尽的怀恋以及因之而起的无尽哀伤,因哀伤而感到浑身无力,以致连车把都无法把持,自行车摇摇晃晃一头扎进了路边的灌木丛里,人车一起滚落到了山坡下面。

阿清整个人在倾斜的山坡上连续跌了好几个跟头,最后在山坡下的平坦的低洼处停了下来。浑身沾满了泥土和树叶。茂密的秋天的树林遮盖住了头顶大部分天空,阳光从厚密的枝叶间透射下来,在阿清身上留下斑驳的影子。

阿清静静地躺在草丛和枯叶之上,脸上闪动着支离破碎的树影,在光影的恍惚之间,他觉得自己的人生已经匆匆逝去,只剩下空空的躯壳,如同山谷间回荡的风声……

辞去工厂的工作,阿清通过朋友的介绍去了一家报社工作,担任报社的一名时事评论员。其间,他没想到自己写的一些评论居然引起了人们的关注,阿清也渐渐喜欢上了自己的这份工作。在安静的环境里用心写文章,无人打扰,他为此感到深深的满足,尤其是无意间听到周围的人评论自己的文章时,他的那种对工作的满足感更是愈加强烈。

在新的工作环境中,阿清接触到了更多的新面孔,时日一久,往日的那些曾经令其印象深刻的面孔渐渐地从记忆中淡去。一天,当他在工作之余停下手中的笔走到窗户隔窗向外眺望时,看着楼下不远处的行人。他突然意识到了新的工作给自己带来的如此的变化,他不禁为心生感慨,在脑海中再次想起过往的那些人们。不同的是,他是以一位局外人的身份冷静地回忆着曾经与自己纠缠不休的人们,终于明白曾经觉得难以迈过的坎儿在现在看来都是那么的平淡无奇。

正当他陷入沉思之时,报社的同事冰倩走进了他的办公室,看到他正对着窗户抽闷烟,便打算悄然离去。她素来对抽烟的男人有一种天然的排斥,或许正是这样的原因使她匆匆离开了阿清的办公室。这时,阿清听到了她离去的脚步声,凭着高跟鞋在地板上发出的声音，阿清知道是冰倩。他匆匆将烟蒂在烟灰缸里掐灭，然后快步走到办公室外的走廊里，看到冰倩扭动着苗条的腰身向阴暗的楼梯口走去。

"冰倩，是你找我吗？""哦，是呀，楼下有位小姐在找你呢。"冰倩听到阿清说话，停住了脚步，转身对阿清温柔甜蜜地说道。说话的当儿，阿清注意到了她近乎妖艳的妆容和过于凸显的曼妙的腰肢。"那我下去看看。"

阿清多少感到惊讶，在他印象中除了阿秀之外，似乎没有人知道自己在这里工作，而阿秀与自己的交往也日渐稀少，尽管阿清多少清楚其中缘由，但他也不愿为之多想。

阿清快步回到办公室，隔着窗户向外望去，在寥寥无几的行人中寻找阿秀的人影，这是阿秀第一次来工作的地方看自己，阿清心中禁不住一阵狂喜，他太久没有与人一起聊天谈心了。

终于，阿清在楼下的一棵雪松的后面，看到了阿秀，阿秀拎着包在高大的雪松后面独自漫步徘徊，等待阿清出来见她。

阿清来到楼下，看到阿秀徘徊的背影。"阿秀！"阿清忍不住大声喊道，声音里流露着见到她的激动，阿秀听到阿清喊自己的名字，转过身来。

"你怎么想起来这里了？"阿秀一时没有搭上话，只是目不转睛地看着阿清，她心中以为阿清故意这样问自己，过了一会儿说道，"是啊，很久都没来看你了，没想到你居然还认得出我。"阿秀用湿润的眼神特意凝视着阿清，似乎要博得他的同情和谅解，"没想到时间过得这么快，感觉很多东西都变了。"说罢，阿秀忍不住笑了起来，像对自己刚才说的话的嘲笑，又像是纯粹的发自内心的喜悦。

"对了，你是不是已经把我给忘了？"阿秀近乎挑逗性地盯着阿清说道，阿清顿时觉得不好意思起来，"你可别忘了，我们可是很亲密的朋友。"阿清从阿秀的话中隐约听出了暗含的意思，脑海中重新想起了那天晚上发生的事情，但他却不再为此心存耿介，于是他也很爽朗地笑出声来。阿秀顺手摘了一枝松叶，一边走到办公楼前宽阔的空地上，脸上开心的笑容瞬间消逝不见。

"在这里工作还好吧？"阿秀低垂着头问阿清道，"自从你来到这里工作，感觉你跟消失了差不多。""是吗，我倒没有这样的感觉。""你这样笨的人对任何事好像从未有过感觉吧，"阿秀故意玩笑道，"从此以后你跟工厂里的人就渐渐没

有关系了,人生就是这么变动无常。""是啊,时间过得真快,眼看着秋天就来到了。"阿清说道,一边感受着秋天的艳阳和带着凉意的秋风,地面上零星地凋零着树叶。

就在这时,冰倩从办公楼里走了出来,看到阿清和一位陌生的女人并肩走在一起,便主动走上前来,为了能够从正面看清那女人的模样,她故意从种植着各种花木的小花园里绕道从正面走来。她装作故意赏花的样子。

当阿秀和阿清边走边聊来到她面前时,冰倩像是没有丝毫的察觉一样,格外专注地欣赏着一株开得茂盛的芍药。"冰倩,你怎么在这里?"阿清看见冰倩正俯身欣赏着花,便问道。"哦,没什么,我也是刚刚走到这里。"冰倩回道,同时将目光投向阿清阿秀,阿秀见冰倩如此凝视着自己,便主动向她问好。冰倩装作没有听到,继续和阿清说道,"这位是?""她是我的一位朋友,叫阿秀。""噢,我知道了,阿秀你好!"冰倩连忙向阿秀问好,并亲切地与阿秀握了握手,然后便和他们两人说了再见。

看着阿清和阿秀并肩漫步的身影,冰倩不由觉得他们是一对热恋中的情侣,在她看来,阿清高大魁梧的身材和阿秀矮小的身材显得格外搭配。同时,她注意到阿秀的神情中透露着一种成熟女人的魅力,这或许正是她身上独有的一种诱惑力吧,冰倩如此暗自猜想着,心中陡然生出一种夹杂着嫉妒和羡慕的情绪。她站在小花园里久久地望着两人渐走渐远的背影。

这次自己主动来看望阿清,在阿秀本人心中有着非同寻常的意义,于是,她刻意留心观察着四周的一切,甚至包括一草一木,她想将这一切都深深印在脑海之中,唯恐遗漏掉什么。她以一种近乎永别的心思来看望阿清的,这使得她一开始情绪就显得十分低落,对那些周围的景物颇有感慨。

她又想起刚刚见到冰倩的一幕,看到她以卖弄妖艳身姿站在前面的路上,那么痴迷地嗅闻着一株粉红色的芍药时,直觉令她感到一阵不安。后来发生的事情恰好印证了她内心的莫可名状的担忧,她显得格外亲切而随和地和他们打了招呼,在她规规矩矩的一举一动和水灵灵的双眸中,她凭借女人天性的直觉感知到了她的良苦用心,感知到在平静温柔的表面下掩藏着内心的惴惴不安。甚至在后来的对话中,可以明显地感觉到她暗藏的尖利的锋芒和不顾一切地挑衅。

阿秀所感知到的这一切既令她感到哀伤和自卑,同时又隐隐地感到一种快慰。当她看到冰倩的第一眼就看出她比自己优秀的太多，包括她垂柳一般的神采和具有强大征服力的美貌，而这一切她都没有，永远也都不会拥有。

当初，阿清从办公楼里出来呈现在自己眼前时，阿秀内心的哀伤瞬间消失殆尽，那一瞬间她觉得事情并没有自己想象的那么糟糕，阿清还是那么乐于待见自己，这令容易想入非非的她再次看到了希望，她甚至为起初自己过于消极的想法感到荒唐。然而，当她看到冰倩时，原本显得荒唐的想法又占据了自己的心头，依照她对阿清的了解，她深深地意识到自己经不起这样的考验，更何况那还只是一个冰倩呢。

和阿清一起在附近漫步的路上，阿秀内心默默地思虑着这一切，而阿清对此却毫无知觉，乐观开朗地陪她聊这聊那，全然没有察觉到自己的单纯和无知。阿秀满怀忧伤地望着蔚蓝蔚蓝的天空，将难以释怀的这一切付诸轻声的哀叹。

"阿清，你知道吗，我走在这里，居然无缘无故地想起了我上大学时的光景。"阿秀回头看了一眼阿清道。"你是不是觉得这里的环境太空旷了。""可能是吧，"阿秀回答道，"对了，刚才那个叫冰倩的女孩长得蛮漂亮的。""是吗，你怎么突然又谈到她呢？""这很正常嘛，你可以考虑考虑，别辜负人家的一片心意。""你又开始胡乱说啦，那可是我们报社最有个性的女人，你没感觉到吗？""你是说她的装扮吗？"阿清点了点头。"哎，那有什么呀，对于一个女孩子来说再正常不过的了，不就是有点小资情调嘛。"阿清没有回答阿秀的话，乜斜了一下阿秀。"看来你不怎么理解女孩子的心思，不过，我觉得她对你挺有好感的，不知道你有感觉到没。""阿秀，你可别乱说了，首先，她不会看上我这个呆子，其次，我也不会喜欢上那样的人。""啧啧，我只是跟你说笑几句而已，没想到你这么认真，心里肯定有鬼吧！"阿秀见阿清突然对自己说的话重视起来，便故意如此说道。而阿清竟一时不知如何回答是好。"还真不好说呢，说不定哪天你会真心喜欢上她呢。"

两人边走边聊，不知不觉走到了一所学校高高的围墙外面的一条柏油路的十字路口。路上来回穿梭的车辆行人令阿秀突然醒悟过来，意识到该和阿清道别的时候了。时间的飞逝令她一时感到仓皇失措起来，忍不住回头看了看两人刚刚走过的那段笔直而安静的小路，像是在回忆往事一样，重新确认曾经真实地有过这样一段经历。一股强烈的孤独和离别的情绪顿时占据她的心头，她无法

预想以后自己是否还有机会像今天这样和阿清悠闲自在的聊天散步。

　　在一处水果摊前，阿秀突然转身面对着阿清站住了脚步，下意识地看着阿清，像是有什么重要的事情要跟阿清讲，阿清似乎也从阿秀的神情中看出了这样的意思，便问她怎么了，阿秀一言不语，突然将目光从阿清身上转移开，若无其事地走到水果摊前挑拣起水果，买了一大兜的鲜橙。她将橙子交给阿清道："我看你平时很少吃水果，顺便给你买点。"阿清接过橙子，正要对阿秀说一些客套话时，阿秀已经向路边的候车牌处走去了。

　　大约半小时后从路的东边驶来一辆绿皮客车，客车占据了马路的大部分空间，显得特别耀眼。看到客车行驶过来，阿秀便跟阿清说回去吧，客车已经来了，自己马上要走了。阿清听了阿秀的话便乖乖地退到候车的人群后面，直到阿秀上了车驶离为止。

　　阿秀在客车右边靠窗的位置坐下，看着窗外忙碌熙攘的人群，内心的情感负担渐渐落下，她内心早已预料到是这样平淡而真实的结局，弱小力量的人终究难于抗拒现实生活的摆布，仿佛一位即将独自到遥远的异国他乡流浪一样，阿秀内心因这样匆匆的离别充满了哀伤和孤独，随着客车的驶离，她清楚地明白自己离阿清越来越远了。

　　直到客车完全从狭窄的路上消失，阿清方转身离开，沿着原路回到了报社。当他走到办公楼里的走廊时，看到冰倩正端着茶杯依靠着围栏喝茶，姿态仍旧显得妩媚妖艳，有些做作。阿清正打算从她身边悄然走过时，冰倩向他转过身来，好像意外地发现了他，略带询问地说道："你回来啦。"说罢，又转身面向走廊外面。"是啊，刚把朋友送走。""哦，原来这样啊。"冰倩以显得不屑的口吻说道。

　　等阿清回到办公室后，冰倩便也回到自己的办公室，一边大口地呼吸着空气，试图缓解内心的紧张，而阿清则在自己办公室里听到了她开门的吱呀声，内心不由得对她充满了鄙视，他意识到冰倩像只苍蝇一样一直围绕着自己打转，像是要从他那里随时探听到什么似的。而冰倩对自身毫无意识的言行举止对阿清产生的恶劣效果似乎毫无察觉，像个笨女人一样全然沉迷于自己苦苦思虑的那些琐碎的问题之中。

　　她刚回到办公室不久，办公室异常安静的气息令她感到烦躁不安，她甚至觉得如此安静的生活甚至难以维持下去。烦躁的情绪令她顿时产生想哭的冲动，眼睛随之变得有些湿润。为了缓解情绪，她向窗外望去，看到荒凉而干燥的天气里日渐萧瑟的景色。不久之后，那种因挫败感导致的不良情绪得到了有效的缓解，于是，她的思绪再次回到了室内，这时她无意间注意到办公桌上放着的不久前从阿清那里借到的一本小说，在这百无聊赖之时，她拿起小说躺在椅子上随意翻阅起来，翻阅的过程中，她无意间看到了夹在书页间的一片鲜黄色的银杏树叶，银杏树叶发出一股淡淡的模糊的香味，冰倩顿时对树叶的香味产生了兴趣，忍不住凑近仔细地嗅闻一番，树叶的香味犹如游丝一般触动着她的内心，令她感到一缕清新。

后来，她拿着那本小说走到了阿清的办公室前，她在办公室的门上轻敲了两下，听到阿清略显困倦的应声后走了进去，"实在不好意思，打扰你休息了，"冰倩显得格外礼貌地说道，看到阿清正伏在办公桌上掩面休息，"我过来把前几天借的那本小说还给你。""哦，我差点把它给忘了。"阿清听到冰倩过来还书，想起自己曾把一本书借给她。"没其他事了，不打扰你了。"冰倩边说便转身离去，刚走出办公室，她忽然又转过身来，对阿清说道："对了，忘了跟你说，书里那片银杏树叶很漂亮，我还是第一次见呢。"冰倩莞尔一笑，没等阿清反应过来，便离去了。

阿清拿起那本小说，一页一页翻阅起来，在书页间不经意看到了那片色彩鲜艳保存完好的银杏树叶，他一瞬间竟想不起那片树叶是如何被保存在书里面的，他在脑海里仔细想着和银杏树叶有关的那些往事，他只依稀记得多年之前自己曾和罗晴遥去学校里看望一个朋友，在校园里散步时看到过几棵长得秀丽的银杏树。至于树叶如何被保存下来他却丝毫没有了印象，也许就是那个时候自己捡了一片叶子夹在书页里面的吧，阿清如此想道。

然而，阿清却对夹着银杏树叶的那本书从那一刻起不禁心生畏惧，正是这种难以克服的畏惧心理促使他将书借给了别人，每当看到夹在书页里的那一片树叶，在他脑海里就会浮现出罗晴遥的身影，这样的幻觉犹如梦魇一般纠缠不休，尽管他心里明白自己早已对罗晴遥没有了任何的牵挂之心，但却无法克服那种容易激发幻想的魔力一样的力量。令他没有想到的是，自己已经送给冰倩的书，又被冰倩因为那一片单薄的树叶再次拿到了自己面前，并特意提起了书页里的银杏树叶。

"多么荒唐的理由啊！"阿清感叹道，一边打开书本，翻到夹着树叶的地方，

看到一片银杏树叶依旧安静地躺在里面,看上去与当初刚捡到时毫无二致,银杏树叶里面仿佛还留存着当年秋天的气息。阿清脑海里顿时映现出一位年轻貌美的少女因内心的喜爱而迈着轻松而敏捷的步伐跑到银杏树下捡起被一阵秋风刮落下来的银杏树叶,连同秋日里与众不同的秀丽的银杏树一同清晰地呈现在阿清眼前。

然而,对于阿清而言,那些日益淡漠的往事却成了他日后生活的沉重负担,他没有选择刻意去忘记,而是在内心为此承受着一股永久的忧伤,在他乌黑而明亮的眼眸中却永远显得那么平静如水,他将自己曾经经历的那一切融化在了记忆之河里,河面平静的甚至连一丝涟漪也觉察不到。以至他在别人眼中永远是一个平静的人,或是一个神秘的人,只是他的神秘全然淡化了在日常繁琐的生活和工作之中。正是这样一种平静如水的印象令冰倩对其产生了浓厚的兴趣,站在走廊尽头看着他静静地走来和离去,或在刮着尘土的秋风中,一如往常冷漠的走路时,冰倩都会对他产生难以抑制的爱慕之情,或许这就是她的少女的情窦萌动吧,她会因为这样极为感性而肤浅的缘由而用心地关注着阿清日常生活中自己所能看到的一切。

当她再次回到自己办公室时,她百无聊赖地坐在办公桌前,烦躁的情绪渐渐变成了淡淡的绝望之情,她不禁为自己刚才显得愚蠢的话而脸颊变得通红。“我怎么会突然说出那样无知而唐突的话呢……”

事实上,在她所生活的这片广袤无垠的土地上,银杏树并不是什么稀罕的树种,而自己却为一片枯落的叶子故意说起,明显是想引起阿清对自己的注意力。“而他对我的态度显得多么冷漠啊!”冰倩伤心地对自己说道。

为了彻底断绝内心对往事的畏惧,阿清最终决定将那本书连同夹在里面的银杏树叶一同烧掉,他将书一页一页撕下来点燃,放进一只废弃的洗脸盆里烧掉。纸张燃烧发出的气味弥漫了整个办公室和外面的走廊。当冰倩闻到纸张燃烧的气味时,她以为哪里发生了火灾,便急忙从办公室跑出来,急匆匆地闯进阿清的办公室,看到阿清正在默默地烧着什么,烟雾在房间里正浓浓地弥漫着。

“你在烧什么呢,我还以为哪里发生火灾了”冰倩站在阿清身后说道,“赶快别烧了。”阿清似乎没有听见冰倩说话,仍旧慢条斯理地烧着书页。冰倩走上前去仔细一看,阿清烧的恰恰是自己刚还给他的那本书,她忍不住急躁起来,“你没病吧,好好的,干吗把书给烧了。"这时候,阿清已经烧掉了书的大部分,最后将那银杏树叶一起扔进冒着火苗的洗脸盆里,看着树叶瞬间变成了灰烬。

"我只想彻底忘记一些事情,你不明白我内心的感受。"阿清突然对冰倩说道,冰倩对他突然的言语感到一阵惊愕,她一言不发地看着阿清的身影,看着他颤抖的肩膀,她知道阿清背对着自己默默地低声哭泣,她万万没有料到那样平凡的银杏树叶竟对阿清产生如此大的影响。

这样一次意外的遭遇令她对阿清有了全新而不同的认知,彻底颠覆了她以往仅凭一己之念对阿清的肤浅印象。同样,看着银杏树叶在洗脸盆里被弱小的火苗安静地烧掉,冰倩的心无缘无故受到了触动,隐约觉得烧掉的是自己的青春和爱情。她站在阿清身后静默无声地看着阿清,阿清全部的心思都沉浸在了跳动着的红色火苗上,对冰倩的存在毫无知觉。

从那以后,冰倩出现在阿清面前的形象较之以往有很大不同,她一贯的卖弄风姿像是一层尘土从身上被拍打的一干二净。当她穿着整洁而朴素的长裙安静地从走廊里走过时,仿佛一阵清凉的春风拂面而来。在质朴的外表里却掩藏着她火热般怦怦直跳的少女的心,尽管她不愿像往日那样如此注重虚荣,但像往常那样缓步走在走廊里时,她仍旧克制不住渴望自己被阿清看到的冲动的念头。

在快要走完那段并不算漫长的走廊时,她已经彻底幻灭了内心的念头,心头不禁掠过一阵无声的哀怨,一瞬间,她仿佛看到自己的美丽青春正在迅速衰老,却无人看到这瞬间的令人惋惜的一切。在将要走进自己的办公室时,阿清拎着公文包从走廊上走来,看到前面不远处一位穿着淡雅的陌生少女正踟蹰徘徊地走着,顿感一阵惶惑,当他从身影辨认出那人是冰倩时,内心又是一阵惊讶,他看到她的发型和穿着统统都变了,身上的浓郁的香水味也消失不见了,他在心里不免对其产生一丝好感,甚至觉察到她身影隐约辐射出的动人的魅力。然而,这些发生在冰倩身上的变化在短暂的几天的时间里便丧失了全部的影响力,冰倩感到自己的生活从未如此陷入一片死寂般的荒芜之中,以致看不到一丝足以令她感到欣慰的希望之光。她实在难以忍受阿清那种不温不火的令人窒息的性情,在这样的人面前她感觉自己毫无存在的余地。

阿清对自己的冷漠令她陷入无尽的郁闷和绝望之中,从此以后,很长一段时间里,她都显得郁郁寡欢,对周围的人和事了无兴趣。阿清下班从办公室出来经

过她办公室时,不止一次看到她独自待在光线暗淡的办公室里,神情冷漠地望着静寂的窗外景色。直到那年秋天到来,冰倩都似乎没有真正开心起来,周围的人们似乎也渐渐习惯了她的这种突然的变化。

秋天到来。一天,冰倩身穿黑色呢子大衣照常来报社上班,与此同时,阿清也沿着同一条路前往报社,阿清在离冰倩身后百米的地方认出了她,不知什么原因,他竟加快了步伐,走到离冰倩身后十几米的地方。他看到冰倩的身影在晨雾中越来越清晰,黑色呢子大衣的背影看上去有些忧郁。

"冰倩吗?"阿清从身后轻声喊道,声音有些颤抖。冰倩突然听到有人喊她,便停下脚步,扭头朝身后看了看,当看到是阿清在喊自己时,感到很是意外,脸上的神情显得有些冷漠,一双妩媚而充满忧郁的眼睛凝视着阿清:"早上好!"冰倩面带笑容客气地说道。没等阿清回答,她已扭过头继续朝前走去,仿佛阿清从未出现过一样。

阿清因她的冷漠而深受触动,当冰倩不顾一切地再次在晨雾中渐渐消失时,阿清内心突然感到一阵莫名的失落感,加上秋日天气的萧瑟和朦胧,失落感陡然强烈起来,以致他不免因冰倩在半路的出现而感到无尽的孤独和哀伤起来。他抬头看着秋日天空的宁静与萧瑟,甚至渴望自己是一片被秋风吹落的叶子。就在他沉迷于内心的哀伤之时,一辆在晨雾中驶来的货车冷不丁地出现在他面前,当他看到车辆突然出现在面前想要躲避时,却已经来不及,被货车直接撞倒在地。货车司机见撞到人,便想着赶紧驾车逃走,迅速扭转着方向盘,以致货车从路的左边直接窜到路的右边,压过路边的牙石,跌跌撞撞险些翻倒,而后一溜烟消逝在雾气中。

阿清受到货车的碰撞,顿时失去了意识,一动未动地躺倒在路面上。这时,正在前面走着的冰倩,听到了身后紧急刹车发出的声响以及车轮压过路边牙石的磕碰声,而后又恢复了宁静,只有一丝潮湿的风在耳边轻声鸣响。她回头望了望,除了灰蒙蒙的雾气,什么也没看到。

她继续向前走去。刚走了一段路,她又忍不住停下脚步,向身后再次望去,却没有如臆想的那样看到阿清的影子。于是,她心里开始隐隐不安起来,不由得放慢了脚步,反身向后走去。她清晰地看到雾气在眼前缓缓流动,当走到起初和阿清会面的地点,她看到阿清死人一般地躺在地上,脸上沾满了血迹,甚至连轻微的呼吸也感觉不到。

冰倩不禁"啊"的一声惊叫,心里顿时乱作一团。她只好跪在地上,将阿清的头抱在怀里,大声呼喊着他的名字,试图将其从昏迷中唤醒,但终究无济于事。她一时不知如何是好,在弥漫着浓雾的清晨里,不见一个行人路过。

为了将阿清从昏迷状态中唤醒,冰倩将自己的双唇贴着阿清的嘴唇,尝试着进行人工呼吸,其间,或是受了久违的爱情的冲动,冰倩不由得流出了眼泪,在温暖又柔软的嘴唇之间,她将自己对阿清的爱慕无声地倾诉出来,她万万没有想到自己会在这样的情景中与自己爱慕的男人如此亲近,就在刚才,她还为自己的冷漠在心中暗自懊悔。

过了很长一段时间,阿清从昏迷中渐渐苏醒过来,意识到自己是躺在冰倩的怀里,同时望了望弥漫着雾气的灰暗天空,他感到自己像是刚刚死过一样,对眼前的这个世界有种强烈的陌生感。

"我怎么会这样,刚才发生了什么?"阿清声音微弱地问道。"没什么,你刚才被车撞倒了,"冰倩紧紧地搂抱着阿清一边安慰道,"快把我吓死了……好在你醒过来了。""哦,我好像看到有个黑色的东西突然出现在我面前……感觉真像是一场梦啊。""你好像是被吓到了吧。""没有,我只是觉得很突然,甚至来不及去发现。""如果你有时间去发现,那你就不至于这么倒霉了。""是啊,的确没想到来得那么突然……"

……

身体完全康复后,为了感谢冰倩对自己的救命之恩,阿清邀请冰倩来到一家西餐厅吃饭,他提前在预定好的座位上等候着冰倩。那家西餐厅是阿清常去的一家餐馆,他对餐馆里的设施可谓了如指掌,曾经他在这同一家餐馆和阿秀一起吃过饭。因此,当阿清独自坐在飘荡着从唱机里发出的悦耳的音乐声的餐馆里时,他自然而然地想起了几年前的那段往事。

他在脑海里试图将往事从头到尾回想一遍,但他却意外地发现自己已经无法清晰地记起阿秀的容貌,脑海里留存的只是令人蒙受欺骗的熟悉的影子而已。不过,他仍然能够回想起阿秀那双长得美丽动人的双眼,曾经就是那双眼睛令他感到迷恋和忧伤。

"或许阿秀还在心里怪我吧。"阿清暗自思忖道,"现在想想,我是多么无情

的一个人啊。"

虽然只是一顿简单的午饭，但对阿秀而言却非同寻常，她是怀着满心的热情来和阿清吃饭的。只是这一切对阿秀而言都是难以猜透的谜语，对阿清而言却是那样明了。

阿清还清晰地记得那天中午，阿秀穿着迷人地来报社找自己，当时阿清正和冰倩从办公室走出来，两人在半路上刚好遇到了阿秀，阿秀微笑着和阿清打了招呼："阿清，中午我们一起吃饭吧？"阿秀充满期待地问道，眼睛里闪动着晶莹的光芒。阿清爽快地答应了她，然后他转向冰倩将阿秀介绍给她认识，在阿清的介绍下，阿秀微笑着主动伸出右手。在握手的一瞬间，冰倩注意到了阿秀那只白皙而纤细的手，就连自己也因阿秀的手的美丽而受到触动，甚至产生一丝嫉妒。

冰倩看着两人并肩走在一起的样子，心里很不是滋味，在那一刻她感受到了一个女人天生的内心的软弱，她仿佛看到阿秀轻易地将阿清从自己身边夺走，却毫无阻拦之力。面对身材矮小而迷人的阿秀，冰倩尽管在外貌上拥有战胜她的自信，但此时此刻内心却充满了自卑和绝望，她甚至对一个男人的审美和一个美女的吸引力产生了怀疑。好在阿清和阿秀在她能够承受住来自内心的压力之前消逝在一丛路边的灌木丛背后，冰倩才终于缓过神来，而后独自寂寥地回到了办公室。

冰倩内心的复杂和深刻的变化并未如同从天而降的雨滴那样令人全然忽略，在陪着阿秀步出报社敞开的大门时，他似乎看到了迷失中的冰倩，出于一种内心的直觉，他多少能够感觉到冰倩内心的所思所想，这样一种类似自恋的念头反而令其内心平添一阵哀伤。在和阿秀聊天时，他不知不觉间将内心的这种哀伤流露了出来，不时发出哀叹之声，阿清不知自己该如何来回应这些发生在自己身上的情感故事，其中涉及的每个人不知该感到幸运还是悲伤，就在这时候，他才真正意识到简单而忠贞的爱情对于一个人该有多么重要，过多的情感体验反而意味着人生的飘零。他甚至会因此深深责备自己，心里不该如此想念着多个女子，这或许就是一种不忠于爱情的表现吧，阿清边走边默默自语，一边为身旁一脸单纯的阿秀感到深深的爱怜。他在想，今生能够遇到像阿秀这样善解人意的女子的确算得上是人生的一大幸事，但在跟阿秀交流的过程中，他总是感到一种飘零之感，一种不安全感始终缠绕着他，于是，在两人之间总是游荡着一种类似恋人般的情感却又永远难以明了。渐渐的，两人也就习惯了这样暧昧的关系，只不过这已是后来的事情了。

当阿秀决定邀请阿清吃饭时,她内心涌动着哀伤的波澜,尽管表面上看上去仍旧面带微笑。前往饭馆的路上她都在努力在脑海里搜索着话题,以避免两人陷入沉默的尴尬境地,她的话题似乎永远没有离开两人在纱厂工作的那几年的岁月以及一起回乡的唯一而难忘的经历。

阿清不禁对她的记忆力感到十分惊奇,因为阿秀在回忆那些往事的时候,往往会将很多无关紧要的细节说得那么详细。"那天我一共捡了二十只柳絮。"回想起曾经两人一起走在暮春的林荫道上时,阿秀满怀喜悦地说道,而阿清对这段往事仅剩下模糊的记忆而已。

阿清坐在西餐厅里,透过窗外灰暗而朦胧的天气无意间看到冰倩正小心翼翼地穿过车辆行驶的街道,脸上的神情显得多少有些忧郁,这一点和阿清对她平日的印象显得有些不同。

看到冰倩走进餐厅,迷茫地在餐厅里寻找阿清时,阿清连忙从座位上站起来向她招手,冰倩看到他后径直走了过来。直到这一刻,在阿清的脑海里还恍惚着阿秀的身影

阿清像多年前请阿秀吃饭一样,给每人各点了一份餐厅的招牌牛排,当服务生将牛排放在面前,揭开上面的金属盖子时,冰倩便拿起刀叉专心地吃了起来,看上去完全将对面的阿清给忘记了。这一发现令阿清感到十分惊讶,他没有想到面前的这位女子和阿秀的举止竟如此相像,就是这样一个不经意的发现陡然间增添了阿清对冰倩的恻隐之心,于是他像看着自己心爱的孩子那样对冰倩充满了爱怜之心。

为了打破餐桌上的沉寂,阿清开口说道:"看这天像要下雨了。"阿清边说便侧身向右边的一扇玻璃窗望去,看到外面街道上的行人正在匆忙赶路。"是呀,我来的路上已经开始下雨了。"冰倩边说便用手抚弄了下背后打理的齐整的秀发,仿佛上面沾有雨滴一样。

此时此刻,看着面前的冰倩,阿清内心不禁涌动起一股对他来说显得十分陌生的情感,他没有意识到自己渐渐对冰倩产生了爱的冲动,他将内心的爱通过目光无声无息地流露着,而冰倩却对此毫无知觉,只是像个内心单纯的孩子一样沉迷于牛排的美味。这样一种彼此沉默的状态对彼此来说却意味着极为幸福的时刻,冰倩

表现得像个性情温顺的被爱包围的女子，默默地体味着阿清内心对自己的变化和爱恋之情，与以往不同的是，她已经心甘情愿处于这样一种爱的被动的地位。

阿清就这样像看着自己的恋人一样看着冰倩，直到冰倩发现他几乎没有吃任何东西，"你怎么不吃呀？"冰倩语气认真地问道。"哦，正在吃呢。"阿清随即拿起刀叉吃了起来。这时候，餐厅里光线明显地暗淡下来，两人不约而同地向外面看去，天色已经显得十分阴沉，意识到天要下大雨了。"看来雨要下大了。"冰倩说道。"是啊。"阿清答道。

在阴沉的天气的衬托下，餐厅里的光线显得愈来愈暗，在餐厅就餐的人们也都不怎么说话，静默地吃着东西。或许是受了天气影响的缘故，无形中拉近了两人之间的距离，透过昏暗的光线，彼此会心地看着对方笑了下，就是这莫名而短暂的会心一笑给了阿清表露心迹的强大勇气，他主动伸出右手碰了碰冰倩左手的大拇指，而冰倩却条件反射般地往后缩了下，左手放在餐桌上微微颤抖，阿清继又向前挪动右手，温柔地捏住了冰倩左手的大拇指，一边深情地望着冰倩绯红扑面的脸容。

在阿清的"威逼"之下，她温顺地听从了他，将头深深地埋在胸前，再也无心吃东西了。冰倩如此谦卑的表现令阿清涌动着悲喜交加的情绪。令他感到哀伤和难忘的却是对阿秀的回忆。多年以前，像冰倩一样坐在自己面前的是阿秀，阿秀兴高采烈地回忆着曾经两人一起工作的那段时光，为了能够唤起阿清的兴致，阿秀一直不停地给他讲这讲那，一双妖媚的眼睛时刻闪动着喜悦的光芒。直到现在阿清似乎才多少明白了阿秀的良苦用心，领悟了深深埋藏在她内心的哀伤和自卑，以及她那不懈追求的勇气和毅力。就在临近离开餐厅前一段时间里，阿秀还反复地请求阿清以后还要带她来吃这家的牛排，还说这是对她再好不过的报答了。

从餐厅出来时，街道上已经荡漾着无数的雨滴，由于没有带雨伞，冰倩和阿清两人共撑一把雨伞。当走在烟雨迷蒙的街道上时，阿清发现密密麻麻的雨水将两人与外面的世界隔离开来，这无形中拉近了他和冰倩之间的距离。

雨水在脚下轻快地流淌，阿清不顾一切地踏进雨水里，心里却没有停止因阿秀而引起的阵阵哀伤。就在阿清因此心不在焉时，从旁边驶过的一辆汽车将路面上的积水溅了起来，多亏冰倩反应敏捷，一把抓住他的手将他拽到了一旁，阿

128

清神色慌张地醒悟过来。"我又救了你一次,"冰倩开玩笑地说道,"你好像心不在焉,在想什么呢?""哦,没想什么啊。"说话的同时,冰倩仍旧牢牢地牵着阿清手不放,似乎并没有意识到这一点。阿清从旁边看着她秀丽的容颜,心中不禁为之一震,在起初的刹那间,他几乎肯定自己已经对她动了真情,她已经偷偷占据了自己的心头,但他仍旧无法将阿秀的影子从脑海彻底忘记,甚至不愿将其有丝毫的遗忘,他似乎隐约看到阿秀正迈着轻盈的步伐渐渐离开自己,当自己最无助的时候没想到竟是另外一个女人如此亲近地出现在自己身边。

凭借着女人特有的直觉和敏感,冰倩清楚地明白阿清的心思,她为此而感到既爱又恨,理解和自私仿佛两股敌对的势力在心中翻腾着,但她终究还是选择了容忍和沉默,她知道自己对此毫无干涉的权力。于是,在接下来的一路上,她松开了牵着阿清的左手,独自默默无语地埋头前行,像是将阿清完全抛在了脑海之外。从雨伞外面斜斜地飘落下的雨水浸湿了她前额上的刘海,雨滴顺着刘海流到了脸颊上,但她却毫无知觉,只是不声不响地往前走路。

眼看着就要走到报社前面的那条宽阔而干净的大马路时,冰倩才下意识地回头看了看阿清。阿清似乎意识到自己对冰倩欠缺了什么,直到这个时候才有所醒悟,为了抓住最后的一丝机会,不再继续踟蹰、迷失,他主动去抓住了冰倩的左手,这一动作显得是那么的平静而熟练,像是交往了多年的恋人一样。就在感觉到自己的手被阿清紧紧抓住的一瞬间,冰倩忍不住流出了眼泪,少女发育成熟的胸脯微微地起伏着,她没有表示出丝毫的拒绝之意,任由阿清牵着自己的手。

……

多年以后,在经历了无数的情感纠缠之后,阿清轻易地决定了自己一生的爱情,在那一刻,他心里没有喜悦和哀伤,只剩下一片空白。

那天晚上,他一边倾听着屋外淅淅沥沥的雨声,一边忙碌着收拾书房里零碎的物品,当他好不容易打开锁了多年的书柜时,意外发现了一本保护得很好的相册,他从中竟然看到了一张张茉莉的照片,照片中张茉莉面带疲倦的笑容站在一株滕树下面,滕树开满了密密麻麻的红色小花。直到这时,阿清才隐约明白了为何张茉莉对自己永远都显得那么冷漠,他想如果换成是自己,也会做出同样的抉择吧。

此时此刻,他似乎已经难以明白自己为何如此珍视那些令人容易伤感的记忆。为了彻底忘记那些琐碎的往事,也为了避免让冰倩看到,阿清当即决定将那

些照片统统烧掉,并仔细地看着火苗将张茉莉年轻的容颜慢慢吞噬。在吃晚饭之前,他独自走出书房,在位于庭院左侧的一棵石榴树下的躺椅上躺下休息,透过石榴树稀疏的树影,他看到夜空中闪烁的繁星,在这静谧无人的时刻,他再次想到了阿秀,他意识到已经很多年没有她的音信了,他还依稀记得曾经和阿秀一起坐在夜晚的庭院里的情景,那已经是很久以前的事情了,他还记得那时候无意间认识了阿秀的表妹,从那以后再也没有见过她……

阿清望着闪烁的繁星,躺在椅子上不知不觉有了些许睡意,他在那些多到无数的星辰中发现了最亮的一颗,就一直目不转睛地凝望着那颗星辰,渐渐地他从其中看到了阿秀的容颜。他将自己曾经对阿秀表妹的爱恋对着阿秀倾诉了出来,并请求阿秀能够原谅自己的多情,以及对阿秀的爱情的冷漠无知。

在一个平静的秋日的晚上,阿清和冰倩入了洞房,两人甚至没来得及收拾下婚宴的残局。阿清紧紧搂抱着冰倩柔软的腰身,彼此说话的声音充满了轻微而急促的颤抖,空气中弥漫着冰倩的体香和胭脂粉的味道。

在后来漫长的人生中,每当阿清回想起自己的洞房之夜,总会意识到自己只有在那一个短暂的刮着秋风的晚上是完全属于冰倩的,其余的时间,他不得不承认内心里始终怀有其他女人模糊的身影,但他又清醒地明白,自己对于已经拥有的婚姻和爱情将会忠贞不渝的。

然而,尽管内心对冰倩的背叛难以令其有丝毫的察觉,但他仍旧时常感到对她的亏欠,这或许就是婚姻和爱情的真正的区别吧。这种内心的亏欠每一个夜晚都会转化成对冰倩的深深的爱,冰倩也从未因此怀疑过阿清对自己的爱情。

秋日的夜晚,当阿清抱着冰倩甜美的入睡时,他听到屋外萧瑟的秋风从墙壁上的天窗传过来,他内心不禁想到屋后原野空旷而荒凉的景象,在看不见的夜晚,枯黄的树叶一片片地被风狂乱,在坚硬而干燥的土地上刮来刮去。阿清习惯性地发出轻微的哀叹声,被昏睡中的冰倩听到了,她便睁开眼睛看着他问在哀叹什么,阿清轻轻摇了摇头说没有什么,而冰倩却用疑惑的目光盯着他看,但她最终还是没有再继续询问下去。

婚后的日子,阿清和妻子过着简单而美好的两人世界,阿清整个人似乎也变成了思维简单的动物,整体显得一副慵懒的样子。新婚的美好将其他一切都衬托得极为平淡,婚后最初的那段时间阿清心里也只装着冰倩一人。

一天中午,阿清在家闲得无聊,便拿着一把斧头前往屋后的树林子去砍些干柴回来,前往树林子的路上,秋日的阳光暖洋洋的照耀着四周的庄稼地,路边没过膝盖长满穗子的牛鞭草在阳光里闪烁着灿烂的光芒。阿清一边悠闲地往树林子走,一边用手挥打着牛鞭草的穗子,每当挥打过去,无数粒草籽便会哗啦哗啦地往下掉。当走进树林子的时候,他无意间在一排粗壮的洋槐树旁干燥的沙土地里看到了一簇簇生得矮小的野草,野草正盛开着五颜六色的小花朵。对于一个从小在农村长大的人来说,这并没有什么奇怪的地方,田野里总是生长着各种各样的花草。

当阿清依靠着一棵洋槐树小憩时,他被身边开着小花朵的野草深深地吸引住了,他虽然喊不住野草的名字,却仿佛在哪里见过,但他一时难以记忆起来。

沐浴着暖和的秋阳,阿清坐在沙土地上泛起了困,迷迷糊糊地就睡着了,在昏睡中他似乎同样闻到了五颜六色的野花的浓郁的香味,这香味对他是那么的熟悉,仿佛就在脑海里的某个安静的角落储藏着,但他终究没有想出个所以然来。

直到他醒来即将离开树林子时,他突然想起了脑海中关于那些野花的记忆,他想起了在阿秀的身上他曾见到过同样的艳丽的小花朵,那是很久以前,阿秀来看望自己时,身上穿的外套上就印着同样的花朵,这是阿清在婚后再次想起阿秀时的情形。看到那些生长在干燥的沙土地里的色彩艳丽的小野花,看着阿秀年轻而妩媚的容颜一样,心里不禁掠过一阵思念的哀伤,他在花丛的旁边蹲下来,仔细地看着每一朵小花,每一朵小花的花蕊上都沾有些许尘土,却仍旧显得精神抖擞而愉快。"的确和阿秀一模一样啊!"阿清发自内心地感叹道,不禁为之流下眼泪。这时候,从远处的田野里刮来的含着灰白色的尘土的暖风。

起初,阿清产生了折花的冲动,但看到那些平凡的可爱的小花朵时,他实在不忍心向他们伸出手,仿佛那些花就是阿秀一样,不愿去惊扰她,给她带来一丝伤害。后来,由于疲倦,阿清来到一棵粗大而苍老的洋槐树下,靠着粗糙的树干休息。眼前的长满野草的田野被秋日撒上了一层璀璨的光芒,耳边鸣响着秋风拂过野草的飒飒声,风声令阿清感到既舒服又孤独。

离开树林回家之前,阿清再次回到那一小丛野花处,小心翼翼地将野花连带着土壤一起挖了出来,打算移植到庭院的空地里。阿清手捧着带土壤的野花,肩膀上挑着一捆树枝走进庭院的大门时,恰好被冰倩看到。

　　当时她站在庭院里的晾衣架前忙碌着将晾好的衣服收起来,看到阿清风尘仆仆地走进庭院,手里还捧着什么东西,便问道:"你回来了,手里拿的是什么啊?""嗯,几株叫不出名字的野草。""拿那些东西做什么用?""看着好看就拿回来了。"听阿清如此解释道,冰倩便没有再去问他,根据对阿清性情的了解,阿清这样的做法并不令她感到有什么奇怪。

　　"你打算种在哪里呀?"冰倩一边将收好的衣服细心地折叠起来,一边又问道。"就种在堂屋窗户下面的那块空地上吧。"阿清将肩上的树枝卸下来放在柴堆上,便开始种起花草来。

　　冰倩收好衣服后,也凑到阿清身边看着他忙碌,为了防止裙子沾上尘土,她将裙裾仔细地收在怀里。"这样能种活吗?"冰倩疑惑地问道,"应该会的,这些花草的生命力都很旺盛。""这些花草看起来多么熟悉呀!"冰倩凝视着那些花草以一种天真的语气说道。"哦,是吗?"阿清突然停下沾满泥土的双手,扭头看着阿清说道,"不会吧,你难道在田野里有见过吗?""不记得了,感觉在哪里见过。"

　　种好花草后,阿清起身在水井旁的水槽里洗去手上的泥土,一边感受着午后时分庭院的宁静和安详,透过金色柔软的阳光他看到无数只细小的飞虫在空气中无声无息地飞舞着,这些发现令他清晰地意识到了生活的平淡无奇。

　　阿清站在红彤彤的午后日光中,对生活产生一种难以言说的苦闷,这迫使他甘愿沉浸在独自的孤寂之中,就在这个时候,他仿佛才对生活有了真正的体会,甚至对自己过着这样的生活产生了某种疑惑和厌倦,他不知道接下来的时光将怎么度过。

　　就在转身离开之时,他看到妻子忙碌的身影,妻子正用一根细长的荆条抽打着晒好的棉被,她挥动荆条的动作使她看上去更加迷人,丰满而修长的身体无形中唤起了阿清对她深深的爱恋,他不禁觉得妻子是如此的富有魅力,给这单调的生活增添了足够的乐趣。冰倩在忙碌的间隙看到阿清独自一人站在水槽旁边的一棵瘦小的洋槐树下打愣,便说道:"你在愣什么呢,过来帮我拿下棉被。"妻子的说话声将阿清从沉默中唤醒,他赶紧来到妻子身旁将一条抽打蓬松的棉被从晾衣绳上拿下来扛在肩膀上,正要往堂屋左边的卧室里走时,被妻子一把拉住了肩膀,"别动!"妻子说道,她惦着脚跟望着阿清的头部,一边用手仔细地检查着他浓密的头发,"怎么了?""没,你好像又多了不少白头发。"妻子轻声叹了一口气。就在她专心为自己检查头发时，阿清近距离地看着她专注的模样，由于内心的感动而眼泪盈眶，因为妻子的存在他真切感受到了生活的真实和担当，他不由觉得自己刚才对于生活的虚无的幻想是多么的不切实际啊。

当妻子从阿清头上揪下一根白头发拿给他时，开玩笑地说道："哎，你已经老啦。"阿清一把将妻子拉近怀里，亲吻了下她的脸颊，回应道，"是啊，的确是老了，后悔嫁给我了吧。"阿清拥抱着妻子并肩坐在庭院东面堆在一起的树干上时，妻子问他心里在想什么，阿清轻轻摇了摇头告诉她自己什么也没有想，于是妻子反过来告诉他这样的生活如此的美好，她已经感到格外满足了。

大约过了一两周的时间，阿清在堂屋窗户下的一块空地上移植的那些花草已经适应了新的环境，并兴致勃勃地生长起来，椭圆形的叶子渐渐连在了一起，看上去嫣然一片绿色。

一天清晨，冰倩刚盥洗完毕，边梳理头发边走出屋门，不经意间看到了那片花草，顿时感到眼前一亮，内心不禁为之感到一阵惊喜，她没想到会有这样好的成果出现，本来还把阿清的这种行为理解为孩童情趣的表现，于是没在上面花费多少心思。

"阿清，你快过来看！"冰倩忍不住兴奋地向阿清喊道，阿清正在庭院门口处的柴火堆旁用斧头劈柴，听到冰倩的喊声，问道："怎么了，要看什么？""你过来呀！"于是，阿清将斧头放在地上向妻子走去。"这不是你弄回来的那些花草吗，"冰倩用手指着道，"看，都长得这般茂盛了！"听到妻子提到花草，阿清便自动停住了脚步不再往前走去，"哦，你说那些花啊，我已经看到了。""是吗？""嗯。""那我知道了，我还以为你会感到惊讶呢。"妻子如此天真而诚恳地向阿清坦诚自己的内心，这令阿清多少感到有些愧疚，在妻子心目中那些花草仅仅是纯粹的令人愉悦的植物而已。

阿清站在较远处回过头来看花草在晨光中闪烁着晶莹的水珠，花草本身仿佛蕴含着不可言说的秘密，他甚至有种对妻子背叛的隐忧和不安。为了内心的愧疚和不安，阿清奋力地挥动斧头劈柴，木柴的碎屑被溅得到处都是。但在他的脑海里，却难以抑制那些花草繁茂生长的情景，那一片浓密的绿色给整个庭院增添了无限生机，显得张扬而又神秘。

当他劈柴劈到汗流浃背将手中的斧头停下来时，他将目光再次投向那片生

长的十分茂盛的自由自在的花草,看到绿油油的叶子在微风中疏懒地摆动着。看着那些花草,阿清就像是看到阿秀的身影一样,内心深处禁不住涌起一阵哀伤和喜悦,此时,冰倩正提着一只铁皮水桶忙着给花草浇水,阿清并没有将注意力放在她身上。

"你说它们会开花吗?"冰倩边给花草浇水边问阿清道。"会的。""那什么时候才会开呢?""明年春天吧,今年已经错过季节了。"

正如阿清所言,第二年的春天,那些花草死而复生,在销声匿迹了整个漫长的冬天之后,终于重新长出新的嫩叶来,仿佛在一夜之间,那些花草又恢复到了繁茂景象。阿清发现新生的花草时,正值一场春雨袭来,空中刮着料峭微风,阿清穿着黑色的风衣从外面回到家中,当他刚踏进庭院门口的一瞬间,看到了窗户下面色泽鲜艳的花草,猛然间唤醒了在内心沉寂已久的思绪,他不禁倒抽了一口气,因之而来的冲击力使他盈出了泪水,他意识到自己很久没有再认真想到阿秀了。

就在这时候,阿清的小儿子阿宝从堂屋里满心欢喜地奔跑出来,边跑边以稚嫩的充满喜悦的声音喊着爸爸。儿子的喊声将阿清从沉思中唤醒,阿清将跑到面前的儿子一把抱了起来。

当天气变得暖和些时,那一片花草不知不觉开出了许多鲜红色的小花。阿清望着那些色彩艳丽的小花,忽然想起了阿秀涂抹过口红的嘴唇。在阿清印象中,阿秀本是不爱装扮的人,记忆中阿秀唯一明显的装扮就是那次阿秀去报社看望阿清的时候。那天,阿秀将自己的整个脸颊涂了一层很厚的粉霜,看上去脸色显得有些苍白,她也将嘴唇涂上了鲜艳的口红。

在看望阿清之前,阿秀特意将自己悉心妆扮了一番,整张脸显得格外浓艳,见到她的第一眼阿清就清楚地看到了她的这一变化,尽管他意识到阿秀化妆的明显失败,但仍旧感觉到了她的妩媚。显得苍白的脸色搭配上鲜血般的红唇,造成了强烈的对比,以致看上去一时难以察觉到她原来的模样,阿清在一瞬间突然对她产生了一种陌生感,直到她面带僵硬的笑容主动开口说话,阿清才重新想起她原来的模样。但她装扮的过于夸张的脸却给阿清留下了难以磨灭的印象,看着阿秀的被脂粉完全掩盖的脸颊,阿清多少感觉到了她流露出来的冰冷和坚毅,这令他突然想起了日本作家笔下所描述的那些妆化得很夸张的艺妓们。

九

临走的前天,天气突然阴沉下来,北风将土地上干燥的沙尘刮得漫天飞舞,庭院的大门被风刮得来回不停地碰撞着。冰倩穿着褪色的围裙站在门楼下面,带着袖套的一只手臂挡在眼前避着风沙,一边用一截木头将门挡住,使其不再发出碰撞的声音。她看到小儿子正站在屋檐下望着自己,神情怅惘而木讷,冰倩不禁心生无限爱怜和歉疚之情,用满怀母爱的目光望着自己的儿子,一边对他说道:"外面刮起风沙了,要下雪啦,宝贝儿子!"这时,一阵狂风迎面刮来,将尘土卷地而起,冰倩被裹在了烟雾般的尘土之中,她闻到一股呛人的沙土味儿,被风刮起的尘土在她和儿子之间筑起了一道模糊的屏障,她透过屏障看到儿子依旧一动不动地站在那里。当她把屋外的一些家什收拾妥当后,从庭院外面的草垛里抱回一堆劈好的干燥的木柴后,她才扑打干净身上的尘土,回到走廊上将儿子抱在怀里。

傍晚时分,天空开始零星地飘落下细碎的冰凌,冰凌打在冻得硬实的地面上发出清脆的声响,凌乱而轻快地向四处迸溅。闲暇的时候,冰倩抱着儿子站在屋檐下望着飘雪的庭院,苗条的腰身依旧围着那件半旧的围裙,一阵寂寥和孤独伴随着飘雪袭上心头。

空荡荡的庭院里除了自己和儿子别无他人,显得如此凄冷不堪,她有时甚至在内心会迁怒于阿清,觉得他对自己和儿子太过无情,竟撇下他们独自守着空荡荡荒芜的庭院,而自己逍遥地离去。当这种想法在内心产生时,她又会不由自主地为阿清开脱,为他突然离去自行寻找各种各样充分的理由,她因此而怨恼自己是个自相矛盾又心软的人。她想着哪一天再和阿清团聚时一定要让他把欠缺自己的全部偿还……

就在断断续续的遐想间,地面上已经蒙上了霜一样的雪粉,看着那些从天而降的奇异而安静的雪粉,冰倩有种岁月恍惚之感,仿佛已经变了一个世界,而自己深爱的阿清也已不属于眼前的这个世界。想到这里,她便忍不住看着被棉袄

和棉帽包裹得严实的儿子,愈发觉得儿子对自己生命的重要,不禁将儿子再次紧紧地抱在怀里,一边宝贝宝贝亲切地叫着。儿子透过棉帽的柔软的绒毛主动亲了下冰倩,冰倩顿时感到一股暖流遍布全身。

这时,拴在房屋窗户下一处简陋的木棚里的狗耷拉着耳朵发出可怜的鸣鸣声,狗的鸣叫声引起了冰倩的注意,她转身看到狗窝里已经被风雪掩盖得差不多了,风雪从房屋和围墙间的一处狭窄的缝隙间刮过来,将狗冻得瑟瑟发抖,浑身的毛僵竖着,可怜巴巴地望着女主人。

于是,冰倩将儿子放下来,从屋里拿来一只破旧的麻袋,将其撕开堵在缝隙间用来阻挡风雪,而后又从庭院外面的麦秸垛上抱了一大把麦秸回来。狼狗欢快地摇摆着尾巴,围着冰倩不停地蹦跳打转,用前爪扑抓着她的围裙。为了不让狗弄脏围裙,冰倩用一只手使劲驱赶着,一边将麦秸垫在狗窝里。

忙完这些事情,冰倩重新回到屋檐下将小儿子抱在怀里,心里同时还惦记着另一件更为重要的事情。"终于下雪了!"她在心里暗自感叹道,"这可是这个冬天第一场雪,来得显然有些迟了。"看着雪势愈来愈大,冰倩仿佛看到庭院外面荒芜的原野上已经披上了一层厚厚的洁白无瑕的银装。于是,她想到阿清在信中跟自己说的那些话语。阿清在信中写道自己多么怀念家乡的雪,还赞美冰倩说她像雪中的天使那样纯洁美丽。

第一次读到丈夫在信中如此赞美自己时,冰倩脸颊上不禁涌上一阵持久的红潮,单调无味的生活带给她生命中的沉寂顿时变得有声有色,甚至不由自主地感到由衷的喜悦。在那一刻,她意识到自己多么渴望能够得到丈夫的拥抱和亲吻,她已经很久没有被丈夫亲密地拥抱在怀里的美妙感受了。

因信件的内容而沉浸在美好的遐思中,由于情不自禁地投入,她不禁呼吸变得急促起来,最后还是儿子嘴里发出的咕噜咕噜声将她从中唤醒过来。"既然他如此喜欢雪,我就给他拍下家乡的雪景吧。"冰倩思忖道,"他也很怀念我和儿子吧。"

想到这里,冰倩便回到卧室,打开结婚时带来的一只红色的皮箱,从中取出一只照相机和备用的一卷胶卷,然后抱着儿子向庭院外面的原野走去。此时原野上已是一片白茫茫的冰天雪地,狂乱的寒风令冰倩顿时感到冰冷刺骨,她匆忙将儿子紧紧地搂在怀里。

为了能够拍到最壮观的雪景,阿清沿着乡间通向远处树林的小路径直向北走去,路面上已经积了半尺深的雪。当走出村庄时,由于没有了房屋的遮挡,凛冽的北风呼啸着迎面扑来,空中荡漾起了雾气般的雪粉,整个原野看上去像是奔腾的洁白的波涛一样。

　　冰倩抱着儿子步履艰难地走着,一边不停地跟儿子说道,"乖乖儿,乖乖儿,一会儿就不冷了,不冷了⋯⋯"直到远处的树林像一道阴暗的墙壁般出现在雪幕之中。冰倩才在原野中间空旷的雪地里停下脚步,并将儿子从怀里放下来,让他背对着北风站着,或是受了寒冷的缘故,儿子面无表情地看着冰倩,两只小手瑟缩在棉袄的袖筒里。冰倩匆忙从衣兜里取出相机,后退几步到适当的距离,对着儿子连续拍了几张照片。相隔只有短短几米的距离,由于飞雪的遮掩,透过相机的镜片冰倩感觉到视线的模糊,同时却又清晰地看到几片羽毛般的雪花在儿子眼前悠然划过。冰倩透过相机看着儿子,儿子宛若雪人般站在没过脚踝的积雪中呆立不动,目光可怜地凝视着母亲,对母亲的所作所为似乎毫不理解。一种爱恨交织的情绪顿时涌上心头,爱的是儿子,恨的是阿清,而冰倩也只有将怨怒深深地埋在内心深处,荒凉的原野里没有可供她发泄情绪的对象。

　　"作为人,同样地都是活着,而我却为何经历这样的人生⋯⋯"冰倩一边看着自己在风雪面前显得胆怯的儿子,一边如此自怨自艾道,"如果能够重新选择一次人生,我还会选择过这样的生活吗,我还会那么拼命地爱上一个不值得爱的男人吗? 人生的所有遭遇永远都无法令人确信和把握⋯⋯这或许就是我的命吧⋯⋯"鹅毛般的雪花大朵大朵地从灰暗的天空簌簌而落,在儿子毛茸茸的虎头帽上落了一层。

　　拍完照片,冰倩连忙将儿子从积雪里抱在怀里,一边安慰着,"乖乖儿,冻坏了吧,冻坏了吧⋯⋯"一边踩着积雪咯吱咯吱地往回走,路边麦田里一只裸露的水井像是一个狭小的黑洞安静地躺在雪地里,冰倩不失时机地告诉儿子那是一口水井,里面装满了水,用来浇灌庄稼用。

　　就在覆满积雪的田间小路上走着时,冰倩突然感觉到腹部一阵抽搐般的疼痛,仿佛里面有刀在慢慢割似的剧痛,由于实在忍受不了那股疼痛,冰倩不得已匆忙将儿子从怀抱里放下来,蹲坐在雪地里,没过多大一会儿,那股疼痛顿时又消逝不见了,冰倩怀疑自己是吃坏了肚子,便没有将其放在心上,继续抱着儿子

回到了家里。

当天晚上，冰倩躺在床上翻来覆去难以入眠，透过墙壁上的天窗她听到房屋背后的槐树林里发出鬼哭狼嚎的声音，风雪声令她感到内心一片荒凉。荒凉之感随着时间的流逝带到了她的梦境之中，她梦见儿子在狂风暴雪的夜晚突然离自己而去，儿子穿着厚厚的棉衣笨拙地行走在槐树林下被雪覆盖的一条小路上，头也不回地向远处的雪幕中走去。冰倩看到儿子离去，便忍不住狂奔过去，试图将其拦住，一边撕心裂肺地喊着让儿子停下来，而儿子对她的喊声无动于衷……

这时，冰倩突然被噩梦吓醒，意识到自己正躺在自家房间里，刚才恐怖的一幕只是梦境而已，连忙用手摸了摸身边的儿子，发现儿子正安稳地躺在旁边睡眠，这才长吁了一口气。这时，她才发现自己已被噩梦吓出一身冷汗，浑身湿漉漉的。

趁着窗外幽暗的雪光，她披上棉衣起床，从洗漱架上取下毛巾将身上的冷汗擦拭干净，而后回到床上躺下。刚才做的噩梦仍旧令她心有余悸，她是个多少有些迷信的人，尽管那只是梦，却令她感到无力和哀伤，她意识到自己已经遭遇到厄运，但心里对之毫无知觉。

从那以后，冰倩没有再无缘无故地因恶心而呕吐过，当意识到自己身体的这一变化时，她正抱着儿子欣赏庭院里一株长得粗壮的月季花树，月季花树的枝条在寒冬中已经开始泛出淡淡绿意，冰倩知道，用不了多久春天就要来了。欣喜之余，她突然想到自己很长一段时间没有感到恶心和呕吐，心里隐隐地意识到那个尚未出生的孩子永远不能来到这个世界。发生在自己身上的噩耗伴随着冷漠的冬雪传来，冰倩心里却未因此而感到哀伤，尽管她告诉自己按照常理自己该伤心的死去活来，但她却连一滴眼泪都没有，在有无之间她似乎难以区别开来，更分辨不出谁更必要。因此，自己怀孕并流产的事情她完全掩埋在了心底，就连自己的丈夫阿清也从未告诉过。

就在那年冬天，冰倩将自己和儿子的照片寄给阿清时，阿清所在的城市同样下起了雪，阿清站在住所前空旷的地上仰望着漫天飞舞的雪花，一边遥想着妻儿在故乡生活的情景。冰倩在信里提到故乡正下着入冬以来的第一场雪。

寒冷的天气并未阻挡住阿清火热而兴奋的内心，在这孤独而凄冷的冬天，妻儿的照片仿佛就是一只燃烧着旺盛火焰的炉火，暖烘烘地烘烤着他的全身。阿清伸出一只手接着飘落下来的雪花,并沉迷地欣赏着,雪花在手心里瞬间融化成小水滴黏结在手上,纷纷而下的飘雪拉近了他和妻儿的距离。

这时,一位同事从楼上向阿清大声喊道:"阿清,你站在外面干吗呢?下大雪啦!"阿清回头看了看同事,说道:"知道啦,是啊,下大雪啦!"说罢,便从空地上返回到了楼内,楼内的走廊和楼梯间受了寒气的侵袭,令人觉得比外面的雪地还寒冷。阿清将两手放进衣服的口袋里,瑟缩着身体回到了办公室。

他打算趁着清闲的时间给妻子冰倩写封回信。在信里他简单写了下自己的生活状况,而后他写了对她们母子俩的深深怀念,恨不得即刻就回到他们身边与之团聚。写完回信后,阿清便匆匆走出办公室去外面街道旁边的邮局将信寄出去。

当他来到街上时,发现整条街连一个人影都没有。狂乱的北方将街面上的积雪刮得到处乱飞,裸露着光秃秃的冻得硬实的发黑的泥土。阿清来到邮局,看到隔窗里一个工作人员正无聊地抽着烟,阿清很礼貌地告诉工作人员自己是过来寄信的,工作人员貌似很惊讶地看了一眼阿清,张口欲言又止,倦怠地指了指门外面的邮筒。阿清明白了工作人员的意思,反身走到被雪装饰的白花花的街道上,看到门口旁边竖立着一只破陋的绿色邮筒,邮筒上面落了一层厚厚的雪,在狂风的作用下,雪花还在不停地往邮筒侧面的投递口里刮,由于担心信件被雪浸湿,阿清低头凑近邮筒的投递口向里面看去,由于光线暗弱,只见黑乎乎一片什么也看不到,就在这时,一股冷风卷着冰凌朝着他脸上刮来,冰凌仿佛碎石子般狠狠地打在他脸上,由于疼痛,阿清不禁用衣袖将自己的脸给掩盖起来,无奈之下,他只好将信从投递口塞了进去,信件毫无声响地落进了邮筒里,像是掉进了漆黑的无底深渊。

回去的路上,阿清踩着街道上厚厚的积雪,刚走到向右拐的道路上,迎面碰见了阿秀。

由于多年未见,加上阿秀穿戴严实,他一时没有认出她来,像遇到陌生人一样正要擦肩而过,就在这时,阿秀突然喊住了他,"阿清,我是阿秀啊,"阿秀近乎失声喊道,声音里充满了激动和惊讶,"怎么,你不认识我了?"阿清被突如其来的喊声打断,看着面前的阿秀一时显得不知所措,脸上露出迷茫的神色。

"阿秀?你,你怎么突然出现在这里啊?""没想到吧!"阿秀回答道,"我刚才去你办公室找你你不在,就在附近随便转悠一番,没想到在这里碰到你了。"

"哦,我刚出来给家里寄封信。""你已经成家了吧?""嗯,是的。""几年不见,你变化挺大的嘛,结婚怎么没告诉我一声?"阿秀做出埋怨的样子看着阿清,一边将红色的围巾解开,露出一头的秀发。"你还是老样子,永远那么年轻。"阿清轻易将话题转移道。"你还是那么会夸奖人。"说罢,两人不约而同地笑了起来。

"这场雪下得很大!"阿秀望着四周的积雪感慨道。"是啊,现在还落着雪呢。"说话的同时,阿清想到了刚才寄信时风雪迎面袭来的感觉,不知为何,他对那样一种感觉深怀不忘。

自从上次离别,阿清和阿秀已有多年没有再见。再次相见,两人心中仍旧留存着彼此的温馨感觉。为了掩饰内心的惊讶和激动,阿清刻意向远处望去,白亮亮的雪光使他感到一阵刺眼,他将目光再次集中到了阿秀身上,冷静而含情地看着她。

两人在街道拐角处停了几分钟,彼此调节着自己内心的突变的感受。这时,寒风席地卷起一片雪粉径直向一面红砖砌成的房屋的墙壁刮去,雪粉撞在墙壁上发出沙沙的响声,令人不禁为之感到一阵颤栗。"这天可真够冷的!"阿秀用戴着手套的纤手捂着脸颊感叹道。"是啊,实在委屈你了。""还好,我又不会在这里待一辈子。"阿秀半似玩笑说道。"即使这样,也实在为难你了。""哎哟,几天不见,你居然变得如此婆妈。"阿秀道。阿清一时没有再说,心里想着岁月如此的匆匆,阔别几年被阿秀轻易地说成几天,在阿清听来即觉得轻松又显得过于残忍,但他没有将这样一种复杂的感受告诉阿秀,在心里也对阿秀的说法有几分认同,只是自己不愿承认罢了。

两人一起沿着被雪完全掩埋的小路往回走去,其间,阿清只是简单地和阿秀聊了聊一些无谓的话题,他的全部心思集中在了四周的雪景和对阿秀本人的感受之中。由于在深没脚踝的积雪中行走,阿秀不大一会儿便气喘吁吁,阿清走在她旁边,感知到她因呼吸引起的胸口的起伏以及她在走路时心思的投入,这给他一种成熟少妇的感觉,受了这种感觉的指使,阿清差点开口问阿秀是否也已成家,但他最终未能像阿秀那样有足够勇气开口谈及这个话题。

后来,阿清带着阿秀回到了自己居住的单位公寓,公寓只有一间房间,里面陈设也很简单,像样点的家具只有书架、桌子和一张单人床。阿秀刚走进房间时,为房间如此简单的陈设感到有些惊讶,她在一张靠窗的椅子上坐了下来。

"你就一直这样过日子吗?""是啊。""好吧,我看你快成修道僧了。"阿秀调侃道,阿清对阿秀的调侃一笑了之,一边给她倒了一杯热茶,阿秀接过茶杯在手里取暖。

"你也坐吧。"阿秀环视着房间对阿清说道,阿清就在床沿上坐下来,位置稍微靠后于阿秀的位置,两人一时无话可说,房间顿时显得异常安静。

为了打破静寂,阿秀故意端起茶杯小心翼翼地喝着茶水,一边仍旧望着窗外的雪景,阿清同样向窗外望去。由于窗外积雪的映照,光线显得格外明亮,使得阿清仅能看清阿秀脸颊的轮廓以及茶水的热气。由于房间过于寂静,窗外的声音居然清晰地传到了屋内,两人不约而同地聆听着一只灰色的小麻雀在雪地里觅食的喳喳的叫声。

就在这当儿,阿秀陷入了沉思,将坐在背后的阿清全然给忘记了。她不禁想起此前自己去阿清工作的报社找他的情景,由于多年不见,她本来打算给他一个意外的惊喜。

阿秀沿着阴暗而湿冷的楼梯间来到走廊,当整个走廊展现在自己眼前时,她的整颗心不禁剧烈地蹦跳起来,她仿佛看到阿清正在一墙之隔的距离,却对自己的到来毫无知觉。阿秀微微踮着脚步缓缓地走完那段走廊,直到阿清的办公室门前。那段走廊对她显得那么的漫长,隔着办公室的门缝,她看到里面空无一人,内心不禁感到一阵失落,尽管她明白在这样清冷的时刻见不到自己想见的人也很正常,却还是难以抑制失落感的突然袭来,就在一瞬之间,阿秀觉得自己是那么的不幸,她悄然转身,望着走廊外的冬日的景象,觉得无比凄凉,仿佛冬日的凄凉都是因自己而生。

在反身往回走时,她想起六年前自己来看望阿清时的情境,自己同样遭遇到如此的冷落,只不过现在和曾经的心境不同罢了。当初的阿秀还是一个内心单纯无知的少女,因为对阿清克制不住的爱恋而主动来找他,就在走廊里阿秀同样徘徊良久,不知如何是好。

她缓慢地沿着走廊来到阿清的办公室前,隔着门帘看到阿清正坐在办公桌前忙碌着,阿秀没有去打扰他,而是站在门外静静地看着他专注的样子,即便这样,她已感到十分的满足。然而,就在咫尺之遥,她却无法将内心沉积已久的爱情倾诉给心爱的人听,"心爱的人啊,该如何才能让你明白我的苦衷呢……"阿

秀如此在内心对阿清哭诉道，她明白自己能做的仅此而已。

后来，她反身离开了那里，很不情愿地在走廊里拖着脚步走着，走廊对她而言显得是那么的漫长，眼泪忍不住奔涌而出。阿秀满怀哀伤地走到楼下，为了避免让人看到自己狼狈不堪的模样，她顺着紧挨楼房墙壁的小路走到一片寂静的草坪那里，在一棵雪松旁边停下，用围巾的一角擦拭着脸颊上的泪水。

为了调节情绪，她躲在雪松浓密的枝叶后面，向远处眺望着。等情绪稍微平稳下来后，她不禁对自己看望阿清这件事产生了担忧，她没有料到自己的情感是如此的脆弱和敏感，唯恐自己在阿清面前有失分寸。

经历一阵情绪上的波动，阿秀感到身心疲惫不堪，她在内心不断为自我如此的折磨抱怨自己，"你为什么会突然这样，为什么……"阿秀一边在弯曲的鹅卵石小径上徘徊不停，一边责备自己，她从未对自己感到如此的失望，她甚至想要放弃看望阿清，就此默默离开。

这时，她看到打扮妖艳的冰倩正从旁边的路上走过来，冰倩以傲慢而冷漠的目光向自己这边瞅了一眼。阿秀内心顿时涌现出新的勇气，她从草地上走到冰倩面前，礼貌地问她是否认识一个名叫阿清的人，冰倩肯定地回答了面前突然出现的陌生女子，"那能否麻烦你转告他一声，阿秀正在楼下等他，谢谢你！""嗯，不客气。"冰倩答应道，正要继续往前走时，她突然反身问阿秀道，"哦，对了，你是他什么人？""我是他朋友，麻烦你转告他一声，实在麻烦你了！""好的，没问题。"冰倩说罢便继续向办公楼走去，阿秀依然在当初草地里的鹅卵石铺成的小径上徘徊等候。后来阿清在办公室寂寥地眺望着窗外的景色，不经意间看到了楼下熟悉的女子的身影，但他并没看出那就是阿秀，直到冰倩告诉他楼下有位叫阿秀的女子找他，他仍旧没有看出那熟悉的身影就是阿秀。

"时间过得真快啊！"阿秀望着窗外清冷的雪景突然感叹道："我感觉自己都已经开始变老了。"阿清似乎没有完全听懂阿秀的话，便没有去刻意安慰她对岁月的叹逝，甚至在内心深处也有类似阿秀的感受，也时常感受到岁月匆匆的流逝。"再过一段时间，就是农历丁未年了。"阿清说道。"是吗，哎，那时我就到了而立之年了。""有什么好叹息的，时间总要一点一点地过去的。""嗯，只是不知明年又是什么年景。""没什么好担心的，一切都会过去的，就像这寒冷的冬天一样。""话是这么说，但谁又能预料得到呢。"阿秀有气无力地说道，"看目前这个样子，只能走一步看一步了。""阿秀，我感觉你变了。"阿清转身看了一眼阿秀，又转向窗外。"有吗，我哪里变了？""很明显嘛，你变得有些多愁善感了。""哦，这样啊，看来我是真的老了。""你又乱说了，问题很明白，这不是你的原因……大家都在变化。""好了，不说这个了，我可没心思来谈论自己如何变化，我这次来还有其他更重要的事情。"接下来的谈话阿秀向阿清提及了自己的表妹若芬，"你还记得她吧，这么多年过去了。"当阿秀再次向阿清说起表妹若芬时，阿清突然从困倦的状态清醒过来，这是多年以后首次听到关于若芬的消息。

"她过得还好吧？"阿清语气迟钝地问道。"嗯，她后来嫁给了一位中学教师，现在女儿都三四岁了。""哦，那我能为她做些什么呢？""先不着急给你讲这些，虽然这是我终究要讲给你听的。"阿秀令人感到有些意外地说道，"我先给你讲讲最初几年发生在她身上的事情吧……"

那年我们一起离开老家后，若芬身上发生了很大的变化，她原本天真活泼的样子突然彻底消失不见了，整个人变得沉默寡言，除了自己的父亲，基本没有跟其他人有过来往，整天整夜地将自己关在家里，她唯一做的事情就是照料庭院里的那些花花草草。那些花草被她照料的格外好，一年四季庭院里都开满五颜六色的花儿，尤其到了夏天，满院子飘荡着浓郁的各种花草的香味。

这件事情在村里都传播开了，大家对她如此的做法有着各种不同的评价，但都没有对她产生丝毫的影响。对了，不知为什么，自从家里养的鸡一夜之间死掉之后，她再也没有养过家禽，她以前非常疼爱那些鸡，看待它们甚至胜过自己。

记得曾经发生过一件令村里人议论很久的事情，我也只是听说而已，并没有亲眼看到过。听村里的一个年轻人说，有一天，他在经过表妹家的庭院时，看到表妹正沉迷地观赏着自己种的那些开得正艳的花儿。她站在花篱旁边，一动不动地看着花草，全部心思都花在了上面。突然她歇斯底里地哭泣了起来，或许是担心被父亲听到的缘故，她将哭声尽力压得很低，整张脸因之涨得通红。这并不算什么，长这么大谁还没哭过呢，只是后来，表妹不止一次被人看到同样的情形，以致看到的人都以为发生了什么难以告人的事情，于是，各种各样的议论开始流传开了，但表妹对此似乎毫无意识，丝毫也不放在心上。

即便如此，给她说亲的人仍旧接连不断，在他们眼中表妹还是那么难得的好姑娘。然而他们都遭遇到表妹彻底的冷漠。那些来到舅父家说亲的人坐在堂屋

里和舅父没话找话地交谈着,却都难以将话题真正转移到表妹身上,无一例外感到很无奈。

当着那些陌生人的面儿,表妹像往常一样来去自如,将大部分时间花在照料那些花草上。出于对她的疼爱,舅父也拿她无可奈何。到后来出现了这样的情形,那些说亲的人或许是为了避免尴尬,或许是真正出于喜爱,不约而同地赞美起表妹养的那些花草来,甚至有人忍不住走进花圃,趁表妹不注意采摘几朵下来,等表妹发现那些人都离开了,表妹却对着那些没了花朵的枝头悄然流下眼泪。

对了,说到表妹养花,有一件事却不得不提。表妹那样执迷不悟地活在自己的世界里,最终让舅父忍无可忍。在一个雷电交加的晚上,舅父做出了一个惊人的决定。他在半夜起床,用一把铁锹将表妹养得那些花草一夜之间全都给毁了。

第二天清早,表妹来到庭院里看到花圃里一片狼藉,整张脸顿时变得煞白,眼神里充满了绝望和恐惧,浑身突然剧烈地颤栗起来,险些摔倒在庭院里的水洼里。不过,令人感到意外的,这次她却没有再为之哭泣,甚至连一丝哀怨都不曾流露出来。

起初,当舅父将那些花草毁掉后不久,他内心不免为自己的行为感到懊悔,担忧表妹是否能够承受住这灾难性的毁灭,以致整个晚上他都难以入眠。

表妹冒着倾盆的大雨走进花圃,将那些残枝败叶一点一点清理干净,同时将剩下的坏掉一半的花草用铁锹彻底铲除,这使她看起来与往常截然不同。

从那件事情发生过后,表妹身上发生了明显的变化。她对养花的事几乎只字不提,仿佛从未有过那事一样。后来的一天,村里又来了一位说亲的女人,介绍的对象正是舅父一位关系很好的朋友的儿子,舅父朋友的儿子是县城高中的一位语文教师,口碑不错,于是舅父当着那个打扮妖冶而低俗的女人的面儿替表妹将亲事定了下来。当时,表妹正忙着给说亲的女人倒茶,处于惯例,那女人特意询问了表妹的想法,表妹边倒茶水边轻轻点了点头,看到表妹也表示同意,那女人当场大声笑了起来,笑声令表妹险些将手中的茶杯掉在地上。

关于表妹的事情大致就是这些了。那年秋天,表妹和那位中学教师结了婚,婚后表妹就搬到县城里的新家了。随着时间一天天过去,表妹渐渐适应了新的生活,脸上开始有了笑容,婚后一年,她生下了一个和她同样漂亮的女儿。

后来,表妹又开始尝试着种起花草来,只是家里空间小了很多,她只在阳台上种了一些,同时在楼下墙角处搭起了一处鸡窝,重新养起鸡来。

一个阳光柔和而温暖的秋日午后,正当表妹蹲在鸡窝前面给鸡喂食时,她的丈夫也来到她身边,在鸡窝前面蹲下来看表妹给鸡喂食。"你不是不准备养鸡了吗?"丈夫突然冷不丁地问表妹道,眼睛并没有从那些贪婪地啄食的鸡身上移开。不知是因为没有听清楚,还是故意不理睬自己的丈夫,表妹仍旧不动声响地给鸡喂食,仿佛丈夫并未在自己身边一样。"那天晚上,你对那些鸡⋯⋯"丈夫再次语气温和地问道。这时候表妹的脸颊开始变得红润起来,眼睛开始涌出泪水。令她万万没有想到的是,自己的丈夫居然知道自己曾经杀害那些鸡的事情,但面对丈夫故意隐晦的疑惑,她却不知如何回应是好,她知道自己只有保持沉默的权利。

好在丈夫并没有为难表妹的意思,只是特意扭过头凝视了她一番,由于内心的胆怯,表妹没敢面对他的目光,故作镇定地继续给鸡喂食。丈夫一边看着那些兴致勃勃吃食的鸡,一边将一只手臂搭在表妹肩膀上,并用手不停地抚摸着表妹一头柔顺的秀发和脖颈,享受着一个男人对自己的女人该享有的权利。"你不觉得这些鸡有些可怜吗,一直被关在阴暗的笼子里。"妹夫以淡然的口吻说道。"哦,是吗,那也总比没有的好。"说罢,他亲吻了下表妹的脸颊,站起身离开表妹向屋里走去。

有一点我觉得有必要跟你讲下。我那个表妹虽然表面上看起来光艳照人,单纯可爱,但骨子里却有一种非同寻常的固执劲儿,从给她说亲这件事上你应该多少能看得出来了吧。对了,你千万不要误会了我的意思,不然还以为我在贬低或者嫉妒表妹呢,我说的这些都是实话,至少是我自己的感受。我还要说一说表妹养花和养鸡这些看似无聊的事儿。

就养花来说,表妹从小就有了这一爱好,她打心眼里喜欢五颜六色的花儿,这或许跟她自己娇媚的容貌有关吧,养花是表妹天性的流露,这一爱好使她在很多时候都活得自由和快乐,她从小到大照的那些照片,每一张都离不开花的影子,花已经融入了她的生命,我想可以这么毫不夸张地说吧。

但养鸡就不一样了,当初她之所以养鸡或许是出于自己的喜爱,但后来不知为什么就发生了变化,养鸡不再给她带来丝毫的快乐。关于她突然间莫名其妙

地将养的鸡统统杀死的事情，我并不知道也不怎么相信，但妹夫却不止一次地跟我讲起这件事，以致后来我也相信这是真的了。

从那以后，表妹像是变了一个人，她养花和养鸡的目的似乎也不再是出于自身的喜好，每当她看着那些在局促的空间里生长的花和鸡，白嫩嫩的脸蛋上总是布满抑郁的神色。尽管如此，但她仍旧认真做着这两件事，或许自己这么做也一直违背着自己内心的真实想法吧，但表妹却从未放弃，我说表妹是个很固执的人就是这个意思。

一天深夜，下起了倾盆大雨，雷电连绵不断。由于受了电闪雷鸣的影响，表妹在时明时暗的卧室里，睁着一双大眼睛凝视着天花板。透过喧哗的雨声，她清晰地听到了庭院角落里风雨袭击花草的声音，以及躲在潮湿的鸡窝里的鸡发出的苦闷而无奈的咕咕声，正是这些声响令表妹彻夜难以入眠。

由于担心花草被风雨毁坏，表妹趁着闪电断断续续的亮光从卧室来到了庭院里。她看到花草在狂风暴雨中已经变成了一片狼藉，无数的残枝败叶浸泡在雨水中，就连鸡窝也灌满了雨水，那些呆笨的鸡却仍旧躲在鸡窝里一动不动，全身的羽毛像一把枯草一样飘浮在雨水里。借着闪电的光芒，表妹望着那些饱受摧残躲在鸡窝里不敢动弹的鸡，表妹突然感到刀绞般的心痛，以致不顾一切地从屋檐下冲到倾盆大雨中，并膝跪在了鸡窝前，躲在里面的鸡似乎已经没有了知觉，对此毫无反应。对着黑暗的鸡窝，表妹歇斯底里地哭诉着。"这一切都怪我……我又何必如此呢……我执迷不悟得太久了，为了那不值一提的……"

那是表妹一生中最伤心绝望的时刻，甚至无法用言语形容她内心所承受的痛苦。直到浑身毫无力气时，她才拖着被雨淋得透湿的身体回到房间，她重新躺在光线阴暗的卧室里，将身体紧紧贴着柔软的棉被，感到自己像是要融化掉一样，内心不断地质疑自己能否熬过这样一个风雨凄厉的夜晚，明天又将如何过上正常的平静生活。

整个夜晚，表妹都没有睡意，脑海里时断时续地回忆着那些似有似无的往事，那些往事对她而言充其量不过是一场虚幻的梦，许多年就这样悄无声息地流逝，但她却未能从中解脱出来。慢慢，表妹渐渐意识到问题似乎出在自己身上，和其他人并无任何关系，自己无尽哀伤和怀念的只是转瞬即逝的影子，微弱的像是一道光线而已。

经历了那个暴风雨的夜晚之后，第二天天气转晴，新鲜而明亮的阳光照进房间，表妹睡眼惺忪地感知到了光线的强烈，就在那一刻，她内心深处陡然产生了一丝欣慰之感，她自信有勇气像平时一样好好地生活下去，同时也暗自下决心将多年沉痛的记忆彻底遗忘，于是，她在内心感恩清晨的那一缕阳光，感谢它拯救了自己，为自己带来了新生。

第二天，表妹起床很晚，她一直独自默默享受着窗外照射进来的阳光，带有暖意的光线仿佛一双温柔的手抚摸着她的脸颊，她甚至不愿睁开眼重新认识眼前的世界，直到隐约听到外面白杨树树叶的飒飒声响。表妹像往常一样将自己打扮的干净漂亮，迈着平静的脚步走出屋门，在那一霎间，阳光再次温柔地照遍她的全身，清凉的微风迎面拂来，令她感到一阵抚慰。

她看到昨夜被雨水泛滥的地面已经被太阳晒出干燥的斑驳，那些历经苦难的鸡又都兴致勃勃地在庭院里开始到处觅食，看着眼前的景象，表妹甚至对自己昨天晚上如此失落哀伤的情绪产生了疑惑，无形中意识到自己内心的脆弱。

平日里，表妹很少走出庭院，大部分时间都花在了庭院里。在外人看来她并不是一个孤单寂寞的人。表妹家的庭院大约有几亩地那么大，种植着形形色色的树木花草，表妹似乎对那些树木花草十分钟爱，将年轻的绝大部分时光消遣在了上面。

记得有一年春天我去看望她时，她正独自在庭院里悠然散步。当时正值三四月天，各种花木正竞相绽放出摇曳多姿的花儿。透过一片开满花朵的桃树，我看到表妹正沉醉于独自的悠闲之中，就没好意思打扰她。那一刻表妹看起来着实漂亮，和花仙子毫无二致。她仔细嗅闻着挂满花骨朵的枝。

就在这时，她突然在一棵桃树下站住脚步，一只手匆忙抓住横斜在面前的树枝，忍不住呕吐起来，脸颊因之涨得通红。看到这情形，我连忙穿过树丛跑到表妹身边，一边用手轻轻拍着她的脊背，一边问她怎么了，是不是生病了。

起初表妹并未意料到我会突然间出现在她面前，一边呕吐一边用无望的眼神看了我下，同时摇摆着一只手示意我不要说话，直到她呕吐完平静下来后才问我怎么突然来了。当我询问她为什么会突然呕吐时，表妹顿时显出哀伤的神情，只说没什么，只是无缘无故感到不舒服就突然吐起来了。

后来我才意识到表妹是因为怀孕才呕吐的，于是我就以此跟她开起了玩笑，

但她好像并未因此而感到丝毫的开心,反而陷入更深的沉默。这时,妹夫从庭院里走了过来,妹夫见到我时露出十分惊喜的神色,他也没想到我会突然出现。彼此寒暄后,我便把表妹呕吐的事情如实地告诉了他,他听到我说的话后,一时不知所措,而后又突然变得狂喜起来,我想那是他第一次听到表妹怀孕的消息吧。

出于对表妹的关心,他连忙走上前去搀扶着表妹。我看到表妹并未因此而有丝毫欣慰的表现,反而整个人显得十分失落,看上去马上要哭出声的样子。尽管我一时不明白其中缘由,但看到表妹哀怨的神情我忍不住对她产生了无尽的怜悯之情。或许由于身体不适,表妹没有理睬身边正兴高采烈的丈夫,仿佛他不存在一样。

为了发泄内心难忍的痛苦,表妹主动找我说起话来,说话的语气充满了颤抖。"姐姐,你看这桃花开得多好啊!"表妹又怨又喜地感慨道。"嗯,和你一样美丽呢!"我由衷地夸赞她道,听到我的夸赞,表妹露出略显苦涩的笑容,并没有再多说什么。而后,她轻轻挣脱开丈夫搀扶着她腰部的手臂,迈步向桃树林深处走去。"姐姐,你陪我走一走吧。"于是,我匆忙走上前代替妹夫搀扶着她,而妹夫面带兴奋的笑容停留在原地,目送着我们姐妹俩渐渐离开。

表妹似乎毫未察觉到自己对丈夫的冷漠,我在心里不由得为此隐隐感到不安,但我又深知此时此刻表妹很需要我的陪伴,为了不让表妹感到孤独和失落,我就陪她向庭院偏僻的角落走去,其间可以闻到空气中弥漫的浓郁的花的香味。

渐渐地,表妹的情绪出现了好转,流露出淡淡的孩童般的愉悦,仿佛已经将刚才的忧郁彻底遗忘。她凑到一支挂满桃花的枝头入迷地嗅闻着,就在一刹那间,表妹脸颊上突然流出了两行眼泪,眼泪沾湿了含苞欲放的花骨朵。

"若芬,你到底怎么了?"我焦急地问表妹道,"为什么哭呢?""我没事,"表妹边揩眼泪便回答道,"可能是这些桃花给惹的吧。"尽管我不能完全理解表妹内心到底在想些什么,但我知道表妹是个天性多愁善感的女孩子,最不能看到艳丽缤纷的满树桃花,她总是忍不住遐想很多,目光却始终没有离开那片艳丽到耀眼的桃花。

"姐姐,我还记得去年这个时候的情景,那时,庭院里的桃花已经完全盛开了……"表妹凝望着桃花说道,"就在这时,庭院里突然刮起了一阵风,将满树的桃花刮落满地,那是多么凄凉的情境啊!""你太过伤感了,再美的事物都有衰败之时,那也是生命的一部分呢。"我尝试安慰她道,但她似乎仍旧沉迷于自我的遐想中,并未察觉我说的话。"或许我的命运就像这些桃花一样吧,在某个意想不到的时刻就轻易凋零了。"听到表妹说出如此悲观的话,我不禁感到十分震惊,"傻孩子,你怎么能如此胡思乱想呢!"我故意责备她道,然而,看着表妹满是哀伤的脸,我似乎也多少被她给感染了,尽管不明白她心里到底在想些什么。但我似乎感觉到表妹是在故意逃避着什么,对她而言,或许只有待在桃花深处才会感到内心的自由吧。

后来,妹夫悄然跟了过来,在他来到我们面前时,表妹似乎就感觉到了他的气息,顿时脸色变得紧张起来,一边急忙挽着我的手臂继续向更远处走去,表妹的行为令我感到十分困惑,但我没有向表妹袒露自己的感受。

那段时间,我一直陪着表妹,两人一起吃喝玩乐消遣着每一天的时光,就像很小的时候那样。三四月的天气仍旧带有一丝凉意,吃过晚饭后,我们就早早地爬进了被窝,我和表妹躺在一张宽大而舒适的木床上睡觉,表妹总是给我讲起一些情节丰富而曲折的故事,其中偶尔也会涉及我们俩一起经历过的往事。

那天从庭院里的桃树林回来之后,晚上,她就给我讲起小时候我们两人一起去邻居家的桃园里偷摘桃子的事情,由于时间遥远,我对那段往事几乎不记得了,但表妹却将每一个细节记得出奇的清晰。

那次由于偷摘桃子被邻居发现,告发到舅父那里,舅父还惩罚了我们,让我们蹲守在庭院大门外,连晚饭都没让吃。表妹告诉我那天晚上的月亮特别圆特别亮,我们望着悬挂在头顶上玉盘一样的月亮,心中充满了无限遐想,心情并未因受到惩罚而有丝毫的不快。表妹是个很会讲故事的人,那天晚上望着月亮,她兴致勃勃地讲了很多自己遐想出来的动听的故事。

从桃树林出来后,我们两个都感觉到很疲倦,便渴望着尽快回到卧室休息。在这之前表妹又呕吐了一次,由于内心的懊悔和痛苦,她边呕吐边发出一阵阵低沉的呜咽声,当我走到她面前时,她已经平静了下来,正用毛巾揩拭着泪水萦绕的眼睛,然后我们两人一起走进了属于我们的卧室。

表妹从衣橱里为我取出一套崭新的被褥,然后双膝跪在床板上,用手抓住被褥的两角用力将其展开,整齐地铺在床板上,而后像个贪婪的孩子一样躺进柔软的被窝里。

春天的夜晚还带有些许凉意，我身上盖着崭新的柔软的棉被，将手臂露在外面，感觉到空气中丝丝凉意，顿时觉得无比的舒服和惬意。我从表妹的神色轻易看出她也有我同样美好的感受。彼时彼刻，我们的世界仍旧是原始和纯真的，没有其他人的闯入，以至我们的肌肤的触觉都是那么敏锐，全部心思凝聚在了身体的美妙体验中。

为了能够睡得更加舒服，表妹侧身面对着窗外安静地躺着，不时发出轻微的叹息声，我想那是她白天过于疲倦的缘故吧。她将白皙的牛乳般的手臂露在棉被外面，即使身为一个女人，我都不由得为她手臂的美丽而深感羡慕。当我正沉浸在内心甜美的享受时，表妹突然打破寂静对我说道，"姐姐，外面是不是起风了？""没有吧，"我仔细地听了听窗外的动静，并没有听到丝毫的声音，"外面平静着呢。""哦，我好像听到了树叶刮动的声响。""你是受到了白天的影响吧，在桃树林里待得太久了。""可能吧，我现在还能闻到桃花的香味呢。"

那天晚上，当我睡得正香甜的时候，在一片幽暗的夜色中，突然听到表妹的低声的抽泣，我以为表妹身体出现了什么不好的状况，便赶紧问她发生了什么事，为何突然哭了起来。表妹告诉我说是做了噩梦，梦见了自己的死亡，在梦魇中，她看到了片片零落的桃花散落在自己身上，直到将自己彻底掩埋，表妹告诉我她被死亡带来的窒息的感觉吓得半死。而那些凋零的桃花也让她在梦中感到无尽的哀伤，以致她从梦中哭泣着醒来。

她睁着大大的眼睛凝望着漆黑的夜晚，当听到外面窸窣的风声时，她才意识到刚才所经历的不过是一场梦魇，由于心里过于哀伤仍旧无法平静下来，她为此不停地埋怨着自己。

为了安慰受到惊吓的表妹，我摸黑起了床，在床头点燃了一支蜡烛，蜡烛微弱而昏黄的光线驱走了夜的漆黑和它所带来的幻觉。借着烛光，我看到表妹裸露在外面的白皙的肩膀和她乌黑而蓬乱的头发，由于受到惊吓，表妹出了一身冷汗。于是，我又从盥洗室拿来一条干净的毛巾帮她擦干脸上的冷汗，就在给她擦汗的过程中，我还能感觉到她因恐惧而战栗不停。

在和表妹相处了个把月的时光之后，看到表妹整个精神状态有了明显的好转，我便决定离开表妹家。离开的那天，天气格外晴朗，空中刮着和煦的微风。为了和我告别，表妹特意穿上了一条格外洋气的粉红色的连衣裙，连衣裙和她丰满而白皙的皮肤格外搭配。表妹在明亮的光线的映衬下,显得那么的妩媚动人。这一切美好而快慰的细节无形中宽慰了我,令我对表妹放心了许多。

从那次离别之后,直到今天我都未曾见到过她。其间,我们通过几次信,从中我得知表妹在第二年的春天顺利生下一个女儿,尽管我没有见到过她的小女儿,但我可以确信地告诉你小女儿肯定又是一个美胚子,长大后又会和表妹一样美丽。

在信中,表妹讲给我最多的永远离不开庭院里那些各种各样的花草以及有关自己女儿的日常琐事。就在前年冬天,我收到邮递员冒着大雪送来的一封一如往常的信件之后,就再也没有了表妹的信息,尽管我时常担忧和挂念着表妹,但我又坚信她过着安逸而幸福的生活,每当看到田野里盛开的灿烂的鲜花时,这样毫无缘由的信念便会油然而生。

不瞒你说,起初的那段时间,我住在表妹家陪她在一起的时候,看到表妹时常流露出哀伤的情绪,我不免感到困惑和意外,她的情绪和她所生活的富有浪漫气息的环境实在不相搭配,我还以为那只是表妹一时的表现而已。直到后来,我陪着她时常在庭院里散步,一次偶然的机会,使我发现哀伤仿佛已经在她内心深处生根发芽,无法从她内心彻底消逝。

说到这里,我该怎么继续说下去呢。跟你坦白地说,我实在不明白是自己不懂得该怎么说,还是自己始终难以说服自己……

记得有一天,如同往常一样,我和表妹在院里的桃树林漫步,那时已是桃花纷纷凋零的暮春时节,整个庭院一片萧瑟的景象。表妹看着烟霞般渐渐衰败的桃花,内心涌起一阵剧烈的哀伤,眼看着就要流出眼泪来,我却不知该如何去抚慰她,也深知这只是徒劳。

为了转移她那执着的哀怨的心思,我故意给她讲起了曾经经历过的一些难忘的往事,这时候我们已经走到了庭院的围墙脚下。在那里,仍旧有阵阵浓郁的桃花香气迎面拂来,而表妹却依旧沉默不语,一边在手心里揉捏着从枝头摘下来的枯萎的花朵。在跟她讲述那些往事时,其间,因某件偶然的事情我提到了一个人,令我感到惊讶的是,当表妹听到那人的名字时,不禁啊地叫了一声,同时眼睛顿时闪烁起明亮而不安的光芒。

当时,尽管意识到表妹因那人的名字而起的明显的变化,我却并没有过多地

想它,仍旧按照自己的思绪回忆着那些平凡而有趣的往事,这整个过程中,表妹都一直在仔细地倾听着,似乎将全部的心思都花在了这上面。直到很久之后,当我独处一室时,我莫名其妙地想起了那天表妹的变化,才突然明白了个中缘由,正是这意外的发现,彻底改变了我对表妹原先的看法,并深深同情起她来,才多少明白了表妹内心的哀痛和不幸。我仍旧清楚地记得表妹听到那个人的名字时身体所发生的反应,激动得浑身颤抖不已,脸色顿时变得苍白,同时看得出她在努力克制着自己,以使自己显得正常。

那天整个下午,表妹再也没有说话,一种剧烈的矛盾和斗争无时无刻不在折磨着她,以致自己不知道该如何是好,长时间徘徊于思念和现实中间。我甚至会想,生活在这个世界,表妹始终未找到能够令自己足够信赖的对象,她将内心某个简单的秘密隐瞒着整个世界,只是时不时地在心中浮现出来。这个事实或许只有她本人知道吧,这也使我渐渐明白了为何表妹对那些单纯的花草那么的迷恋,或许在她看来,只要那些花草才能够真正理解并保守她内心的秘密吧。

十

　　岁月迈着平静而艰难的步伐又走过了一段漫长的路途,不知不觉农历庚戌年的春天已经来临,阿清无事可做觉得十分寂寥,便步行着去学校接放学的儿子回家。父子俩一边走路,一边聊着儿子在课堂里新学的知识,阿清无形中被儿子天真无邪的内心所打动,他因此意识到了生活的乐趣所在。于内心深处早已对自己所处的这个世界不再怀有希望,唯一的愿望就是陪着家人过着平淡如水的日子。

　　他看着小儿子因放学而显得无比欢乐的模样,心头不由感到悲喜交加,他无法确信是这个世界亏欠孩子太多,还是孩子本应点缀和美化这个世界。怀着这样一种矛盾的思虑,阿清已经走到了庭院的门楼里,透过锈迹斑斑的铁门上的间隙,阿清将铁门从里面打开,儿子随即挣脱开他的手,欢喜地奔跑进庭院,一边喊着妈咪妈咪我回来啦回来啦。

　　阿清将铁门关好以后,向庭院里走去,庭院的空地上被春阳照耀的一片明亮,光线像水珠一样闪动着点点光芒。就在这时,他无意间看到了屋檐下那片嫩绿的花草,他不禁为之心头一震,他已经忘记自己有多久没有关注那片花草了,如今已经长成绿茵一片,蔓延了将近半个庭院。

　　望着那片生机勃勃的花草,阿清的思绪已经和当初不一样了,曾经的无限思念之情早已被平淡的生活消融殆尽,他再也没有力气去怨恨生活对他所进行的无情掠夺,对他而言,往事终究成了往事,在冷冰冰的现实的压迫下,他只有无声无息地承受着无法预料的后果,像只可怜的无助的小动物一样。因此,当他再次凝神望着那片曾经因情而生的花草时,他的内心已经完全平静了下来,他不禁意识到自己和往事之间难以企及的距离,于是再也不敢对眼下的生活有任何的奢求了,曾经的苦苦思恋渐渐演变成了尘封于内心的难以触碰的隐秘,那些花草早已经只是单纯的花草而已了。

　　阿清对于阿秀最后的记忆停留在多年前的冬日傍晚,当时阿秀无休无止地

153

谈论着自己的表妹,直到最后她才将话题转回到自己身上。

阿秀以平静的口吻告诉阿清她已经失业了,原先的纱厂已经倒闭,自己正筹划着做点小生意之类。但她又对自己毫无信心,觉得自己根本不是做生意的料。阿清便安慰她说做生意才有机会赚大钱,这年头除了钱其他都已经变得不再重要了。

尽管阿清如此反复地安慰她,但收效甚微。阿秀一直重复告诉他自己还是喜欢有一份稳定的工作,譬如在纱厂那样的工作。阿清听她如此说道,正要告诉她曾经是如何对自己抱怨纱厂的工作多么辛苦无聊,但欲言又止,他不禁感慨环境的变化对人带来的天翻地覆的影响,阿秀似乎早已经将自己曾经对工作的抱怨忘得一干二净,觉得那时候是多么的美好难求。

阿秀接着说道,为了缓解经济上的压力,她只好将自己原来的房子出租,赚些租金,自己住在厂里空间狭小的公寓。阿秀生活的拮据令阿清感到一阵心痛,他忍不住对着窗外破口大骂起来,他在骂整个社会也在骂自己,然而,除了用污言秽语发泄自己内心的压力和愤怒外,他也清楚地意识到自己什么也做不了,不过只是一个穷酸潦倒与世无用的废物而已。

他强忍着盈满眼眶的眼泪,窗外的寒风迎面吹来,令他感到一阵刀割似的冰冷。阿秀站在他背后默默地看着他,流出了眼泪。"阿秀,你会不会觉得我活得很窝囊啊,"阿清望着窗外慢声说道,"至今仍旧一事无成。""不会的,你别如此自责了,只能怪我们生活的年代不好吧。"阿秀的话并未给阿清带来丝毫的安慰,阿清的心头仍旧充斥着满腔的愤怒,他还记得昨天一群肆无忌惮的学生熙攘而过的情境,那些学生兴高采烈地走在宿舍楼前面长满杂草的荒芜的空地上,不时发出狂野的笑声。"所有的一切就这样给毁了……"

从那以后,阿秀和阿清就再也没有见过面,彼此毫无音讯,命运的坎坷和艰难令所有人收敛起了内心的幻想和诗意,渐渐沦为世俗社会的阶下囚,当阿清手牵着心爱的儿子回到庭院时,看到窗台下繁茂的花草时,内心陡然恢复了对多年往事的回忆,与之俱来的是情感的矛盾和自我的嘲讽,但他却再也没有勇气去沉迷于那些令人感伤的往事,他在内心坦然接受了这一残酷的事实,不再对生活期许什么奢望。他不知道这样一种心境是否意味着自身的麻木和懦弱,但在内心中却又为之隐瞒了多年的秘密,那样一片平凡的花草竟然一直安然无恙地生长着,其天然的生命力甚至取代了脑海中虚无的思念本身。

阿清在庭院入口处驻足不前,凝望着那片花草,内心强烈地渴望着一种毁灭的力量的降临,他不知道自己还能在这样一种平淡乏味的状态中坚持多久。在一瞬间,他甚至产生了与眼前的世界诀别的冲动,或许只有如此才能彻底断绝深藏在自己心底的千丝万缕的牵绊吧。

正值当年春天之时,阿清的心思几乎全部集中在了那些平淡的生活场景,柔和的阳光和微风,儿子撒腿奔跑的欢快模样等等,以至变得更加的封闭起来,他将大部分时间花在了悠闲的独自思考之中,很少再走出庭院的大门,直至全然与世隔绝的状态。就是在这宁静的生活状态中,阿清像个衰老的男人开始喜欢回忆往事。

他长时间地躺在石榴树下的一张破旧的藤椅里,听着石榴树叶轻柔的声响,而无论在醒时还是梦中,他的全部思绪都沉浸在琐碎而令人无尽伤感的往事之中,他时常因记忆中曾经娇媚的容颜、善良而纯真的心灵,以及生命的平凡无奇而流淌出热泪。他深深地意识到自己过于平凡的生命即将走到了尽头,随之而去的将是那些自己过于不舍的记忆中的人们,他又不知该如何给自己如此简单的生命去下结论,是虚度,是纠缠,还是幸运。

农历庚戌年的秋天来临之时,阿清仍旧如同往常一样独自待在庭院里,他抬头望着挂满枝头的橙红色的石榴。在瑟瑟秋风的吹动下,石榴叶子凌乱地掉落着。

就在这时,阿清突然间意识到时光飞快地流逝,仿佛就在一夜之间,万物的繁华已悄然衰老。秋风中透露出一丝凉意,阿清不禁预感到有一个寒冷冬天即将来临,天气的骤变无形中拉近了他与往事的距离,仿佛就在昨天,他和阿秀还在寒气逼人的覆盖着积雪的清冷街道上散步,而那已经是多年以前的事情了。

当得知阿秀要来看望自己的消息,阿清为之兴奋了很长一段时间,从第二天起他便忍不住跑到郊外的田野里去等候阿秀的到来。那段时间天空一直下着鹅毛大雪,阿清穿上厚厚的棉大衣,带顶火车头棉帽一大早踩着积雪来到空荡荡咆哮着风雪声的郊外,一直等到午后最后一班车慢悠悠从自己身边驶过。漫长的等待几乎忘记了自己的目的,甚至忘记了自身的存在,仿佛只是为了等待而等待。透过白茫茫的雪幕,他什么也看不到,唯一令他期盼的就是从风雪中隐隐传

来的班车发出的喘息般的声响。

  阿清就这样冒着刺骨的风雪苦苦等候了十几天的时间,却始终未见阿秀的身影,直到有一天,他吃力地睁着被雪粉冻僵了的双眼,朝北望着风雪翻腾的大马路口,只见一片昏暗,风雪像奔腾的潮水般朝他涌来。他好几次被迎面袭来的寒风刮倒在厚厚的松软的积雪里,尽管如此,他仍旧满怀期待地等待着,直到有一天,他面对着寒冷的北风一动不动地站着,本来平静的心头突然涌起一阵莫名而强烈的哀伤,忍不住放声哭泣起来,哭过以后,他重新恢复了内心的平静,继续站在淹没膝盖的积雪里漫长地等待着。

  在漫无边际的雪幕中,阿清固执地凝望着灰暗的远方,期盼着一个熟悉的身影能够从中出现,在漫长的不分时日的等待中,他仅仅遇到了一辆装载着货物的马车从被雪掩埋的路上驶过。即使如此,他对自己心中怀有的期望却毫未动摇,狂风暴雪似乎故意在捉弄他,肆无忌惮地朝他袭来,在暴风雪独自肆虐的天地里,他甚至忘记了内心原有的一切,没有什么东西再显得那么重要。

  直到一个月后的一天,暴风雪终于在无声无息中停息下来,积雪已经厚到淹没膝盖,阿清如同往常一样在空旷的田野上唯一的路口漫无目的地等候着,他似乎也已经意识到阿秀根本就不可能出现。灰蒙蒙的天空中仍旧零星地飘落下孤独的雪花,刺骨的寒风仍旧韧性十足地刮着。当天空逐渐显得明亮些时,阿清似乎一下子意识到自己漫长的等候只不过是徒劳,于是他伤心欲绝地踏着积雪开始往回走,在离开的途中,他渐渐接受并适应了与阿秀永别的事实,他也没有了勇气和命运做任何的抗争。

  第二天,阿清突然间格外地思念起自己的妻子来,他的全部思绪顿时萦绕在了妻子身上,无时无刻不在幻想着和妻子有关的一切,而妻子已经与自己很久没有见面了。

  阿清内心陡然产生了强烈的愧疚感,于是他开始很认真地给妻子写封回信。走在寒冷凄凉的街道上时,阿清内心仍旧无法摆脱哀伤,这是冬季给他留下的最深刻的印象,干燥的雪粉随着冷漠而紊乱的风在街道上肆意地打着漩涡,时断时续地发出窸窣的声响。

  阿清将书信投进邮局门口的邮筒后,怀着一丝淡淡的喜悦往回走,就在这时候他无意间碰到了阿秀,阿秀的突然的出现令阿清感到震惊不已。

在认出阿秀的一瞬间,阿清悄然将头低埋了起来,以此掩饰着自己情绪的冲动,这一切发生在短暂的一瞬间,当他再次抬起头来时,一切都显得那么的自然了,仿佛阿秀的出现早已是自己意料中的事情。阿清如此敏捷的变化而表现甚至令阿秀产生了一丝疑惑,她隐隐以为阿清已经将自己忘记,自己的出现和普通的朋友毫无差别,她直觉地认为自己在阿清心目中已经不再重要。她将自己如此敏锐的令人失落的感受深深地埋藏在了两人默契的交谈中,但她却突然间莫名地感到一阵孤独和忧伤。

为了缓解自己的情绪,她主动和阿清谈论起冬日恶劣的天气,与此同时,阿清的思绪不由自主地回到了那漫长的守候。令他感到困惑和失落的是,自己苦苦等待的人却如此轻易而突然地出现在自己面前。

阿清如同往常一样以平淡的口吻与阿秀谈论着天气,仿佛眼前的一切还是那么平静,阿清将自己内心的苦衷在闲谈的话语中悄然倾诉,却不抱有任何被理解的期望。

在往回走的整个途中,阿清心中充斥着孤独和哀伤,他在积雪的光芒中寻找着掩饰自我的借口。这在阿秀敏锐的直觉中,以为是他在刻意和自己保持距离,她将此理解为多年不见而难免产生陌生感的缘故。阿清边走边微微低垂着头,却没有将目光片刻投向阿秀,他的全部心思都集中在了对寒冷冬日的细微体验上,这令阿秀多少感到有些不安,不禁暗自慌乱起来。

由眼前的冬日,阿清不知不觉坠入了岁月的轮回之中,这对他而言或许意味着不祥的预兆,在某个记忆模糊的冬日,阿清在最为落魄之时认识了阿秀。当时,阿秀正专心致志踩着积雪前行,寒冷的空气将她满头的乌发吹得蓬乱,她边走边用手打理凌乱的头发。

在并肩前行的途中,阿秀的情绪渐渐的由相见的喜悦变成了失落,失落的情绪甚至随着时间的流逝愈加强烈。她难以自控地开始对自己产生了疑惑,因为她实在无法从阿清身上发现有什么明显的变化,她甚至开始为自己的突然出现感到深深的懊悔,愧疚感在后来的一段时间里始终没有减弱,即使当她沉迷于讲述关于表妹的诸多往事时也一样。同样,对于阿清而言,眼前的这个冬日或许意味着太多太多,尽管窗外的雪花正静悄悄地自由飞舞。

为了缓和两人之间的关系和情绪,阿秀忽然间抬起头望着灰色的天空,由衷

地对阿清说道:"阿清,你知道吗,我是多么的渴望春天赶紧到来。"在说这话的同时,阿秀的眼睛变得湿润起来,"不知道你能否明白我的感受,这样的天气实在太冷了。"说罢,阿秀重新将头低埋在胸前的红色围巾里,显得更加的哀伤。

"你不是一直很喜欢冬天的吗?"阿清回答她道,"我记得你曾经不止一次地跟我说过,你是多么喜欢冬天的落雪,今天这是怎么了?"阿清边说便发出轻微的笑声。这在阿秀看来,仿佛是对她的言不由衷的嘲笑,这种念头无形中令她更加地感到难过和孤独,以致不小心流出了眼泪,泪水顺着脸颊一直滑落到围巾上。为了不让阿清看到自己狼狈的模样,阿秀刻意将头埋得更深。

"是啊,我是很喜欢冬天的雪,可这也不能代表我就宁愿永远生活在冷冰冰的冬天吧。"阿秀认真地为自己辩解起来。然而无论如何,在阿清看来她的所有解释只不过意味着女孩子一时情绪的表现,他并未放在心上。

即便如此,在两人长时间沉默地行走时,他在内心不声不响地开始将两个截然不同的季节进行了一番对比。或许是寒冷刺骨的天气的缘故,他始终难以身临其境地真切想象到春天的景象。在这当儿,他却毫无缘由地想起了曾经从原野里移植到庭院里的那一簇蝴蝶草,他还记得阿秀曾穿过印有蝴蝶草图案的连衣裙以及当他再次看到生长得茂盛的蝴蝶草时内心受到的震撼。

令阿秀真正感到伤心的是冬日的荒凉所带给她的凄冷的感受,透过漫无边际的雪原她感到自己实在难以看到任何希望,这是这个冬日带给她的特殊而意外的印象。性格好强的她将这一切不愉悦深深地掩埋在了心底,尤其是当阿清对自己的倾诉不屑一顾的时候。

阿秀边走边想,是这个冬日太残酷还是人们的内心已经在悄悄地变了。总之,阿清对自己毫无知觉的冷漠令其感到哀伤不已。她一边无声地抱怨,一边强迫自己去宽容一颗粗犷的男人的心,却并不知道对方同样沉迷于自我的封闭世界里。

直到后来,性格软弱的阿秀终于还是选择了妥协,这简单的一切在她脑海里却构成了错综复杂的谜团,并由自己独自承受所有的后果。

"阿清,希望你能原谅我刚才自相矛盾的话,"阿秀以低落的语调向阿清解释道,"我可能是受到天气影响的缘故,才会说那样幼稚的话……或许也可以这样讲,我之所以那样,是对冬日飘雪已经开始默默怀念了吧。""冬日还漫长啊,地上的积雪至少要过很长一段时间才会融化呢。"阿清如此回答道,然而,他并未真正理解阿秀内心深处的感受,他所说的话并未带给阿秀丝毫的抚慰。见此情形,阿秀暗自决定不再为之多做解释,于是她将话题渐渐地转移到了自己的表妹身上,在有关表妹若芬的漫长的谈话中,尽管一直都在谈论着表妹内心深处的情愫,却无形中隐藏着阿秀本人的哀怨和倾诉,她将对未来生活的担忧全部转化为对往昔的怀念。

当阿清断断续续地回忆往事时,岁月正以惊人的速度悄然流逝,岁月的流逝起初并未引起阿清的注意。直到一天午后,阿清正在庭院里漫步时,他无意间听到了石榴树被风刮动的声响,他转身向石榴树望去,看到无数细小的树叶随风凋零。阿清的内心顿时受到了强烈的震撼,他突然间意识到秋天已经到来,他为时间的匆促感到有些措手不及,内心甚至生出几许怨恨的情绪。然而他又深知这一切已经无法改变,同时他又暗自为自己沉迷于过往而责备自己,觉得那样实在辜负了美好而短暂的时光。

正值阿清在庭院里独自徘徊时,一位陌生的老婆子顶着大风来到了庭院门口,并在铁门上用拳头重重地捶了几下。或许是由于风声的缘故,阿清并未听到有人在敲门。老婆子在门口等着有人出来开门,但过了很久,仍旧不见任何动静,老婆子忽然表现出急躁不安的情绪,她趴在铁门上从门间的缝隙向庭院望去,却只看到一小片空旷的土地,其他什么也没有看到。最后万不得已,她便使出全身的力气蹦了起来,试图从铁门上面的镂空图案处向里面张望,但由于个头矮小再加上体力不支,根本没有达到镂空图案的高度。老婆子急得差点哭喊了起来,这时,一阵旋风带着干燥的尘土向她刮来,几乎将她完全湮没在尘土之中。后来,在万般无奈的情况下,老婆子只好坐在门下的一块石墩上抽泣起来,嘴里一边嘟囔着怎么办才好,怎么办才好,我实在该死啊……

接下来的一段时间,老婆子每天都会一大早来到阿清家门口等候,直到深夜才肯离开,但她一直都没有机会见到阿清本人。期间,庭院的铁门一直没被人打开过,仿佛里面并没有住人。时间久了,老婆子不由得产生了这样的疑惑,猜想阿清或许根本不住在这里,而且她本人并没有见过阿清长什么模样。于是,她对见到阿清基本不再抱有幻想,闷闷不乐地离开了阿清家门口,干燥的秋风将她满

头花白的头发吹得一团糟。

就在这时，她忽然听到身后有人开门的声音。老婆子连忙转过身，看到一位中年男子正从铁门里走出来，老婆子顿时高兴得直流眼泪。阿清一只手牵着儿子，一只手忙着闩门闩，并未留意到离自己只有十几步远的老婆子。老婆子站在原地一动不动，用近乎哀求的目光盯着阿清。当阿清转过身时，无意中看到了对面站着的老婆子，并未过多地留意她。当他和儿子从老婆子身边经过时，被老婆子突如其来的问话挡住了。"请问，您是阿清先生吗?"老婆子目不转睛地看着阿清问道，"如果您是的话……我在这里正是为了等您。""我就是，您找我有什么事?"听到阿清正是自己要找的人，老婆子顿时喜出望外，一边警惕地向四周看了看。"感谢老天爷，您终于出现了! 我能跟在您旁边边走边聊吗?"阿清点了点头，同意了老婆子的请求，于是他们一起向前面走去。"这是您儿子吧，都长这么大了!"阿清又点了点头。"您找我有什么事情吗?"阿清再次主动问道。"哎，今天这风刮得真够大的，到处都是尘土。"老婆子独自感叹道，对阿清的问话不予理睬。接下来是一阵寂静的沉默。彼此并不言语地一直走到荒凉的郊外。这时候老婆子突然停住了脚步，对阿清说道:"先生，请您原谅我刚才的所作所为，我并不是有意为之……因为我着实担心出现丝毫差错，眼下这光景，没有谁值得完全信赖……您千万不要误会，我不是那个意思，因为我深信您是一个大好人……"老婆子边说边从揣着的袖筒里掏出一封皱巴巴的信，并将信递到阿清面前。"想必您还记得一个叫阿秀的姑娘吧……如果没猜错的话，你们应该很多年没见面了，这封信正是她委托我务必要亲自交到您手中……能和阿秀姑娘有这般交情的人，肯定是值得信任的人，我今天就把信交给您了，也请您不要多问什么。"说罢，老婆子便将信递到阿清手中，阿清机械地接过信，脑海里一片茫然，不知道自己正经历着什么，这时候，老婆子已经迈着轻快的步伐匆匆离他而去。

阿清捏着信的手不停地颤抖，他对自己刚才的经历感到难以置信，在这样毫无特征和迹象的时刻接到阿秀的信令他既悲又喜。他在走回庭院的同时回想着今天是如何度过的，是否曾发生过令自己印象深刻的情景，但他什么也没有想到，就在时光如此平淡无奇的流逝中，出乎意料地收到了阿秀的信，因此而导致的落差令他一时感到难以接受，他在心里重复着带有怨恨地喊道这是为何呢，这是为何……

阿清没有直接走回到屋里，而是向庭院里一处僻静的角落走去，他在一张石凳上坐下，心潮澎湃地将信打开。阿秀在信中只是简单地写了一段话，这与她以往写信的风格截然不同。阿秀在信中写道：

阿清，岁月如歌，转眼间十几年时光已匆匆过去，直到我写这封信时，方意识到彼此已阔别多年。不知你过得可好，期待着能够与您在老地方相见，那里曾经桃花纷飞……

在阿清的记忆中，和桃花有关的地方只有多年前初识阿秀不久自己因情感的失落而到过的一处地方，那里种植了很多桃树。另外就是最后一次见到阿秀的地方，阿秀向自己讲述表妹若芬的事情时提到过一处地方，那里似乎也有很多桃树，但阿清却不清楚那地方到底在何处，只是隐约记得和阿秀的表妹有关。

看过信后，阿清心里平添一层疑惑，他不明白阿秀为何突然给自己写如此简单而模糊的一封信，又颇费周折地让一位陌生人亲自将信递到自己手中。更令人难以理解的是，阿秀在信中甚至连见面的时间和地点都没有交代清楚。经过长时间的思索之后，阿清基本可以确定阿秀所暗示的见面的地方应该就是曾经自己到过的那片山坡上的桃树林，至于当时阿秀如何得知自己的这一行踪，阿清就不得而知了。即便如此，困扰他的另一个问题是信中并未交代具体地址会面的时间，桃花纷飞的季节理应是指农历三月，但眼前却已是万物凋零的秋末了，不用说桃花，就连桃树叶子也早已随秋风凋零殆尽了。

阿清就这样围绕着信的内容左思右想却始终不得其解，无奈之下，只好将那封信暂时搁置一旁，脑海里因此而变得一片空白，阿秀在信中迷惑而模糊的内容令他多少感到有些伤感，就像捉迷藏游戏那样，自己始终被蒙在鼓里，而自己要找的人离自己仅在咫尺之遥，却又难以触碰得到，因此而引起的低落的情绪令阿清更加的敏感于秋风的萧瑟与凄凉。

阿清怀着内心无限的惆怅在庭院里长久地徘徊，一边沉迷于断断续续的往事的回忆，这样一种介于现实与虚幻之间的凌乱心境有种灵魂出窍之感。一日，阿清如同平常一样怀着满怀的忧郁坐在庭院僻静角落处的一张石凳上泛起困来，带着凉意的秋风轻轻拂动身后变得枯黄了的葡萄藤叶子，发出轻柔而细碎的声响，金黄色的秋日阳光温暖地映照着阿清的脸颊。

阿清被身边窸窣的声响以及恍惚的带有尘土气息的阳光从浑浑噩噩的睡梦

给唤醒。在醒来的一瞬间,他无意间看到了庭院里一片衰败的迹象,内心不由得为之一震,直到这时,他似乎才突然间意识到秋天即将就此带着韶华悄无声息地离去。

当他因秋风的凉意而准备离开僻静的角落的一瞬间,脑海里再度想起了阿秀写给自己的那封短信。就在这时,他忽然间格外清晰地回想起了曾经阿秀随便说给自己的一句话。那是很久以前,阿清为了排遣内心因爱情而受到的伤害时,独自跑到郊外一处植满桃树的山坡上,给阿秀摘了几枝艳丽的桃花回来。阿秀看到那几枝桃花时以玩笑似的语气对他说道:"你若能在每年的这个时候给我摘些桃花回来就好了。"

无缘无故突然间想起阿秀说的这样一句话,令阿清恍然大悟般明白了阿秀深深隐藏于内心的情意。或许从那一刻起,每当桃花盛开的季节到来之时,阿秀都在默默渴盼着我能够如她所说的那些去做吧。阿秀如此哀伤地臆想道。受了阿秀这样一句平淡无奇的话的启示,阿清愈加坚信,她在心中暗示自己的桃花纷飞的地方应该就是自己曾经去过的那个郊外的山坡。与此同时,阿清还在想,时隔多年,不知那片山坡是否依旧如往昔那样盛开着如同云霞般壮美的桃花。

后来,阿清便按照记忆中的踪迹尝试着前往那片山坡。然而由于时日已久,他已难以完全回想起通向山坡的那条蜿蜒小路的模样,途经的不少熟悉的场景都已被人为地改造过,以致阿清在前往的途中屡屡犹豫不前,最终只好按照原路返回。就这样阿清在焦虑和怅惘中度过了漫长的一段时间,眼看着秋天就要挥手告别而去,他在寻找记忆中的那片山坡这件事情上仍旧一无所获。

当秋天已彻底告别,冬天漫天飞舞着雪花时,尽管日复一日穷尽所有地方去寻觅,阿清仍旧没有找到那处令人魂牵梦萦之地。随着时间的流逝,他内心的忧虑开始与日俱增,甚至到了无以复加的地步。在这一年的年末,阿清整个人为之变得日益憔悴,白发和皱纹明显多了许多,而他却丝毫没有留意到发生在自己身上的变化,令其惴惴不安的却是彷徨等候的阿秀。

考虑到自己所生存的当下环境,阿清隐隐地意识到阿秀在多年之后突然给自己写那么简单的信笺,定是有什么难以言说却又十分重要的事情需要自己的帮助,不然正常的情况以她的性格根本不可能采取如此蹊跷的举动。每当如此猜想,阿清禁不住急得大声嚎叫起来,像个失去了理智的疯子。

眼看着第二年的春天就要到来了。阿清仿佛在一夜之间苍老了一二十年，他似乎已经意识到了自身的明显的变化，但他仍旧无法控制自己忧虑的情绪，依旧执着要去寻找到自己魂牵梦萦的山坡。

直到后来的某一天，阿清又一次在一个陌生的路口因内心的疑惑不得不停步不前，他实在无法逾越这样一个陌生的路口，不知曾多少次为之折身返回。那个陌生的路口几乎无形中成了他通往成功路上的难以逾越的障碍，直到无数次的失败和彷徨之后，阿清终于意识到了自身的问题所在。他意识到自己从未拥有足够的勇气去尝试走进前面显得阴暗而陌生的树林。

于是，在接下来的那次尝试中，阿清刻意强迫自己跨过那个路口，不顾一切地朝着前面的杨树林走去。由于长时间无人问津，杨树林里落了一尺多厚的枯枝败叶，浓密的枝叶间仅仅透进几缕稀疏而微弱的阳光，在阿清的记忆中，他并不曾有关于杨树林的丝毫的记忆。

穿过杨树林的一刹那间，低矮的山坡突然映入了阿清的眼帘，望着依旧如故的山坡，阿清不禁潸然泪下，他本以为自己的期盼会再次落空。因此，当眼前突然呈现出宁静的山坡时，阿清的内心受到了前所未有的震撼。望着熟悉的山坡，阿清的全部思绪顿时回到了多年前的往事。他看到荒无人迹的山坡前仍旧围着腐朽而破败的木栅栏。阿清如同多年以前那样，翻过木栅栏朝着山坡走去，这时满山坡云霞般的桃花再次呈现在眼前。

在灿烂的阳光的映照下，浓郁的花香伴随着柔和的春风迎面扑来，阿清不禁因之感到一阵眩晕，同时呼吸也变得急促起来。为了防止自己跌倒，他连忙扶住身边的一棵桃树。等稍微能够喘过气，他便匆忙地向山坡深处走去，美丽而荒芜的山坡空无一人，阿清几乎走遍了整个山坡却未见到阿秀的身影。尽管如此，他内心仍涌动着强烈的渴望，或许正因为眼前盛开的无比灿烂的桃花的缘故。

他仿佛已隐约看到阿秀正躲在那棵繁茂的桃树背后，被无数开得艳丽的桃花遮掩住了身影。阿清长时间徘徊于桃树间，为了能够等到阿秀再次出现在自己面前。然而，直到日落时分，他仍旧没有看到任何动静，整个山坡唯有风吹动桃树发出的飒飒声，那声音时断时续地令阿清陷入一片迷失之中。

随后的日子里，阿清几乎每天都要走完一段漫长的路来到山坡守候着阿秀的到来。然而，这一年的春天眼看着就要过去了，仍旧不见阿秀踪影。此时，山

坡上的桃花在一场突然降临的春雨的洗礼下，几乎凋零净尽。

那天，阿清迈着沉重的步伐穿过潮湿而灰暗的林间来到山坡上，看到整个山坡落满了凋零的桃花，顿时恍然大悟，意识到自己不知已盲目地守候了多久。就在这一瞬间，他怀着的全部希望如同湮没在泥土里的桃花一样彻底销声匿迹，他突然间觉察到自己所做的一切更像是无端而起的虚无的梦。伴随着桃花的凋零，阿清渐渐承认阿秀不可能再出现了。或许就连阿秀本人也已忘记了这片无比渺小的山坡，或许她早已对这样漫长的等候丧失了信心……阿清如此暗自胡思乱想道，一边哀伤地看着自己寄托了全部希望的春天就此离去。

后来，阿清虽然仍旧漫无目的地照常每天穿过那边杨树林，直接来到山坡下的那条僻静的落满枯叶的小路，却再也没有勇气走上那个山坡，只是站在路边的荒草丛中朝着山坡的方向长时间地遥望着，而后又沿着来时的路返回。每次出发前往那片杨树林时，阿清都会暗自告诉自己这又将是一场徒劳，但似乎又控制不住自己的脚步，劝说自己时已不知不觉走出了庭院。

当他来到山坡脚下时，隐约可以听到山坡深处传来的秋风萧瑟的声响，风声顿时令他感到无比的凄凉和哀伤，他突然想起去年的这个时候，自己开始按照阿秀写给自己的信的内容故地重游，一天天地期盼着她的出现。在他因秋风的哀怨而不由得感到万分绝望之时，他暗自发誓再也不要如此无休止地重复下去了，阿秀已经不可能如自己期盼的那样出现在自己面前了……阿清独自哀怨着折身返回，一边沉迷于内心无尽的哀伤。这时，他突然听到背后有人在喊他的名字。

阿清停住脚步转过身来，看到一个陌生的女人正面带微笑地站在自己面前，一时间阿清并未认出那女人就是阿秀，只是以迟疑的目光默默凝望着她。直到阿秀声音颤抖着主动向他问道："请问，您是阿清吗？"阿清方顿时从疑惑中清醒过来，凭借熟悉的声音辨认出站在自己面前的正是阿秀本人。"我是……你是？"阿清克制着内心的激动以平静的口吻说道。"我是阿秀啊！"阿秀以渴望的眼神望着阿清道，而后，两人会心地笑了起来，同时眼睛里噙满了又喜又悲的泪水。

阿秀向前走了几步来到阿清身旁，两人如同多年前那样并肩往回走去。彼此间并未因阔别而带来更多话语，只是平静地走着，熟悉的感觉令两人产生了从未有过分离的错觉。期间，阿清不由得回想起过去的一年里为了等候阿秀的出现自己所做的一切。就在自己即将彻底绝望之时,阿秀却如此轻易地出现在自己面前,这样的遭遇给其心灵造成了巨大落差,一时难以完全接受,仿佛是上天给自己开了一个荒唐的玩笑,阿清也因此而深深感到人生的无常,却将这一切复杂的感受仅仅付诸一声轻轻地哀叹。

听到阿清的哀叹声,阿秀不由得放慢了前行的脚步,在阿清身后不远处重新审视着他的身影,她仿佛突然间意识到阿清的身上所发生的变化,背已经有些驼,头发也已发白。就在这时候,阿清却在脑海里为阿秀依旧年轻貌美而感慨不已,然而,他却没有将自己对阿秀的这一最初的印象当面讲给她听。

"时间过得真快呀!"回去的途中,阿秀打破沉默道,"没想到还能在这里见到你。"在阿秀看来,自己能够在杨树林附近遇见阿清应是碰巧的缘故吧。"是啊,转眼间又到了一个秋天……"阿清暗自深深感慨道,他不禁为命运对自己的无情捉弄而感到隐隐的怨恨,但阿秀似乎全然误会了他的意思,反而淡然地向他开玩笑道:"多年不见,看来你是真的有点老了……区区一年的时间何必令你如此叹气呢,相比之下……"听到阿秀如此说道,阿清自有一种不被理解的苦楚,却也不为之争辩什么,他也明白在即将过去的动乱的年代里,人们的内心的诉求不知不觉已经萎缩得太厉害了。这时,耳边响起了风刮动的轻微的声响,令阿清再次回想起身后山坡上的那片如梦似幻的桃花。

"对了,阿清,你还记得吗,曾经你还给我摘过一枝桃花呢。"阿秀似乎看透了阿清此时的心思,正当他沉迷于回忆山坡上烟霞般的桃花时,对阿清说道。阿清由于过度沉迷于忧伤的回忆中而忽略了阿秀的问话。"我在跟你说话呢,"阿秀再次问他道:"你在想什么呢?""哦,好像有这回事,你居然还记得呢。"阿清回答道。"为什么不记得……看来你真的老啦。"阿秀故意嘲弄阿清道,听到阿秀又一次说自己老了,阿清只是坦然地笑了笑,似乎对此并不在意。" 不知为何,当看到开满山坡的桃花时,我会不由自主地感到有些难过。"阿秀忽然间十分平静地说道。"没想到你也是这么多愁善感的人啊。""我才不会像你那样呢,我只是不想掩饰自己的感受而已,事实就是事实嘛。"阿秀认真地为自己辩解道。"多愁善感又不是什么见不得人的事,你的反应似乎过于敏感了啊。""有吗? 我也只是随便说说而已,没想到后果居然怎么严重……"听到阿清如此说道,阿秀不由得感到一阵脸红,像是被阿清看穿了隐秘的心思一样,以致接下去的一段时

间里她都没怎么再说话。

尽管已经离开山坡一段漫长的路途，两人也已从杨树林穿过，或许由于过于敏感的缘故，阿秀依旧隐约闻到一丝桃花的香气。或许这是自己的错觉所致吧，她如此对自己解释道，始终不愿承认自己在情感上的纠结。她也实在不愿再去回想阿清与罗晴遥之间的情感悲剧。阿秀始终清楚自己在阿清心目中的边缘地位，她像一位冷静的旁观者一样揣度着他所刻意隐藏的一切。与此同时，她似乎渐渐忽视了自己也是一个敏感而多情的女人。

当从杨树林里发出的风声在身后渐渐消逝后，阿秀意识到曾经那些美好而伤感的回忆将从此彻底封存在心底，自己曾一度十分在意的那些琐事也将不会再有第二个人知道。基于这样的一种念头，她边走边暗自为自己感到庆幸，庆幸阿清对自己写给他的那封短信的内容只字未提，这样就成功地避免了阿秀为之所虚构的种种理由……就让它从此彻底遗忘吧，在现世今生都不会再有人提及……阿秀怀着哀伤而快慰的心情如此想到，同时以单纯而充满爱恋的目光偷偷看了一眼始终被蒙在鼓里的阿清。

等到两人行走到阿清家的庭院里时，阿秀的思绪已从虚幻回到了现实之中，她开始集中心思认真思索起自己这次与阿清重逢的真正目的。此时，庭院里已开始呈现出深秋的萧瑟和凄凉，荒芜的草地上已经可以看出淡淡的灰白色的霜粉的痕迹。当一阵满含凉意的秋风从背后吹来，将阿秀齐肩的短发吹乱时，阿秀内心原有的兴奋和喜悦顿时冷却下来，于是，她面带淡淡的忧愁转身面对着阿清，阿清亦停住脚步以客观而略显空洞的目光凝望着阿秀。两人沉默地对视了一会儿后，阿秀突然又低下了头，转身向萧瑟的庭院深处走去，阿清紧随在她身后。

看着庭院里一片萧条的景象，阿秀不禁再次陷入情感和理智的矛盾中，她终究无法克制自己在情感上的自私，尽管她知道自己最终还是要不甘情愿地强迫自己去理智妥协。"阿清，你还记得我的叫若芬的表妹吗……多年以前我们一起回老家时你有见到过。"当走到凋零净尽的桃花丛中，趁着纵横交错的树枝的掩映，阿秀冷不丁地向阿清如此说道，"不知你是否还有印象，后来我还专门给你提到过她。""当然记得了。"阿清看着桃树深处的阿秀，对着她的背影回答道，他不太明白为何阿秀突然再次提及自己的表妹若芬，无论阿秀如何猜想，但她或许永远也无法知道若芬在阿清心目中熟悉和深刻的程度吧。

"我记得很清楚,上次我见你时,谈了很多表妹的事情。""然后呢?""后来的很多年我都没有再听到她的任何消息,这一点你也是知道的。"阿秀道,"但是,令我没想到的是,就在去年我给你写那封信之前,她突然主动来找我了。""是吗,但你好像没在信中提到过?"阿清听到阿秀和表妹若芬多年后重聚的消息,内心顿感震惊,脸色不禁为之变得十分苍白,就在一瞬间,他仿佛看到若芬依旧清纯的模样真实地闪现在眼前。阿秀清楚地看到了阿清神情的突然变化,内心不由得再次感到一阵痛苦,于是,她对自己的一直以来持有的猜想更加的确信无疑。"你好像在庭院里过这样封闭的生活太久了吧!"阿秀以抱怨的语气如此对阿清说道,"难道你已经忘了这是什么年月了吗?"听到阿秀如此一说,阿清顿时觉悟过来,以愧疚的目光回应了阿秀。"你是知道的,我们并没有多少自由去左右自己的事情。"阿秀绝望地叹息道,"好了,不说这个了……"

在接下来的谈话中,阿秀像多年以前那样,滔滔不绝地向阿清讲起了表妹若芬的故事,不同的是,她没有再纠缠于表妹的貌似与他人无关的情感,而是讲她后来发生的一些现实中的事情。

你应该记得的,表妹后来嫁给了一位中学教师,正因为那位语文教师的一些言论几乎毁掉了他们一家三口,从此过上了漂泊不定的生活,再也没有片刻的安宁。我也不知道该如何去评价她的丈夫……真正令我挂心的却是单纯无知的表妹和她那年幼的女儿。从某种意义上讲,我不得不认为妹夫是一个极端自私的人。我还记得表妹带着女儿落魄地出现在我面前时的情景,那时候她简直跟街上的乞丐毫无二致,两人蓬头垢面,衣衫褴褛地突然出现在我家门口,看到她们时,我居然没认出她们,还以为是陌生人过来行乞,你是知道的,那年头行乞并不是什么罕见的事。不瞒你说,当我认出是表妹时,我忍不住突然大声哭了出来……毕竟我们已经很多年没见,现实和印象所造成的落差实在令人一时难以接受。

我说的这些事或许会令你感到很惊讶吧,我是知道的,表妹在曾经认识她的人心中永远都是那么的清纯幸福,总会令人想念起人生中许多美好的事物,无论如何都不会和肮脏、不幸、行乞联系在一起。然而,事实就是如此,冷酷的现实让一切不该发生的事情都发生了,我想这是我见到表妹时突然号啕大哭的原因吧……

　　我忙不迭地将表妹母女二人迎进家门，恨不得将我所能给的一切都给她们，只要能让她们尽快恢复到我脑海中熟悉的模样……表妹始终还是那么安静，脸上不带一丝喜乐和忧伤，依旧说话不多，只是眼神多了些沉稳和沧桑。也只有从眼神中我才会察觉表妹这些年发生的变化，意识到她在心里隐藏了太多事情，那些事或许她永远都不会说出来，彻底埋藏在心底吧。想到这些，我又一次忍不住低声哭泣起来，一边用衣袖揩着流淌不止的眼泪。表妹并没有为此抚慰我，只是用一种平静而疑惑的目光看着我，依旧不言不语，似乎并不明白当时我的一切哀伤统统来自于她，而她却匪夷所思地显得平静如常，岁月的转换和流逝似乎并没有削弱她的内心，这一点在很大程度上改变我对表妹的印象和看法。

　　阿秀在向阿清诉说自己和表妹难忘的相遇时，仍如多年以前一样将表妹和阿清的关系撇得一干二净。这么多年过去了，在阿秀口中，从未有过一件事将他们两人联系在一起，阿秀对自己的这一刻意而自然的回避始终印象深刻，她只是有时会担心自己这样严密地防范会不会早已令阿清有所察觉，而他只是将计就计，默默地承受着罢了。然而，阿秀心里始终坚信的一个事实是，在表妹和阿清之间永远都在沉默未知的状态中藕断丝连地存在着，彼此谁也没有忘记谁，却又都冷漠像完全的陌生人一样。

　　每每想到这些错综复杂而隐形不见的暧昧时，阿秀内心就难以有片刻的平静，难以抑制地会从内心深处涌起一股强烈的嫉妒和谅解，这使得她本人始终处于一种爱与恨的矛盾中，在阿清和表妹之间生疏而坚贞的爱情之间，阿秀甚至时常自卑地认为自己是心怀叵测的阴谋者和危害者……当脑海里迷乱地想起这些时，阿秀说话的语气更加的缓慢，声音也变得有气无力起来，并渐渐在阿清面前低下了头。

　　就在这时，阿清突然主动向阿秀问起了若芬的情况，听到阿清询问起表妹，阿秀不禁感到一阵突如其来的恐惧，以致脸色顿时显得十分苍白。"你表妹目前过得还好吧？"阿清如此问道。"嗯，还好，她们母女俩目前正住在我家里，一切都稳妥下来了……""嗯，那就好。"说罢，阿清便不再多问，陷入了遐想和沉默，时不时地会叹息一声。

　　阿秀以一种疑问的眼神望着阿清，本是期待着他会问更多有关表妹的消息，阿清的沉默却令其感到深深的遗憾。为了躲开阿秀追问的眼神，也为了排遣自己内心的哀伤,阿清独自从阿秀身旁离开,向庭院荒芜的角落深处走去。阿清内心的忧愁和彷徨并未瞒过阿秀敏感的内心,阿秀看着他独自向远处走去,却没有迎合他的心思继续谈论表妹若芬,她一时不清楚自己这样做到底意味着什么,对阿清来说是幸运还是遗憾,她甚至有种亏欠阿清的愧疚感,也不知道阿清是否早已在心里默默怨恨着自己。

　　阿清独自走到桃树林深处,感受着四周萧条的秋日景象,心里忍不住涌上一股强烈的哀伤和孤独,他不禁开始怀念眼前熟悉的一切,似乎已预感到平淡的结局正悄然降临,他仿佛已经看到漫天飘舞着轻盈的雪花。这一切是否就要结束了,眼看着秋天就要过去,冬天又要到来了……阿清如此伤感地自言自语道,隔着稀疏的光秃秃的桃树,阿清仿佛看到阿秀的身影离自己愈来愈远,渐渐变得模糊起来,多年后的重逢带来的不是真正的喜悦而是离别的浓浓哀愁。

十一

那年冬天到来之时,阿清的生活重新陷入一片死寂,他唯一能做的事情就是坐在堂屋大厅里的藤椅上寂寥地望着门外飞飞扬扬的大雪。朵状的雪花静无声息地随风飘舞,转眼间庭院地面上已经积下将近一尺厚的雪。洁白的积雪纤尘不染,没有留有任何痕迹,一直绵延到庭院外面,轻盈的雪粉同时在庭院门口的栅栏下如同烟雾般被风吹散,看上去给人极为寒冷的感觉,同时令人顿感无尽的寂寥。就在一个月前,阿秀还迈着忧郁的步伐从那里经过,看着飞散的雪花,令人有种恍如隔世之感。

时日一久,阿清难免觉得寂寥,空旷的庭院令人觉得阴冷难忍。终于有一天,阿清实在忍受不住这样的生活,决心走出庭院到野外看看。当他来到野外时,看到整个田野都被凛冽的风雪占据覆盖,雾茫茫什么也看不清,同时耳边隐约传来远处阴森的杨树林的浩瀚之声。阿清依稀记得,曾经自己就这样站在田野的风雪中等候着阿秀,而今天他再也不需要也没有了激情等候任何人,平淡无奇的人生时常令其感到深深的挫败感,等一切即将结束时,他才似乎有所醒悟。阿清在没过膝盖的积雪里走了很久,直到天色暗淡下来,方才往回走。

回到庭院时,他已感到十分疲倦,坐在堂屋中央的火炉将被雪浸透的棉靴脱下来放在火炉上烘烤。当他坐在火炉旁休息时,由于温暖的炉火的烘烤,便轻易打起盹来,陷入浑噩的睡眠之中。屋外的黑夜中仍旧有雪花在悄无声息地落下。阿清在睡梦中仿佛感知到屋外飘落的雪花了。

当他正沉迷于昏昏沉沉的睡梦时,隔着空荡荡的庭院传来敲门的声音。起初,由于睡梦的缘故,阿清对此毫无知觉。敲门声在落雪的夜色中显得干净而低沉,当阿清被敲门声唤醒时,他一时竟对眼前寂静的事物感到一阵陌生,陌生感令他很快清醒过来。他重新穿上暖烘烘的棉靴,踩着庭院里铺的厚厚的积雪向门口走去,寒风携着雪花直接向他刮来,他迫不得已将衣领紧紧围了起来。当他打开庭院的大门时,看到面前居然站着阿秀。阿秀的突然出现令他感到莫名的诧异和激动。

阿秀向他轻轻点了点头，面带谦卑而恭敬的神情，默默地走了进来。就在这时，后面又出现了一个抱着孩子的女人，由于围着围巾，阿清一时没有认出那女人是谁，正疑惑不解时，阿秀主动向他解释道："这是表妹若芬……你们应该很久没见了吧？"说罢她便独自向庭院里走去，踩着积雪的步履发出咯吱咯吱的声音。"阿清哥，没想到我们还能再见面。"若芬以平静的语调说道，目光始终凝视着阿清。阿清因突然见到若芬，心里毫无准备而深感惊讶，竟迟迟说不出话来。"你是不是不记得我了？"若芬再次微笑道。阿清突然从惊讶中清醒过来，说道："怎么会不记得呢，赶紧进来吧。"说罢，他自己站到一扇门后面，让若芬抱着孩子走了进来。

若芬走在空旷的庭院里，看着满地的积雪，不禁暗自哀伤起来，好在有围巾的遮挡，没被阿清看到自己脸上的泪水，她刻意将头埋得很深。阿清却仍旧站在原地不动，没有足够的勇气迈出脚步，一直看着若芬缓慢前行的背影，他仿佛重又看到了曾经在夜晚中与自己并肩前行的若芬，唯一不同的是若芬的脊背显得更加健壮和挺直，这一身体上的特征恰好证明了她少妇的身份。

此时，阿秀已经走到了堂屋的屋檐下，转过身望着还在庭院的空地上走着的两人，心里不禁生出一种异样的感觉。两人一前一后默默地走着，并未像阿秀自己所担忧的那样，两人之间竟没有恋人间丝毫的默契，这一发现令阿秀心生无限疑惑和感慨。若芬走到堂屋门前时，依旧默不作声地站在阿秀身旁，将自己的一切全然依靠在了阿秀身上。阿秀万万没有想到多年之后两人再次相遇竟是如此的场面，隐藏在内心深处的多年的忧虑反而令她一时感到十分的失落。

为了打破怪异的沉默，阿秀突然向大家说道："这雪下得可真大！""是呀，这是今冬第一场雪呢。"阿清回答道，一边用眼睛的余光看了看若芬，若芬仍旧站在阿秀身后静默无声。"照这样下去，接下来几天估计就出不了门了。"阿秀望着从屋檐上被风吹落下来的雪粉说道，"若芬妹，你觉得呢？"阿秀主动将话题引到若芬身上。若芬听到表姐在问自己，顿时显出有些惊慌的样子，连忙说道："哦，那样的话我们只能待在家里了。""那样不更好么？我倒宁愿那样了。"阿秀说道，"那样的话就不会有人来骚扰我们了。"若芬隐约听出了表姐话里的深意。

夜晚降临时，阿清将阿秀、若芬母女安顿好以后，独自坐在堂屋客厅的火炉

旁休息,客厅里安静异常,偶尔会听到若芬母女在隔壁卧室里亲切的说话声。由于身心的困倦,她们三人天黑不久便躺倒被窝里睡下了。唯独阿清还很清醒地在客厅里坐着。阿清一边靠近火炉取暖,一边仔细倾听着屋外风雪的声响。透过暗淡的雪光,他向荒芜的庭院望去,不禁心生一阵凄凉和哀伤,他从未觉得自己是如此的孤独和落魄,甚至很不情愿看到自己会有如此的结局,这样绝望的念头令他忍不住唉声叹气起来,在最痛苦之时,却找不到发泄的出口⋯⋯

正当阿清沉迷于自我的哀怨中时,若芬披着一件棉大衣从隔壁卧室走了出来,她没有料到阿清正独自坐在客厅的火炉旁。借着晃动而模糊的灯火,阿清看到她变得结实的隐藏在宽松睡衣里面的腰身,脑海里再次清晰地浮现出她少妇的模样。他同时问她怎么起来了,若芬突然惊异般地看了他一眼,解释说自己想到外面走走。外面正下大雪呢,而且刮着大风,还是不要出去了,那样会很容易着凉呢。听了阿清的话,若芬显出犹豫不决的神情。如果你不介意,就在火炉边的椅子上坐下来休息会儿就行了,阿清如此对她说道。

若芬乖顺地在阿清对面的一张椅子上坐了下来。她并没有将目光投向阿清,而是静静地向屋外幽暗的雪地里看去,在炉火闪烁的光芒下,可以清晰地看到雪粉在门前的空地上自由地飞荡以及远处广阔的淡淡的雪痕。若芬在凝望的一瞬间,将全部的心思专注地投入到了屋外雪景中。看着若芬安静的侧影以及半个脸颊淡漠的神情,阿清才重新恢复了关于她的最初的印象,意识到若芬永恒不变的内心。

为了打破沉默,阿清主动问若芬此时此刻脑海里在想什么,若芬回过神,怅惘若失地解释说什么也没想。阿清接着问她过去的这些年里是否过得好,若芬轻轻地点头予以回应。若芬的若无其事般的冷漠令阿清一时不知如何是好,他甚至感觉自己多年来有关她的所有念头只是空虚的幻想,与现实中的人存在天壤之别,他为此发出哀怨般的叹息之声,同时拿起放在脚下的一把火钳拨弄起燃烧着的炭火。

这么多年过去了,你还是有唉声叹气的坏习惯啊,若芬突然转过身面对面看着阿清说道,若芬的话令阿清心中顿起一阵波澜。而后,他假装随意地笑了笑,说道,没想到你居然还记得我有这样的不良习惯,我自己并未意识到。若芬接着说道,这有什么,人有时候就是这么奇怪,总有一些不起眼的事会牢记很久⋯⋯

我还想问你的是……若芬受了某种力量的限制被迫停顿了片刻,我想跟你说的是,我是不是让你很失望,这么多年我们都没见面了,甚至从前说的话都可以掰着手指数得过来……我已经变得不如以前那么漂亮了,你应该察觉到了吧……

若芬如此坦诚地向自己诉说,阿清一时感到有些怅然,不知该如何安慰她好,同时他知道自己随意的回答只会令她更加感到悲伤。谁又能没有变化呢,但你骨子里终究还是你啊,你可能没有意识到这一点吧。哦,是吗?女人可是一天一个模样啊,我还能对己对人有什么奢望呢,只有不断妥协下去而已……不瞒你说,当我踏进庭院的一瞬间,我很懊悔自己来到这里……这让我对自己的整个人生感到沮丧和绝望,你可能不明白这样一种感受吧……说话的同时,若芬因内心的哀伤而低着头,全部的思绪迷失在了屋外的飞雪之中。阿清从对面看着她冷漠而平静的神情,从她略显肥胖的身影中似乎看到她依旧纯真的内心。他对她此刻在想些什么产生了强烈的好奇心。

暗淡的夜色中,两人沉默不语地面对面坐着,若芬始终没有抬起头看阿清一眼。屋外的风雪声令其感到更加孤寂和颓废,在对方开口说话之前,她已没有勇气和信心面对眼前的现实。为了打破沉寂,阿清轻轻叫了下她的名字。若芬像是噩梦初醒般顿然醒悟,以一种怅惘而单纯的眼神望着阿清。阿清问她正在想些什么,若芬回答他没想什么,同时说道外面还在下着雪,我感觉自己整个人都还在庭院里的积雪里徘徊不定呢,若芬如此微笑着嘲笑自己道,一边轻轻叹了口气。阿清对此似乎并未察觉,自顾自地说道,过去这么多年了,有件事一直萦绕在自己心头,甚至成了后来我人生的沉重的负担……那天晚上我真不该和阿秀答应去你家做客啊……阿清哥,你怎么会突然说出这样的话,那么平凡的一件事你竟然会惦记这么多年,实在令人难以理解啊……你是真的不明白我说这话的初衷,还是故意装糊涂呢……不管怎么说,这一切都是我的不对。

若芬似乎一瞬间明白了阿清想要说什么,便回答他道,不要再提这些无聊的往事了,毕竟都过去了,只怪自己是那么心胸狭窄的一个人……如果你真的如此猜想,真正感到愧疚的应该是我才对。我知道你自己始终难以为之释怀,或许是我过于多情的缘故吧……不过,后来我多少明白了其中的缘由,想来想去毕竟还是我的过错啊。你不要再这样说了,再怎么样也不是你的缘由所致,我已经说了,都怪我自己过于狭隘和执着。根本不像你说的那样,你是一个永远不会欺骗

自己内心的人，而我的愧疚正在于此，我又有什么资格来承受你对我的期望呢？这与您真的没有任何关系，所有一切都是我咎由自取，我早就想明白了，我并未因此责怪过任何人，甚至连自己都能够原谅了……我所承受的痛苦都是自己心甘情愿的，而且从未因此感到过后悔，即使意识到总将和你永别的那一刻，我都没有感到过丝毫的惋惜，所以，你又何必为此自责呢。

　　不瞒你说，在最初的那一刻，我就隐隐意识到自己永远难以得到自己渴望的东西，但我却抱着这样的幻想一直坚强地活着……这跟其他人并没有任何关系，都是我自愿选择的结果。甚至，直到目前我都还抱有一丝希望，尽管我知道自己只是一个做梦的白痴……

　　说到这里，若芬终于有勇气抬头看了下阿清，两人的目光终于汇集在了一起。若芬因内心复杂难言的感受而潸然泪下。就眼前的情势，对她而言，唯有眼泪在诉说着自己内心的隐秘，而阿清也因此真正看透了她的心思。我就是这样心甘情愿而又执迷不悟地等待下去，若是……若是没有看到你们两人走在一起，或许，我会……说到这里，若芬再次沉默不言，哭泣般的声音渐渐平静了下来，那又何尝不是我一生的渴望呢……

　　若芬第一次当着阿清的面吐露出自己久违的心声时，一边却在苦苦哀求道，请原谅我吧，请原谅我的冲动和无知吧，我真的不该这样……而今，这一切恩怨都将走到尽头，又何必再如此折磨彼此呢……阿清似乎并未察觉若芬内心的哀怨，而仍旧向她表露自己的心声，他不想错失这样一次机会，对他而言这样一个寂静的冬日夜晚实在难得，他甚至为之不敢想象明日清晨的光亮时刻到来时将会是什么样的心境。或许到那时候这一切将于无形中被破灭，彼此又会变得现实而冷漠。回想往昔，无数岁月却在漫长而虚幻的守候中度过，而自己仍旧不愿醒悟过来……或许今生的意义就在于此吧，我又该如何来评价自己走过这样平凡的人生呢。你该不会又感到懊悔了吧，不过我也能理解你的感受，毕竟时间太显匆促了。即便如此，难道我们还不该感谢上苍吗，至少此时此刻还能让我再见到你，尽管我从未放弃过这样的希望，就是那么一线希望令我坚持到现在，坚强地克服了那些困难。

　　每当想到美好的时日越来越少，阿清便难以克制内心陡然涌起的阵阵哀伤，默默地抱怨命运对自己为何如此刻薄，这刻薄如同屋外的积雪那样多的令人难以承受。但他并未将内心的哀伤当着若芬的面倾诉出来,他想在一种温暖而舒服的状态中度过这宁静的冬日的夜晚。直到天快亮的时候,他才和若芬悄无声息地回了各自的卧室休息,屋外仍旧鸣响着柔和而细微的风雪声。

……

次日清晨,当整个庭院还笼罩在纷纷扬扬的飞雪中时,从外面闯进来一伙身穿军装的年轻人,年轻人穿着单薄,面色冷峻,以敏捷的动作翻过栅栏,双脚陷入庭院角落深深的积雪里,没有发出丝毫的声响。年轻人凌乱地踏着厚厚的积雪朝着堂屋大步走来,脚下的积雪被踏得四处飞溅,他们在堂屋前干净的空地上停住脚步,凑在一起低声议论着什么,一边跺着脚面上的积雪,干净的空白地上顿时变得一片脏乱。这时,其中一位脸色阴沉的年轻人果断地从人群中走了出来,长吸了一口烟后,将剩下的半截烟丢到雪地里,而后便举起拳头在堂屋门上重重地捶了几拳。屋里有人吗!赶紧开门!年轻人厉声喝道。

在屋里仍旧沉睡的阿清被重重的敲门声惊醒,睡眼惺忪地从床上爬起来,打开了屋门,看到眼前站着一伙陌生的人,一时感到十分疑惑,两眼被屋外的雪光映得睁不开眼睛。"屋里还有没有其他人?"其中一个年轻人厉声问道。直到这时,阿清才多少意识到怎么回事,看到眼前的那些人身上穿的绿军装与洁白的积雪形成强烈而鲜明的对比。阿清回答道除了自己没有其他人了,同时闪到了门旁,示意他们可以进屋搜查。"如果不相信,你们可以进来看下。"阿清大胆地说道,一边感到脊背上一阵寒冷和抽搐。年轻人狐疑地看了看阿清冷淡的神情,并向左右看了看其他人,而后果断地挥了下手,其他人便蜂拥着闯进屋里,开始仔细地搜查起来。

阿清站在门旁,脑海里顿时一片空白,心想一切都完了,与此同时,内心不禁涌起一阵难言的哀伤。他再次将目光投向了庭院远处的,覆盖着厚厚的积雪的荒芜的空地,看到细腻的雪粉在风中任意地刮来刮去,令人不由得感到冬日彻骨的严寒,脸颊上不知不觉挂上了两行眼泪,脑海里回响的全是风雪肆虐的声响,除此之外,他将其他一切忘得一干二净。

那伙年轻人粗暴地搜罗了房间里的每一个角落,却没有看到一个人影,神情失落地重新返回到屋檐下的空地上,一时间也没了主意,又不愿就此罢休。正感到挫败之时,其中一个年轻人无意间发现了雪地上的两排并列而清晰的脚印,连

忙向其他人说道："你们快看!"一边用手指着雪地上的脚印,其他人顿时都明白了他的意思。由于空中正飞舞着雪花,大家都明白雪地上的脚印必定是刚刚留下来的。于是,那伙年轻人毫不迟疑地匆忙离去,顺着脚印一直追踪下去。

由于前天晚上很晚才休息,次日阿清迷迷糊糊一直睡到很晚,直到被这伙年轻人给吵醒。他醒来时并未察觉阿秀和若芬已经不在屋里了,阿秀和若芬头天晚上便已约定次日清晨一起到郊外的雪野里散步,为了不打扰阿清休息,两人静悄悄地离开了庭院。

两人沿着庭院后面被积雪掩埋的小路向北边的杨树林走去,空旷的原野上刮着的强劲而刺骨的寒风。因了寒风和飞雪的缘故,阿秀和若芬彼此都沉默不语,低埋着头,脚下积雪的响声显得更加清脆。不同的是,与若芬比起来,阿秀脑海里正是一片空白,由于自己最亲密的人恰恰在自己身边,她反而失去了所有的想法,这样一种状态令她心里感到隐隐的恐慌,虽然埋头静静地走着,但时刻悬着一颗心。

而若芬却一直沉浸在淡淡的哀伤之中,仍旧没有从昨晚的情境中清醒过来,整个人显得六神无主。阿秀敏锐地察觉到了这一点,心中自是明白到底是怎么回事,她不忍主动去打断表妹凌乱的思绪,唯有全身心聆听着耳边风雪流动的声响。有那么一瞬间,阿秀回头看了看表妹被围巾围得严实的俊俏的脸颊,有一种向她主动挑明一切的冲动,甚至那些显得武断的话已经到了嘴边,但她终究还是忍住了。表妹平静而妩媚的神情令她实在没有勇气说出在心里剧烈翻腾着的话。"我实在不忍心这样做啊!"阿秀回过头,仰望着落雪的灰色的天空暗自说道,她再次深深意识到表妹永远都是无辜的,无论如何自己所承受的都无法跟她相比,甚至在表妹面前,她不禁会产生无限愧疚的心理。

若芬妩媚的脸颊上似乎从未有过变化,十几年过去了,她那汩汩泉水般的双眸依然那么清澈而安静,实在令人难以察觉丝毫的不安和哀怨。然而,阿秀却自知难以说些什么。当经过小路边一道斜坡时,若芬一不小心被脚下的积雪滑到了斜坡下的深沟里,由于受到惊吓,她不禁"啊"地喊了一声,好在深沟里只有被雪覆盖的枯干的野草,只是虚惊一场而已。为了将若芬从深沟里拉上来,阿秀不顾一切地趴在雪地上,伸出一只手臂拉住若芬的一只手,好不容易将若芬拉了上来,两人却因此浑身上下沾满了积雪。

当重新回到小路上时,若芬不禁为自己刚才的遭遇露出了笑容,并用满含深情的单纯的目光望了望表姐。阿秀便故意责备起她来:"亏你还能笑得出来!"听到表姐的责备声,若芬再次低下头,恢复了一贯平静的神情。然而,阿秀却一时难以抑制内心的冲动,莫名地询问起她来。"妹妹,有件事情我一直想问你,不知道该不该问……如果问了,你该不会责怪我吧……"若芬听表姐如此客气地说道,用疑惑不解的神色看了下她,一边若无其事地说道:"你问吧,什么事呢?""你怎么看待阿清这个人呢?"阿秀直截了当地问道。听到表姐突然提及阿清,若芬不禁脸色变得红润起来,神色也顿时显得有些慌张,但她仍旧目不转睛地盯着前方不远处的地上的积雪,仿佛在思考什么,又像是陷入了一阵怅惘。但她却没有认真地回答表姐的这一问话,只是淡然地回答道:"你是说阿清哥吗……他是很好的人嘛。"

就在这时,在两人身后隐约出现了一群暗淡的人影,由于风雪的遮掩,一时都难以看清对方。尽管两人很少言语,但心里都很清楚眼前弥足珍贵的时刻,在迷人的覆盖着冬雪的原野里不愿虚度一分一秒。后来,两人来到那片令人心神向往的杨树林前,杨树林灰暗的色调与原野上洁白的积雪形成了鲜明对比,在萧瑟的寒风中缓慢而均匀地摇曳着,发出低沉而辽阔的鸣响。若芬站在没膝的积雪里,因杨树林发出的声响而迷醉,泪眼迷离地仰望着模糊的树影。而阿秀却还在卖力地向树林深处走去。

片刻之后,若芬忽然对着表姐阿秀的背影以类似哀求的嗓音喊道:"姐姐,我们就走到这里吧……能不能不再往树林里走了。"听到表妹的喊声,阿秀停下了脚步,呼吸着白色的雾气回头问若芬发生了什么事情。若芬支支吾吾没有说出什么,只是以充满乞求的目光凝视着她。而阿秀却报之以理性的显得冷漠的神色,这令若芬感到惧怕。于是,她强迫自己再次抬起脚向前走去,而阿秀始终没有领会若芬内心真实的感受。就在继续前行的途中,若芬内心的忧郁和恐惧却有增无减,杨树林里发出的浩瀚的声响令她无法自制地感到迷失和哀伤。

当好不容易来到魂牵梦萦的树林时,若芬心里却突然变得犹豫不决起来,暗自懊悔自己不该这么轻率地跟随阿秀前往这里,而全然忘记自己曾对之是多么的渴慕。她因自己内心相互矛盾的感受而自责起来,两眼始终萦绕着泪水,为了不让阿秀看到自己的软弱,她刻意低埋着头,自顾自地盯着地上厚厚的积雪。

　　阿秀迈着矫捷的步伐很快便来到了田野边一排粗壮而年老的杨树下,站在树下一块干净的荒草地上跺着脚上的湿雪,一边望了望还在雪地里挣扎着前行的表妹。"快点啊,你走得也太慢了!"阿秀心怀愉悦地对若芬说道。若芬听着表姐的话,因她直率的话而感到更加的忧郁。终于她还是来到了阿秀身边。

　　正当两人放松的片刻,透过昏暗的雪幕阿秀无意间看到远处有一群人正朝着她们这边走来,由于雪幕的遮挡一时难以看清都是些什么人。尽管如此,她还是不禁提心吊胆起来,一边用手扯了扯若芬的衣服。若芬顺着她的目光向远处望去,看到了远处身影模糊的人群。阿秀突然的慌张感染到了若芬,她望着表姐冷峻的神色一时感到手足无措起来,但她又意识到自己根本没有可能从表姐那里得知什么,只好在她匆忙的拉扯下一起向阴森森的树林深处走去。阿秀行走的步伐越来越快,呼吸也急促起来,若芬被她紧紧抓住一只手臂,毫不留情地拖着往前走……

　　若芬一边被动地快步前行,一边看着表姐毫无表情的脸的侧影,在迷茫的风雪中,心里对她产生了一股强烈的陌生和恐惧。她本想凭借自身的力气挣脱她铁爪般抓得死死的右手,但最终还是不得已放弃了这样的念头。直到最后,她实在没有力气再走下去,突然瘫倒在雪地里,阿秀才回过头看了她一眼。

　　看到若芬满脸沮丧地瘫坐在雪地里一动不动,埋头看着地上的积雪,阿秀顿时感到怒火中烧,发狂般对着她凌乱的头发喊道:"你到底怎么回事,这点路都走不了!"说罢她竟撇下若芬一人,由于内心的愤怒独自向远处的雪幕中走去。即便如此,若芬仍旧瘫坐在冰冷刺骨的积雪里,心里已经对所有一切都不再抱有希望和幻想。凭着耳边低声呼啸着的风雪声,她意识到表姐已经将自己抛弃不顾,只剩下自己一个人还留在荒芜的树林里,但她并没有因此而增添更多的哀怨,反而莫名地徒生隐隐的快感。透过重重风雪,她仿佛已经看到了生命的尽头,一边在心中暗自庆幸道,让所有一切就此了结吧……

　　就在这时,阿秀突然再次从雪幕中钻了出来,出现在若芬面前,双膝跪在若芬面前,变得沉默不语,一边又忍不住哭了起来,为自己刚才的冷漠无情而深感懊悔,她希望表妹不要因为自己刚才的冲动而鄙视自己……此时此刻,已能隐约听到刚才那群人的断断续续的吆喝声,这令阿秀顿时又一阵慌张起来。她不由得用颤抖的双手捧着若芬的脸颊哭泣道我们不能就这样自暴自弃啊,我求求你了,求求你了……

起初,由于内心深处绝望的情绪的作弄,尽管表姐苦口婆心地哀求着她,若芬却始终无动于衷,像是什么也没有听到,什么也没有感觉到。面对着冷若冰霜的表妹,阿秀一时不知如何是好,万般无奈下,两手抓住自己的头发拼命地撕扯起来,一边发出低沉的呜呜的哭声,我实在不懂你到底怎么了,我求求你了……

不多时,那帮年轻人的身影已能清晰地从灰色的背景中分辨出来,阿秀由此顿时变得彻底消沉下去,深深埋下了头,任凭风雪肆意侵扰。头发凌乱地遮住了整个脸颊,她已经对生的欲念不再抱有丝毫的幻想,意识到一切就将就此结束,而内心还未平静下来。匆忙的感觉令她更加地感到绝望和恐惧,甚至因此怀疑自己内心深处本已对死亡充满了恐惧,但她又清楚地明白一切都来得太突然了,令自己如此地被动,没来得及做任何的准备。

若芬见表姐突然由狂乱变得沉默,便以哀怨而爱怜目光看着她,发现表姐一直闭着眼睛,脸色显得苍白而冷漠,直觉到她内心无尽的哀伤和绝望,这使她哭得更加伤心了,瘦削的肩膀因哭泣不停地颤抖着,一边在心里狠狠地责备自己,将所有的不幸统统归咎于自己。为了安慰极度消沉的姐姐,若芬用手轻轻推了下她的肩膀,阿秀对此却毫无反应,于是她更加地感到愧疚和懊悔,只好独自轻声抽泣着,不敢再有任何举动。

随着时间的流逝,空中飘舞的雪花在两人身上落了厚厚一层。其间,若芬因哀伤而变得浮躁的心也因树林里呼啸的风雪而完全沉寂下来,直至浑身被彻底冻僵,意识渐渐变得恍惚不定。若芬仿佛已经感觉到死亡的临近,这一突发的念头再次令其心中哀潮汹涌,她抬起头看到姐姐仍旧如同最初那样静止不动,便接连哀求她原谅自己,说是自己连累了她,而阿秀已经像死去了一样。

当那伙年轻人来到杨树林时,除了眼前一片萧瑟凄凉的景象什么也没看到,起初的雪地里的足迹早已被风雪填平。一伙人的脸上呈现出同样的失落的神情,停留在树林间一片荒芜的覆盖着积雪的草地上相互议论起来,其中一个年轻人从口袋里掏出一盒香烟分发给大伙,并用火柴给他们逐一将香烟点上。一片洁白无瑕的积雪在一伙人的践踏下顿时显得肮脏不堪。这时,从行行排列整齐的树木间刮来了强劲的北方,风声在耳边呼呼地鸣响着,随之北方的整个天空变得更加的阴森可怖。就在离一伙年轻人十几米的地方,阿秀和若芬正沉浸在无

尽的哀伤和刺骨的寒冷之中，两人身上落满了雪花，几乎被雪花掩盖住了，再加上北风的呼啸声，使得她们与四周萧条的景物全然融为一体，仿佛从未来到过这片杨树林一样。

年轻人冒着风雪四散开来，分头向四周搜寻阿秀她们，其中一个年轻人从两人身边经过时，突然停了下来，无奈地对着其他人说着抱怨的话，明明刚才还看到有人走进树林里，怎么突然间没了踪影，实在令人难以理解。他向背对着自己的一个人抱怨道这一天又白忙活了，一边将燃烧了半截的香烟随手丢在雪地里。

……

那次生死攸关的经历之后，阿秀和若芬仍旧在阿清家里住了一段时间，并不为他们的安危有丝毫的担忧，反而对未来的日子怀着更加坦荡的态度。对那次历险两人也只字不提，仿佛早已从脑海里彻底消逝了一样。然而，对于若芬而言，令她难以忘记的是那天清晨从杨树林回到阿清家时，意外地迎面碰见了阿清。当看到两人安然无恙地回来时，阿清满脸焦虑的神色顿时显得轻松许多。他认真地看了一番她们，然后转过身默默地返回庭院里，尽管预料到今后将面临坎坷多舛的命运，他仍旧像平常一样过着日子，不愿去多想，也没有打算将自己的悲观情绪传染给她们。

然而，即便平静的生活给人营造出的安逸而舒适的假象渐渐深入人心时，曾经那些惊心动魄的经历已恍然如梦般日渐远去，若芬却仍旧对那次前往荒芜的杨树林的经历记忆犹新，甚至连一丝一毫的细节都未曾忘记。每当想起自己表现得那么的脆弱不堪时，她便不禁感到脸颊上一阵热浪在涌动，同时，她为自己拖累到表姐阿秀深感愧疚。而阿秀从那以后，整个人像完全变了似的，整天显得开开心心的，心里像是没有了任何牵挂。表姐的言行举止反而无形中增添了若芬的苦恼和忧伤，心中的愧疚感更加沉重。

在一个晴朗的冬日，庭院里撒满了利刃一样明亮而尖利的阳光，阿秀牵拉表妹若芬的手在庭院里悠闲的散步，若芬却不像阿秀那样将心思花在晴朗冬日的美妙感受里，而是一门心思地在关注着阿秀神情的变化，而阿清全然沉醉于又暖又冷的冬日的阳光，脸上浮现出幸福而愉悦的笑容，透过显得恍惚的光芒，她的目光活跃地从一处景物跳到另一处景物，像是初次来到庭院里散步。后来，两人来到一小块积雪已经完全融化了的干燥的草地上，阿秀在草地上试着跺掉鞋子上沾的黏糊糊的泥土,就在这时,她看到阿清正站在堂屋门前一边抽烟一边朝自己这边出神地望着,于是朝他挥动起手臂,示意他到自己这边来。阿清看到阿秀向自己尽情地挥手,面露疑惑的神色,同时用手指着自己,做出略显夸张的说话的口形,问阿秀是不是叫自己过去,阿秀对着他含情脉脉地点了点头,于是阿清便朝着她们走去。

阿秀莫名地因眼前晴朗的冬日里的一切感到无比喜悦,甚至到了忘却自我的地步。而站在她身旁的若芬却始终显得平静而忧郁,在阿清来到两人面前时,他已经清晰地意识到了两人的神色的不同,不由得对若芬产生了隐隐的怜悯之心。即便他们三人走到一起时,若芬的显得忧郁的神情仍旧没有丝毫的变化,面对阿清和表姐两人,若芬不免因之感到更加的哀伤和孤独,她刻意使自己保持平静的神情,佯装在享受难得的温暖的阳光。然而,令她感到意外的是,表姐阿秀冷不丁地再次提到不久前的那次惊险的经历,这使得若芬不禁感到一阵惊恐,她以恐惧和疑惑的目光看了一眼表姐,实在不明白表姐为何突然间提及那件很不愉快的往事。以致她心中本已存在的艰难感受愈加难以自持,当着阿清的面,她努力使自己显得坚强而冷静,显得对那件往事丝毫也没有在意。

当阿秀向阿清仔细地讲述那次经历时,一边将目光投向若芬,似乎要以此来证实自己讲的内容的真实性,但阿清却不愿花费一分一秒的时间在那上面。于是,她忍不住对阿秀说道,能不能不提那件事了?若芬边说边发出哀怨的叹息,请你们谅解……我当时表现得多么软弱啊……她边说边向前走去,心中充满了无限惭愧。若芬对自己内心固执的念头从未产生过动摇,在她心目中,阿清和表姐永远是多么般配,在他们面前无论如何自己都显得是那么的多余……

当两人正投入地聊天时,若芬不由得刻意与他们保持一定的距离,以此来避开他们之间的谈话,同时整个心思却始终不曾真正忽略两人之间说的每一句话,尽管聊得都是些日常话语,但在若芬看来却倍感亲密,以致心中充满了难言的嫉妒和哀怨。就在那一瞬间,她心中陡然涌起一阵强烈的怨恨,同时敏感地意识到他们两人与自己之间的明显的隔阂,感觉像是故意排挤自己。若芬不经意的一瞥看到表姐正双手扣在胸前,与阿清肩并肩紧挨着,尽管是寒冷的冬天,阿秀穿着厚实的棉衣,但仍旧遮掩不住她那甚至显得有些妖媚的腰身,若芬的第一感受就是在她那样的年龄依然保持着如此好的身材自然就成了她炫耀的资本。阿清

站在阿秀身边，在她娇小的身材的衬托下，显得更加的魁梧高大，使得阿秀像是他手中令人无比喜爱的宠物一般。若芬便用鞋面绣着粉红色芍药的做工精致的棉布鞋驱着地面上硬邦邦的一层积雪，一边不得不承认他们两人之间的确存在的暧昧，她甚至感觉到阿清强壮有力的臂膀随时都有可能将阿秀娇小的腰身顺手搂进怀里。

阿秀的均匀而苗条的身材令若芬感到自惭形秽，她清楚地明白自己早已不是年轻时的模样，在外表上早已一落千丈，甚至连自己都开始嫌弃起自己来。这一持久强烈的对自己的印象令她时常感到十分的失落，但又明白已不可能有任何的改变，自身的外在的变化致使她本已沉默内敛的性格日益变得更加消沉，以致几乎成了自己的一块心病，任何一件生活中的小事都随时会令其想起自身的变化导致的缺陷，甚至对阿清曾经在一天深夜和自己交谈中说的一句话而终究无法释怀，而阿清却始终不知她竟是如此敏感而在意的女人。

或是受了寂静的雪夜影响的缘故，当若芬鼓起勇气向阿清坦白自己早已不是以前的自己，自己有了很大的变化，早已不如以前那样漂亮时，阿清却没有处于礼貌安慰自己——这往往是男人们虚伪的做法，尽管他们从未轻易承认过，但并不会惹得女人们的厌恶。当时他显得多么不在意我的感受啊，若芬在后来的日子里不止一次抱怨道，同时她又会自行矛盾地想出各种理由为阿清开脱。

从庭院散步回来后，时间已近中午。阿秀满怀着轻松和喜悦迈着轻快的步伐最先来到堂屋前的空地，由于天气寒冷，她不停地搓手跺脚，嘴里呼吸着白色的雾气。就在这时，阿秀突然呀地惊叫了一声，转身跑进了厨房，一边喊道，完了完了！

听到阿秀的惊叫声，阿清和若芬还以为出了什么事情，便连忙紧跟着向厨房跑去。怎么了，发生什么事了？阿清站在厨房门口略显焦急地问阿秀道，同时看到阿秀正趴在厨房昏暗的角落里的灶台前，将脑袋凑到灶口处，正用一把一尺多长的铁钳子在灶台里拨弄着什么。没事儿，我差点把早上烤的红薯给忘记了，不知道还有没有，终于好不容易从黑乎乎的灶口里扒出一块差不多烤焦的红薯，并用沾满木灰的双手将红薯掰成两块，将其中一块递给若芬。若芬不声不响地接过红薯，一边在阿秀身边的小木凳上坐下来。味道很不错呢，阿秀吃了一口红薯说道，你要不要也尝尝，她看了一眼站在厨房门口的阿清说道，阿清对她摆了摆手,转身走出了厨房,回到刚才的那片干净的空地上独自站着。

阿秀和若芬两人紧挨着坐在灶台前一边聊天一边吃着香甜的烤红薯。与之不同的是,若芬显出一副小心翼翼的模样,两眼始终盯着手中的红薯,每次都只是吃那么一小点,像是很珍惜又像是在仔细地品尝。即使吃红薯的同时,她仍旧没有忘记自己身材变胖这一残酷的事实,唯恐将一大块红薯吃下去自己又会因之变得更加肥胖,但她又实在抑制不住烤红薯的美味诱惑。于是,在每次小心翼翼地剥掉烤得焦黑的红薯皮时,她都无意识地将乳白色的冒着热气的红薯瓤连带着多剥掉些,仿佛这样才会不致多吃以致自己变得更肥胖,与此同时,她又忍不住羡慕起阿秀柔软而匀称的腰身。

吃完一块烤红薯时,若芬仍未感到满足,烤红薯的香味令其留恋不止,但她又没有勇气也不好意思再吃第二块,于是自顾自地看着阿秀很享受地吃着烤红薯。这半块你也吃了吧,冷了就不好吃了,我已经吃饱了。阿秀一边吃一边将另一小块红薯拿给若芬,若芬犹豫不决地接过红薯,拿在手里并没有趁热吃。没想到烤得红薯还这么好吃,若芬由衷地夸赞道,那是你不常吃的缘故吧,等你吃得次数多了,也就不会觉得多好吃了,说不定还会嫌腻呢。不会呀,要是能够任由自己随便想吃就吃那该多好。若芬语气诚恳地说道。若芬天真的样子令阿秀忍不住扑哧笑了起来,一边将若芬嘴角黏着的一小粒红薯瓤用手擦掉。好啦好啦,我以后每天都给你烤红薯吃,又不是什么稀罕的东西,一块红薯弄得你可怜巴巴的。若芬看表姐嘲笑自己,不由得羞红了脸颊。你这样一说我就很感谢你了,不过,我还是不敢多吃啊,你不觉得我已经胖了很多吗?若芬边说边埋起头来。哪里有胖啊,你一直不都是这样子吗?阿秀想也没想就说道,阿秀的话却令若芬感到无比的欣慰,她半信半疑地接受着表姐对自己的评价,本想再跟她确认下,却由于缺乏自信而没有这样做。后来,她还是果敢地剥开了第二块烤红薯,烤红薯的香气顿时又深深吸引了她,她一边吃着一边又忍不住深深懊悔起来。

事实上,从那次夜晚和阿清聊天后,若芬就没有再开心过,阿清无意的一句话令她再也无法忘怀,以致在他面前感到再也抬不起头来,在内心深处形成了一种固执的念头,那就是自己早已在依然显得英俊的阿清眼里完全丧失了女人的魅力。若芬在内心深处隐藏着这样的念头,她万万没有想到自己最终会以如此这般印象留在阿清脑海中,并意识到从此再也没有改善自己的机会了。因此,在

阿清家里寄宿的那段时间里,若芬始终显得一副落落寡合的样子,在自我的意识里,她根本就没有将自己和表姐他们相提并论,而像是一个完全被忽视了无关紧要之人。

……

一个冬日的夜晚,为了打发过于平淡的生活,阿清陪着阿秀、若芬两人一起到离家不远处的空旷的场地里观看电影。当得知放映队的人要来当地放电影时,阿清满怀欣喜将这一消息第一时间告知了阿秀她们。听说要在我们这里接连放映一周呢。是吗,如果真是这样,那我们接下来的日子里不就有的玩了。难道我会骗你不成,我刚从那里回来,看到放映队的人已经在忙碌着筹备了。阿清边说边走进堂屋,嘴里哈着白气,随之将一团冷气带进了屋里。

阿秀看着他冻得满脸青紫的模样,不由得打心底关心着他,用一只温暖的纤细的小手抓了抓他身上的棉袄的衣袖,确定他穿得足够厚实,不会因冷天被冻坏。阿清似乎已经习惯了阿秀对自己亲昵的举动,并未放在心上,也未对阿秀殷勤的举动做出什么回应,而是径直走到门后的衣架前,将围巾解下来挂在上面。他透过虚掩着的隔壁房间的门缝看到若芬正独自一人待在里面,以缓慢而轻柔的动作编制着一件毛衣,从她专心致志的模样可以看出,她将全部的心思投入了,以至对客厅里的两人毫无察觉。看着若芬格外专注的模样,阿清不由发起呆来,拿着围巾的一只手停留在衣架上一动不动。若芬绾得整齐的乌黑的发髻令阿清感到无限的痴迷。在那短暂的时间里,尽管若芬没有察觉到门外有人看着自己,而阿清却似乎再次从她恬静而妩媚的容颜中真正看懂了她的内心,就在隐约触碰她内心的一瞬间,他感受到一种久违的难以言说的幸福。

当放映机将一束银白色的光柱投向悬挂在两棵高大而笔直的杨树之间的幕布,幕布上呈现出胶片所记录的虚幻的画面时,聚集在充满寒气的空地上喧嚣的人们顿时安静了下来,被眼前明亮的五颜六色的画面吸引住了,当时的人们很少有机会看到电影,放映的声音在漆黑而寒冷的冬夜里传得很远。

阿清他们紧挨着坐在一起,同样一声不响专注地看着电影。银幕上闪动的彩色的画面在人们的脸上映照出一层暗淡的光芒,光芒使得人们模糊的脸显得有些冷漠。就在观影的过程中,天空无声无响地飘落起了零星而细小的雪花。由于雪势不大,起初人们并没有意识到天气已开始渐渐变得灰暗。后来,雪势渐渐变得有些大了,在人们与银幕之间开始留下飘落的痕迹,已经有人用手指着天空,示意已经开始下雪了。

落雪并未丝毫消融人们对看电影的痴迷,甚至也没有因此而引起轻微的骚动。人们也都渐渐察觉到身上正飘落着轻盈而细小的雪花,雪花在幕布上反射过来的氤氲的光芒中显得更加的温柔和平静。阿清的目光渐渐由幕布转移到若芬暗淡的身影,看到若芬正痴迷地看着电影,脸颊同时浮现出单纯而恬静的笑容。

轻盈的雪花悄无声息地落在她的秀发上,或许正是受到了雪花的影响,阿清凝视着若芬的身影,心中不禁觉得她离自己是那么的遥远,如同雪花一样虽近在眼前却触摸不得。若芬若无其事的样子令他不由得想起了第一次见到她时的情境,此刻的她又是多么的与之相像啊,阿清不禁由衷地感叹道。其间,若芬突然扭过头以寻觅的目光看了一眼阿清,脸上顿时现出迷茫而哀伤的神情,像是在确认阿清是否还在身边一样。当两人的目光相遇时,若芬的目光却又一闪而过,回过头继续看起电影来,以至阿清并未从她的目光中发现任何别样的意味,这令他感到即迷恋又怅惘。

整个晚上,阿清都沉迷于有关若芬的断断续续的回忆之中,心中同时承受着时空错乱带来的痛苦的感受,唯一令他印象深刻的只有轻盈地飘雪和若芬恬静而迷人的身影,至于幕布上都放映了什么,他几乎没有留下任何记忆。

回去的途中,当若芬身临其境地与表姐阿秀谈论着电影里的故事情节时,阿清由于没有清晰的印象只好哑巴似的干听着两人说话,一边感受着凌晨时分的冷清。在将要到家门口时,两人的谈话突然被一阵杂乱的脚步声给打断,三个人不约而同地回头向身后看去,透过朦胧的夜色隐约看到一伙人正快步向他们这边跑来。就在这时,阿秀突然啊的一声哭了起来,哭声里充满了极度的恐惧,你们赶快跑吧!她以近乎沙哑的声音拼命对阿清和若芬哭喊道,同时像个疯子一样拼命地往前推着两人。阿清和若芬还没反应过来,不明白到底出了什么事时,那伙人已经像一团黑影一样扑了过来,将三人死死地围在了中间。

见此情形,阿秀突然像丧失了理智般恸哭起来,哭声显得慌乱而恐怖,同时不顾一切地瘫坐在地上的积雪里。"你们谁是李若芬!"其中一个学生模样的年轻人指着阿秀和若芬厉声喝道。"识相的话,赶紧给我滚出来!""不用再折腾了,我就是。"阿秀直截了当地说道,"你们放了他们两个,我跟你们走就是了。"

阿秀边说边用尽全身力气将阿清和若芬推到人群外面，"你们赶紧走吧，我实在不想再见到你们！永远不想见你们！"

隔着朦胧的夜色，若芬突然想要冲进人群，却被阿清从背后死死抓住，一把把她拉到自己身边，受到阿清的阻止，性情脆弱的若芬不敢再吱声，像个木头人一样呆立在阿清身边。就在这时，阿秀突然更加大声地恸哭起来，仿佛内心充满了无尽的哀怨。"不要让她再鬼哭狼嚎了，赶紧把她带走！"年轻人向其他人命令道。于是，几个年轻人一起围了上来，将阿秀从地上强行架了起来，像押解犯人一样簇拥着将阿秀带走，阿秀边走边哀号着……

不久，一切重新恢复了平静，冷飕飕的夜风不顾人情地从四面八方偷袭过来，刚刚发生的一切像是一场噩梦，若不是意识到阿秀突然从身边如影子般消逝不见，不会有人相信那噩梦般的遭遇。若芬无声无息地独自在漆黑的夜色中行走，一路上都没有再理会阿清，也未因为表姐阿秀而再显异常。

十二

在最为穷困潦倒之际,阿清内心深处仍旧固守着那虚无的一切,不愿轻易将其遗忘。回想当初,在那个本来平静而愉快的冬日的夜晚,当自己和一生中最重要的两个女人往回走时,突然,其中一个被一群凶神恶煞般的年轻人掳掠而去,甚至都没来得及反应,所有一切便已如同梦幻般化为乌有。直到后来,当清醒地意识到凛冽的寒风在耳边呜咽般鸣响,脚下的道路被冰雪冻得硬邦邦很难走时,阿清突然彻底地明白这一切都已经飞快地结束,连自己思考和抗拒的时间都没有。

在这之后不久,若芬母女两人仍旧如同平日寄宿在阿清家里,若芳全部的精力都消耗在每日荒芜的庭院里的漫步之中,整个人依旧显得平静而妩媚。然而,她没有再和阿清进行过任何的深入的交流。在一个空旷的庭院里,一对男女仿佛陌路人一样互不相识,甚至给人一种早已遗忘的痛彻心扉的错觉。彼此却像是心知肚明般从未因之而对对方产生一丝一毫的抱怨,这一点在内心深处有种莫名难言的感受上,两人却仿佛达成了罕有的一致。

沉浸于漫无天日的飘雪之中,阿清时常独自驻守在冷清的屋前的一片干净的空地上,痴望着细腻而可爱的落雪,内心不由得涌起一阵阵哀伤,他仿佛又一次回到了多年前的往事之中,怀着某种美好而焦虑的憧憬期待着会有人从灰暗的雪幕中出现在自己面前,尽管这只是虚无的幻想,但对他而言却又不失为最有效的内心的抚慰,以致他不由得相信在这个世界上没有比飘雪更能够让自己感到真实而欣慰的了,飘雪的存在往往能够令其轻易地忘记一切,使其内心变得宁静而单纯。

当夜幕渐渐入深,从屋外空旷而洁白的庭院回到堂屋时,客厅里暗淡的灯光将空地上的积雪铺上一层暖光之时,阿清顿时有种归家的温馨之感,同时他突然想到整个庭院里就只剩下自己和养女天赐两个人,天赐已经躺在温暖的被窝里

入睡。在走进客厅的温暖的一瞬间，阿清不禁回想起若芬离家而去的情境。当时，阿清正和若芬母女两人围坐在一张低矮的四方桌旁吃着晚饭。像平常一样，除了轻微的吃饭声音，彼此之间没有丝毫的交流，甚至屋外飞雪的声音都能清楚地传入耳中，这令阿清即感到安慰又感到难言的哀伤。

　　饭间，若芬整个人显得很不在状态，一副满腹心事的样子，脸色也很苍白。一只白皙的小手紧握着筷子，将筷子在碗里轻轻地拔来拔去很少进食。这时，外面的风雪忽然将屋门推开，无数的雪粉被风带进屋里，致使屋里的热气顿时消散殆尽。阿清放下碗筷来到屋门前，倚着一扇木门向外望去，只见屋外尽是迷离而萧瑟的风雪，以致他自己顿时迷失起来，不由得沉迷于其中。后来，还是若芬提醒他赶紧把屋门给掩上，不然自己的女儿就要被冻着了。你在干什么呢，还不赶快把门掩上！若芬头也不回以平静的语气说道。哦，这就关上了，好大的风雪！阿清边关门便轻声感叹道，重新坐到饭桌旁，这时候，若芬和小女儿已经都吃完饭了。阿清重新拿起碗筷快速地吃着饭，若芬若无其事地将自己的一副碗筷轻放在饭桌上，说道我吃好了，你慢慢吃吧。而后，悄无声息地站起身，转身走到屋门前，将门重新打开走了出去，随后又将门悄无声息地掩上。

　　……

　　接下来的数日，雪下得一日甚过一日，整个庭院像是要被淹没似的，门口处已封堵了很厚的积雪。阿清被封锁在庭院里深感寂寥无比，只有在恍惚的感觉中一点一滴地虚度着光阴，尽管在他印象中这样的日子仿佛只是很短暂的。但事实上，他已不知不觉间度过了漫长而寂寥的时光，甚至将若芬悄然的离去也快要给遗忘了。在烟雾般模糊的印象中，若芬最后留下的过于简单的话语，与她所造成的后果形成了强烈的反差，正是这一点令阿清始终无法接受，并因之而时常感到无尽的哀伤。你这样默不作声地对我，与残忍地杀了我有何区别呢！无数次阿清站在凛冽的寒风中对着空旷的庭院诉怨道，不禁流下了哀怨的泪水，仿佛若芬正躲在眼前虚无的灰暗的空气中一样。

　　正当倍感忧伤和寂寥之时，他的一位学生出现在了庭院门口，隔着堆积到半身高的积雪向阿清尽情地挥动着手臂，阿清随即踏着深深的积雪走向前去，在离其不远处的木栅栏前停住脚步，和学生隔着木栅栏说着话。你今天怎么过来了，一路走过来不容易吧，阿清关心地问学生道，看到学生的两只裤腿和棉布鞋上沾满了雪粉，一边探着头顺着积雪覆盖的小路向远处看去，只见雪地里除了一串凌乱的脚印外并未分辨出其他痕迹来。还好，没我想象的那么困难……这天气可真是冷啊。学生一边大口大口地呼吸着白色的冷气，一边专心致志地向阿清说道，目光中充满了渴盼的神情，像是等候着阿清要对自己说些什么。你找我有什么事吗？不会没事就这么跑过来吧！阿清凝望着学生俊俏却仍显稚嫩的脸颊说道，没事就回去吧，小心受冷着凉了。听到阿清如此对自己说道，学生顿时低下了头，高兴的神色顿时显得十分失落，两眼也因此显得湿润起来，最后只好转身离去。

后来的一天，阿清为了排遣内心的寂寥独自走出庭院到郊外散心，前往郊外的途中经过学生的家门口时，恰好碰到学生走出家门，学生尚未舒展开的显得稚嫩的脸容再次映入阿清的眼中。学生见是阿清，脸颊顿时涌上一阵红潮，不吱言语地站在离他不远处的雪地里。阿清一时也不知该如何跟自己的学生搭话了，只好将目光投向旁边的矗立在雪地里的一棵被雪装饰得严实的柳木上。就在这时，从学生的身后传来了另外一个女子的声音。妹妹，你傻站在外面做什么呢，不觉得冷吗？学生听到女子的说话声，回过身面带忧郁的神色答话道，哦，知道了，我这就进去了，学生说罢便转身返回门内。此时，学生的姐姐却远远地看到了离家门口不远的阿清，原本平静的神情顿显讶然，同时不由自主地将手中的扫帚停了下来。对妹妹说道，门外面站着的那个男的是谁，你认识他吗？哦，你是说他吗？学生用下巴颏对着阿清点了点示意姐姐道。是啊，当然是他了，除了他外面还有其他人吗？他是我的……小敏略显支吾地说道，还没说完就被姐姐不管不顾地打断了话。既然你认识他，还不赶快把他请到家里坐坐，人家都已经到自己家门口了，不然显得太不懂事了吧！

于是，学生只好再次折身返回到庭院门口，看到阿清已经走过去一段路了。她只好快步跑到阿清身后，喊着阿清老师。阿清听到是学生在喊他，便停下来问她什么事情。您到我家喝杯茶吧，我姐姐刚才看到你了，特意让我跑来请您到家里坐会儿。阿清看着小敏诚恳的脸，便知不好推辞，就与其一同向她家的庭院走去。

刚走进庭院的一瞬间，阿清便看到庭院的角落里盛开着一株鲜艳的腊梅，腊梅火焰般的花蕾在白雪的映衬下显得格外耀眼。受到腊梅突如其来的刺激，阿

清的眼角不由变得湿润起来。走在身边的学生却对此毫无察觉，只是失落地无声无息地走着。由那株腊梅阿清突然间无故地想起了自己学生时代曾在一位女同学家门前看到的腊梅，曾经因之而生的困惑和哀伤再度袭上心头，恍惚之间像是重新回到了往事之中，不禁因之而顿生无限感慨。幸好他那无休无止的隐秘的哀伤最终被屋檐下因风扫过的细沙般的雪粒声所打断，方才回到寒冷而寂寥的现实之中，这时，他已经走到了正屋前的门廊里。

阿清在门廊前停下脚步，心存疑虑地向四周望了望，像是不能确定是否要径直走进房间。这时，从正屋传来女子轻柔悦耳的声音，请您进来吧。阿清听到邀请便顺从地走了进去，看到一位年轻的女子正端庄地坐在一张茶几旁，手里正在清洗托盘里的白瓷茶杯，旁边的火炉上正烧着的水壶发出嘶嘶的沸水声，铁壶嘴里正兴奋地往外冒着蒸汽。由于女子一直埋头忙碌着，阿清并未在第一时间看清她的容貌，只见一头乌黑的秀发将整个脸部遮掩起来。仅凭那一头的乌发，阿清几乎已经看到那女子俊美的容貌了。

在得到女子应允前，阿清一直拘谨地站在正屋门口处，不敢轻易走到女子面前，看着女子有条不紊地忙碌着，时间仿佛走得十分缓慢，近乎要凝固不动。尽管背对着门外凄冷的风雪，阿清已无形中受到了干扰，对正屋地板上潮湿而暗淡的雪光产生了刻骨铭心的印象，这一印象令他受到深深的触动，一瞬间脑海里突然冒出了似曾相识且极为真实的感受。女子将茶几上的杯盘洗好以后，像是从专注的状态中恍然醒悟过来一般，看到阿清仍旧孤零零地站在刮着寒风的门口，于是满含歉意和深情地对他说道，哦，实在不好意思……您赶紧进来吧，外面该有多冷啊，同时用手指着茶几对面的一张低矮的木椅示意阿清就座。

阿清沉默且顺从地在那张低矮的木椅上坐下来，两只手老实地叠放在腿上，两眼始终凝望着茶几上的白瓷茶杯，不免因杯壁上幽暗的映光而迷失起来，甚至将屋外瑟瑟的寒风也给忘记了。看着阿清如此木讷的样子，女子忍不住笑出声来，笑声使得阿清猛然间清醒过来，以怅惘的眼神望了望她，不禁对眼前的境遇心生复杂的感受，既觉得很熟悉又不得不承认难以克服的陌生感，以致莫名地产生一丝隐隐的哀伤。为自己落魄而孤独的处境。或是对面女子娇媚的容貌的缘故，阿清内心消极的感受愈加强烈起来，但也仅此而已，除此之外便再没有其他任何清晰的念头。与之相反，坐在对面的女子却始终显出一副恬静安详的神情，可以轻易感觉到她内心的宽容和惬意,这反而更令阿清意识到自身的落魄,在她面前,他甚至觉得自己就是一个衣衫褴褛的乞丐,不由得为之感到更加的灰心丧气。为了掩饰内心的这些无辜而起的强烈感受,他自然而然地将目光转向了外面明亮的一片雪光中,为那寂寥的落雪感到由衷的喜悦和庆幸。

　　女子见阿清不言不语,近乎执着地迷恋于屋外的雪景,似乎受到了一丝触动,也将目光循着阿清的目光投向外面的亮光中,几秒钟后又将目光转移到了茶几上,一边缓慢地将一杯冒着热气的茶水递到阿清面前。喝杯茶暖和暖和吧,女子以轻柔的语气对阿清说道。而他由于一时过度的沉迷而没有察觉到女子正和自己说话,直到后来自己自觉地将注意力转移到屋内,茶水的热气已经没有了。于是女子将冷掉的茶水倒掉,重新沏了一杯新茶。您好像有什么心事吧,一直闷闷不乐的样子,女子关切地问道。阿清听了,为了否定她的想法,只好面露苦涩的笑容,一边轻轻地摇了摇头。小敏近来在您的课堂上表现得还好吧?女子接着问道。嗯,她一直表现得都很好,是班里最优秀的学生。那就好,以后还得麻烦您多多照顾她呢,毕竟还是小孩子,很多事情做起来不够用心。阿清手捂着茶杯默默地点头以示回应。哦,对了,我差点忘记问您了……您好像很痴迷外面的落雪呢。女子以平淡舒缓的语气说道,像是并不期待阿清能够答复自己。哦,是吗,实在对不起……或许落雪就是带有生命的小精灵吧,不怕您见笑,我仿佛能够感觉到她那纯洁而真实的心灵呢。阿清说这话的时候,语调比刚才高了一些,像是对女子的问话突然来了兴致,整个人也因此变得有些活泼开朗了起来。女子对阿清的解释报以意味深长的眸光,仿佛能够真正理解阿清内心的感受。都不记得这场雪下了多久了,看样子还没有停下来的意思呢,女子轻声叹息道。您好像不怎么习惯这样的天气吧?阿清主动问女子道。也不是,只是觉得这样的天气不多见而已。是啊,这个冬天着实让人觉得很漫长啊,像是没有了结局一样。天气挺冷的,您还是喝杯茶暖暖吧。女子再次亲切地对阿清说道。不过,我倒远远没有到要厌恶它的那一刻,估计永远也不会有那一刻吧,不瞒您说,就连我自己都不明白为何会这样……

　　阿清端起面前的茶杯喝了一口,因浓茶的苦涩而略微皱了皱眉头,这一细节被那女子看得一清二楚,于是她将茶壶里的茶叶倒掉,换了另一种茶。您好像不太习惯这种茶吧,女子关切地说道,我换一种毛尖茶,您不妨品尝下……听小敏

讲您不是本地人,这茶是我的一位北方朋友寄过来的,清明前刚采摘的新茶。女子边说边重新沏了一杯茶放在阿清面前。阿清并没有去碰那杯茶,只是凝视着杯口处萦绕升腾的热气,我对茶不怎么懂,不过,不同的茶总会有不同的味道,也会有不同的人喜欢喝吧。嗯,就本质上,茶和人并没有什么不同,需要遇到懂得欣赏的人才是哟……更何况能够始终忠于其中之一更是很难得呢。照你如此说来,若能达到这样的默契倒也是很美好的事情,或许于事于人都是如此吧。

女子并未意料到眼前的这位并不熟悉的男人居然能够如此地理解自己的心境,不禁感到一阵喜悦的冲动,脸颊较之刚才变得更加红润,仿佛杯中茶水氤氲的色泽不知不觉间渲染到了她的脸颊上。在阿清看来,女子的模样愈加显得妩媚动人。然而,由于更多地留意着外面冷清的积雪的缘故,阿清并未被女子的模样迷住,只是觉得那是一种难得的客观冷静的妩媚而已。这时,阿清隐约闻到一股刺鼻的烟草味,问女子那是什么味道。女子告诉他是干艾蒿燃烧发出的香味儿,用来驱寒气的。说话的同时,女子脸上的喜悦之情渐渐的消失殆尽,甚至显出淡淡的哀伤,同样将目光投向屋外飘忽不定的落雪。

由于沉迷于一种似有似无的梦幻状态,阿清并未留意到女子神情的变化,直到听到女子发出轻盈的哀叹之声,这才将目光转向她安静而稍显忧郁的脸上,并问她刚才叹息什么呢。女子并未回答,只是望着屋外摇了摇头,过了一会儿,她才恍然大悟般对阿清说道,我刚才正在抱怨你呢,你没有感觉到吧。听女子如此说道,阿清一时竟不知如何是好,只是以笑应付而已。没想到你果然是老实木讷的一个人,女子开玩笑道,说罢又低下头去。不瞒你说,看你刚才失神的状态竟让我想起了我以前的一位朋友……是吗,如果没猜错的话,您的那位朋友对你来说很重要喽,不然怎么会这么轻易地令你想起来呢。这个……我也说不清楚啊,只是突然想起而已。你那位朋友现在怎么样了。我同样也难以说清楚啊。

这时,阿清的那位学生从外面走了进来,学生看到自己的姐姐和老师正在聊天,便悄无声息地从旁边走到隔壁的房间,当学生从面前经过时,阿清关切地看了她一眼,再次清晰地看到学生娇美而略显生涩的脸颊以及梳理得不够平滑的少女的秀发。或许是被外面的寒风吹刮所致吧,阿清如此默默思忖道,心头莫名地生出一阵淡淡的哀伤。在与女子接下来的断断续续的谈话中,阿清的注意力始终没有离开躲在隔壁房间里的学生,仿佛隔着门帘也能看到学生满脸忧郁的神色，尽管他不觉得学生长得漂亮，却依稀看到她不久的未来。长大了注定也是一位令人羡慕的美人。阿清暗自伤感道，甚至同时将她和姐姐暗自进行了对比，发现姐姐的颧骨比妹妹显得稍微窄些，因此看起来更显秀气，却少了些许妩媚。

与之相反，女子的全部心思却时刻集中在阿清身上，尽管表面上看起来十分的端庄自然，内心却终究有些惴惴不安，像唯恐被人看出什么破绽。阿清的神思的散漫同样看在她的眼里，她却毫无觉察到这种神情的散漫与自己妹妹之间的关系，只是将其归咎于天气的凄冷以及时间太久的缘故。为了给阿清自我解脱的时机，女子终于停止了自我的殷勤，默不作声地坐在阿清面前，不由得神情也有些散漫起来，显得哀怨似的低下了头。阿清自是很敏感谦卑之人，看到面前的女子显出些许疲倦的神色便想自己是不是停留的太久了，于是，连忙向女子说道天色不早了该回去了。女子像是恍然醒悟般以困倦忧郁的眼神看着阿清，连忙说些挽留的话，但阿清已经匆匆地走到了屋门之外，身影已经和庭院里大片的积雪融合在了一起。受到外面雪景的影响，女子自然没有勇气再勉强挽留，只好陪着他一直走到庭院外的马路上。

后来的数月里，阿清几乎没有再出门，致使自己快要忘记了时光的流逝，整个人都已经变得麻木颓废起来。一日，因在空旷的庭院里踱步太久不小心着了风寒，阿清病倒数日一直不见好转，以致他本人都产生了极为消极的念头，暗地里狠狠诅咒自己道，索性就此死了算了！

自从上次见面之后，学生始终在心里惦念着阿清老师，好不容易挨过漫长的期末考试，学生愈加地对老师放心不下，便时常从阿清家门前的那条马路上有意无意地经过，渴望着能够像上次那样碰巧见到老师，然而终究未能如愿，只好怀着失落的心情一次次往回走。当走到自己庭院里时，看到姐姐正站在屋檐下凝神看着自己。你刚才去哪里了，害得我一直找你找不到？我没去哪里啊，只是到外面转转而已。是吗？嗯。好了，也没什么事，说罢，姐姐便转身往屋里走去，临近屋门口时突然又转过身看着妹妹说道，对了，你的那位老师最近怎么样了，很久没有看到他了？你是说阿清老师吗，我也很久没有他的消息了，妹妹边说便往自己的屋里走去，看也没看姐姐一眼。你有时间还是去拜访下老师吧，姐姐对妹妹说道，这天气实在是冷啊。

听了姐姐的吩咐或是自己主观的意愿，妹妹满怀着欣喜和感伤向阿清家的

庭院走去,迎面袭来的尖刀似的寒风使其不禁哽咽起来,她从未觉得脚步是如此的沉重。学生在潮湿的木门上轻轻敲了几下,不见有任何动静,看到门是虚掩着的,便推门走了进去。看到庭院地面上干巴巴的一层凝固的积雪,耳边呼啸着凄冷的寒风。站在空荡荡的庭院里定住了神后,学生将目光投向了面前不远处显得幽暗的房屋,猜想不出所料的话阿清老师应该正待在屋里。

学生踩着冻硬的积雪径直走到堂屋屋檐下,对着光线昏暗的客厅问道阿清老师在不在。由于受了风寒的缘故,阿清最近几日一直都躺在床上休息,头脑始终处于半昏迷状态,甚至连周围的声响都难以辨别清楚,在这样痛苦的感受中,阿清内心始终萌生强烈而绝望的念头,觉得不如早点死了的好……当学生站在门口疑惑地呼唤他时,他正沉浸于内心无尽的哀伤之中,丝毫没有听到有人在喊自己的名字。学生只好掀开门帘走进静悄悄屋里,随之一阵冷风趁机钻了进来。

学生感受着满屋的冷清,最后在阴暗的卧室里见到了正躺在床上的阿清。阿清老师,您怎么还不起床呢?哦,是小敏吗,我好像受了风寒了,觉得浑身没有一点力气,都忘记还要起床了,阿清故作轻松地对学生说道。我扶您起来吧,您好像病得不轻呢。说着学生便走上前抱住阿清的半个臂膀,试图将他扶坐起来。对了,你来找我有事吗?倒没什么事儿,是姐姐让我过来看看您,她说有段时间没有见到您的影子啦,还说最近的天气真冷啊。这样哦,谢谢你们还惦记着我,阿清一边回答一边在脑海里浮现出学生姐姐秀美的脸容。

陪着阿清聊了一上午的话,学生就打算在中午到来前离开阿清返回家里,走之前,她对阿清说道还会来看他,还没等阿清回应就向庭院里走去,阿清似乎就在此时仍旧觉得自己的这位学生带有一丝稚嫩而天真的气息,心中因此而生出一种复杂的感受。

再后来,学生就没有像她说的那样时常来看望阿清,代替她的是自己的姐姐。姐姐手里拎着一盒亲手做的鸡汤来看望阿清。当阿清意识到学生的姐姐突然来看望自己,顿时眩晕的脑袋猛然间变得异常清醒而痛苦。他连忙披上一件棉大衣走出来迎接。当自己蓬头垢面地坐在学生姐姐面前时,阿清心里不禁产生一股强烈的自卑感,他甚至没有勇气抬头看一眼面前这位年轻貌美的女子,从她身上散发出的淡淡清香在清冷的空气中显得格外明显。为了打破两人之间过于安静的局面,阿清习惯性地从口袋里掏出香烟点上。

听小敏说您病了,我今天代她来看望您,现在感觉好点了没?学生的姐姐凝视着阿清道,目光中充满了殷切的关怀。已经好很多了……还烦劳您过来,实在过意不去啊。阿清深感歉疚地答道。这没什么,离得不远嘛。对了,这是我煲的一点鸡汤,您趁热喝了吧。学生的姐姐边说边为阿清盛了一小碗鸡汤,阿清却始终没有动,他也没有将自己不喝鸡汤的事告诉她。她多少意识到阿清对于鸡汤的冷漠,却也没有再劝他,不论出于何种缘由,她暗自接受了这样的事实。于是,她主动转移话题道,麻烦您转过身去,我今天顺便把艾蒿带过来了,给您熏熏穴位,那样会好得很快……您应该还记得上次闻过的艾蒿气味吧?阿清顺从地点了点头。

学生的姐姐让阿清转过身背对着自己,将阿清的上衣领口解开,把装有燃烧着艾蒿的小铁盒敷在脖颈后面。由于受到突然的熏烤,阿清神经性地颤抖了下,接下去便没有什么明显的反映了。过了一会儿,学生的姐姐问阿清感觉如何,阿清回答道感到脖颈处热乎乎的,除此之外并无其他感觉。学生的姐姐听到阿清过于诚实的回答,不由得笑了下,又问道,难道真的再没有其他感受了吗……现在满屋子都是艾蒿的香味儿了。是啊,我也闻到艾蒿恬静的气息了……您是说我真实的感受吗,我只是觉得自己好像越来越颓废了,甚至都到了忘记时间的地步……您还别说脖子后面感觉挺舒服的。阿清深埋着头,脖颈后面敷着一只热烘烘的装有艾蒿的铁质盒子,梦幻般诉说着。艾蒿燃烧的热气促使他陷入毫无拘束的惬意的颓废深渊。

……

后来一些时日,学生的姐姐陆续来看望阿清数次,直到他完全从伤寒中康复,就再也没有来了。一天,当阿清冒着严寒再次从学生家门口经过时,看到学生在庭院角落里用一只小铁铲在积雪覆盖的冻土里费力地挖掘着什么,便好奇地走上前问她在忙什么呢。学生听到是阿清老师的嗓音便迅速回过头来,以惊讶怅惘的眼神望着他,而后又转过头说道没忙什么啊。阿清只好走上前去,看到她正在用铁铲将冻得结实的雪堆费力地一点一点挖开,一双纤手冻得通红。随着学生费力的挖掘,从雪堆里渐渐露出几只枯萎的带刺的月季花枝。等雪停了,天气就该暖和些了,那时候月季花也要开始重新生长了,学生自言自语道。是啊,那时候月季花是要开始生长了,我来帮帮你吧。阿清边说边在学生身边蹲下来,与其一道试图用手扒开冻得硬实的冰冷积雪……